KB218228

잭
런
던
단
편
선

잭 런던
걸작선 7

잭 런던 단편선

잭 런던 | 곽영미 옮김

궁리
KungRee

차례

THE WHITE SILENCE
1899

하얀 침묵

JACK LONDON

"카르멘은 이틀 이상을 못 버틸 거야." 메이슨은 얼음 조각을 뱉어내며 그 불쌍한 짐승을 안쓰럽게 바라본 뒤, 녀석의 발을 또다시 입속에 넣고 발가락 사이사이에 가시처럼 박힌 얼음을 물어뜯어 뱉어냈다.

"아무짝에도 쓸모없는데 개한테 이런 호사스런 이름을 왜 붙였는지 몰라." 그는 하던 일을 마무리 짓고 카르멘을 옆으로 밀어내며 말했다. "개들은 점점 쇠약해져 책임감 속에 죽잖나. 캐시어, 사이워시, 허스키처럼 분수에 맞는 이름을 가진 개가 잘못되는 거 봤나? 아니, 없어! 여기 슈쿰 좀 봐, 이놈은……."

딱! 그 야윈 짐승이 확 달려들었지만 하얀 이빨은 메이슨의 목덜미를 놓쳤다.

"물려고, 그래?" 채찍으로 귓등을 매섭게 강타당한 그 짐승

은 눈밭에 뻗은 채 몸을 부르르 떨며 엄니에서 누런 침을 뚝뚝
흘렸다.

"내가 늘 말했지만, 여기 슈쿰을 보라고. 아직도 기운이 남아
있다니까. 장담하는데 이놈은 일주일 안에 카르멘을 잡아먹을
거라니까."

"그런 일이 없도록 다른 방법을 찾아봐야지." 맬러뮤트 키드
가 녹여 먹으려고 불 앞에 놓아둔 빵을 뒤집으며 대답했다. "어
차피 이 여행이 끝나기 전에 슈쿰을 잡아먹게 될 거야. 당신 생
각은 어때, 루스?"

그 인디언 여자는 얼음 조각으로 커피를 타서 맬러뮤트 키드
와 남편을 번갈아 쳐다본 다음 개들도 흘깃 보기만 할 뿐 가타부
타 대답이 없었다. 답이 필요 없는 빤한 물음이었다. 개들은 차
치하고 사람이 먹을 식량도 엿새 치밖에 없는 데다 다져지지 않
은 눈길을 320킬로미터나 더 가야 했기 때문에 다른 대안이 없
었다. 두 남자와 여자는 불가에 모여 앉아 모자란 식사를 시작했
다. 한낮에 잠깐 쉬는 터라 개들은 썰매줄도 풀지 않고 누워 인
간들의 불룩한 입을 부러운 듯 바라보았다.

"오늘부로 점심은 끝이야." 맬러뮤트 키드가 말했다. "그리고
개들한테서 눈을 떼면 안 돼. 점점 난폭해지고 있어. 기회만 생
기면 제 동료를 쓰러뜨리고 말 거야."

"엡워스의 교장으로 있을 때 주일학교 교사를 한 적이 있었
네." 메이슨이 뜬금없이 이런 얘길 꺼내며 김이 올라오는 모카
신을 꿈꾸듯이 응시하고 있었다. 루스가 컵에 차를 따라주자 그

제야 그는 퍼뜩 깨어났다. "차는 충분히 있어서 얼마나 감사한지! 테네시 주에서 차를 재배하는 걸 본 적이 있어. 여기에다 따끈따끈한 옥수수 빵만 있으면 금상첨화인데! 걱정 마, 루스. 더 이상 굶지도 않을 거고, 모카신도 안 신게 될 테니까."

이 말을 들은 여자의 얼굴에선 어둠이 걷히고 백인 남편을 향한 크나큰 사랑이 두 눈에 차올랐다. 그는 그녀가 처음으로 본 백인 남자이자 그녀가 아는 한, 여자를 단지 동물이나 짐 나르는 짐승이 아닌 그보다 더 귀한 존재로 대해주는 최초의 남자였다.

"정말이야, 루스." 그녀의 남편이 계속 말했다. 그는 두 사람만이 알아들을 수 있는 혼합 방언을 썼다. "여기 일을 정리하고 바깥 세계로 나갈 때까지 기다려. 백인의 카누를 타고 바다로 나갈 거야. 그래, 나쁜 물, 거친 물이지. 언제나 거대한 산처럼 출렁거리니까. 그리고 아주 많이, 아주 멀리, 더 멀리 멀리 갈 거야. 당신은 열 밤, 스무 밤, 마흔 밤을 여행할 거야(그는 손가락으로 날들을 세어 보였다). 가도 가도 물일 거야, 나쁜 물. 그러고 나면 큰 마을에 당도할 거야, 사람들도 많고, 내년 여름엔 모기도 많겠지. 아, 오두막집들도 이렇게 높아, 소나무가 열 그루, 스무 그루나 있을 거야. 당신은 용감해!"

메이슨은 힘없이 말을 하다 말고 맞장구 좀 쳐달라는 눈빛으로 맬러뮤트 키드를 힐끔 보고는 계속해서 소나무 스무 그루를 손으로 열심히 그려 보였다. 맬러뮤트 키드가 냉소적으로 씩 웃어넘긴 데 반해 루스는 놀라움과 기쁨으로 눈을 휘둥그레 떴다. 그녀도 농담인 줄 대충 짐작했지만, 그렇게나마 생색을 내어주니 자신이 불쌍한 여자라 느꼈던 것이 조금 가시는 듯했다.

"그런 다음 당신이 어떤 상자 속으로 들어가면, 쉭! 위로 올라가."그는 설명을 해주려고 빈 컵을 허공으로 던졌다가 능숙하게 잡고 소리쳤다."잠시 후 쿵! 내려오게 되지. 아, 위대한 주술사들도 있어! 당신은 포트유콘으로 가고, 난 북극 도시로 가, 스물다섯 밤이나 걸리는 거리지만, 커다란 줄이 있어서, 내가 그 줄을 잡고 말하는 거야. '안녕, 루스! 잘 지내?' 그러면 당신은 '내 착한 남편인가요?' 라고 묻고, 난 '그렇소' 하고 말하지. 당신이 '맛있는 빵을 구울 수가 없어요, 소다도 없어요' 하고 말하면 난 '지하 저장소를 봐, 밀가루 밑에 있어. 잘 있어요' 하고 말해. 당신은 소다가 많이 있는 걸 발견하지. 그렇게 당신은 포트유콘에, 난 북극 도시에. 안녕 주술사여!"

이런 동화 같은 이야기에 너무도 천진난만하게 미소 짓는 루스를 보고 두 남자는 폭소를 터뜨렸다. 바깥 세계의 경이로움은 개들의 소란으로 뚝 끊겼다. 으르렁거리며 싸우는 개들이 떨어졌을 때 루스는 썰매줄을 단단히 묶고 길 떠날 채비를 마쳤다.

"출발! 달려라! 이랴! 출발!"메이슨이 채찍을 찰싹 휘두르자 개들이 작은 소리로 낑낑거리며 썰매채를 잡아당겨 썰매를 출발시켰다. 루스가 그 뒤를 따랐고, 맬러뮤트 키드가 그녀를 도와주고서 꼴찌로 붙었다. 한방에 황소를 쓰러뜨릴 수도 있을 만큼 힘이 센 맬러뮤트 키드였지만 그는 불쌍한 짐승들을 때리는 걸 질색해 대개의 개몰이꾼과 달리 개들을 어르고 달랬다. 뿐만 아니라 개들이 괴로워하면 함께 울다시피 했다.

"어서, 출발하라니까, 이 불쌍하고 발 아픈 짐승들아!" 무거운 썰매를 출발시키려고 몇 번을 시도했는데도 소용이 없자 그는 작은 소리로 투덜거렸다. 하지만 그의 인내에 보답이라도 하듯 개들은 아파 낑낑대면서도 앞선 동료들을 따라붙으려고 서둘렀다.

이제 대화는 끊겼다. 고된 여정이라 대화는 일종의 사치가 될 것이다. 또한 북극 여행은 그 어떤 노동보다 감각을 무디게 만든다. 침묵을 희생하여 그날의 역경을 딛고 다져진 길 위에 선 자만이 행복을 만끽할 수 있다.

눈길을 헤치고 나가는 일은 그 어떤 노동보다 지루하고 힘이 든다. 발을 디딜 때마다 커다란 눈신이 눈 속에 푹푹 빠지며 무릎까지 잠긴다. 그런 때는 발이 조금만 엇나가도 재난이 닥칠 수 있어 발을 위로 곧장 들어올려 눈신을 깨끗이 털어내야 한다. 그런 다음 발을 앞으로 내딛고, 다른 발은 정확히 0.5미터 정도만 수직으로 쳐든다. 이런 일을 처음 겪는 사람은 요행히 위험한 지점에 발을 들여놓지는 않는다 해도 아슬아슬한 걸음으로 가다 보면 100미터도 못 가 지쳐 포기할 것이다. 개들을 방해하지 않고 온종일 간 사람은 보통 사람으로선 절대 알 수 없는 떳떳한 마음과 긍지로 침낭 속으로 기어들어갈 자격이 있다. 긴긴 눈길에서 스무 밤을 보낸 사람은 신들도 부러워할지 모른다.

오후가 천천히 흘러갔다. 하얀 침묵이 낳은 위엄에 여행자들은 묵묵히 제 일에 열중했다. 자연은 인간의 유한성을 깨닫게 하는 재주가 뛰어나다. 조수의 부단한 흐름, 폭풍우의 광포함, 지진의 충격, 하늘 대포의 긴 천둥소리가 그렇다. 하지만 그중 가장 무시무시하고 가장 넋을 잃게 만드는 것은 꼼짝 않고 있는 하얀 침묵이다. 모든 움직임이 멈추고, 날은 투명하며, 하늘은 황동빛을 띤다. 아무리 작은 속삭임도 신성모독처럼 여겨져 인간은 제 목소리에도 겁을 먹고 두려움에 떤다. 죽어 있는 세상의 으스스한 황야를 가로지르는 단 한 점의 생명체인 인간은 자신의 무모함에 몸서리를 치고 자신의 목숨이 일개 구더기의 목숨과 다를 바 없다는 사실을 깨닫는다. 이상한 생각들이 불쑥불쑥 떠오르고, 모든 것들이 자신들의 신비를 알리려 애쓴다. 그러면 죽음, 신, 우주에 대한 공포가 인간을 덮친다. 부활과 삶에 대한 희망, 불멸을 향한 열망, 갇힌 실체의 헛된 노력도. 바로 이때가 극히 드물지만 인간이 신과 함께 걷는 때이다.

그렇게 날은 서서히 저물어갔다. 강이 크게 굽어 있어 메이슨은 병목처럼 좁은 땅을 가로지르는 지름길로 일행을 이끌었다. 그런데 높은 둑에서 개들이 뒷걸음질쳤다. 루스와 맬러뮤트 키드가 썰매 위에서 냅다 미는데도 개들은 계속 뒤로 미끄러졌다. 이제는 모두 협력해야만 했다. 굶주려서 몸이 약해진 불쌍한 짐승들은 마지막 안간힘을 썼다. 위로 위로 썰매가 드디어 강둑 꼭대기에 균형을 잡고 섰다. 그런데 선두 개가 뒤에 있는 개들의 줄을 오른쪽으로 홱 돌리는 바람에 메이슨의 눈신이 그 줄에 걸리고 말았다. 결과는 참담했다. 메이슨은 얼른 발을 뺐지만, 어떤 개가 대열에서 쓰러졌다. 그와 동시에 썰매가 뒤로 기울어지며 모든 것이 다시 미끄러져 내렸다.

찰싹! 개들 사이로 잔혹한 채찍이 떨어졌고, 쓰러졌던 놈은 특히 더 심하게 맞았다.

"그만둬, 메이슨." 맬러뮤트 키드가 부탁했다. "그 불쌍한 놈은 다 죽어간다고. 내 개들을 다그칠 테니 기다려."

메이슨은 일부러 채찍질을 멈췄다가 키드의 말이 끝나기가 무섭게 채찍을 번쩍 들어 그 열불나게 만든 짐승의 몸뚱이 위로 채찍을 휘감아 찰싹 내리쳤다. 카르멘—녀석은 카르멘이었다—은 눈 속에 웅크리고서 애처롭게 울다 옆으로 푹 쓰러졌다.

비극적인 순간이었다. 황야의 길에서 터진 애처로운 사건이었다. 죽어가는 개와 화가 난 두 동료. 루스는 걱정스럽게 두 남자를 번갈아 보았다. 맬러뮤트 키드는 눈으로는 동료를 원망하면서도 화를 억누르고 쓰러진 개에게 다가가 줄을 끊었다. 말은 한마디도 하지 않았다. 팽팽한 긴장이 흐르는 가운데 일행은 어려움을 이겨냈다. 썰매들이 다시 출발했고, 죽어가는 개는 다리를 질질 끌며 뒤를 따랐다. 움직일 수 있는 동물은 절대 쏘아 죽이지 않는다. 이것이 놈에게는 마지막 기회이다. 무스가 잡히기만을 바라며 놈은 할 수 있는 한 야영지까지 기어서라도 가면 된다.

메이슨은 자신의 성난 행동을 곧 뉘우쳤지만 고집쟁이라 어찌할 수가 없었다. 그는 공중에 떠도는 위험한 낌새를 거의 감지하지 못한 채 대열의 선두에서 힘겹게 나아갔다. 강가 저지대는 수목이 울창했는데, 일행은 이 숲을 뚫고 나아갔다. 15미터가 넘는 키 큰 소나무 한 그루가 우뚝 솟아 있었다. 수 세대에 걸쳐 그 소나무는 거기 서 있었고, 운명은 이 한 가지 결말만을 짜두었다. 어쩌면 메이슨의 운명도 그 같은 결말로 정해져 있었는지 모른다.

그는 느슨해진 모카신 끈을 조이려고 등을 구부렸다. 썰매들이 멈추자 개들은 앓는 소리도 없이 눈밭에 드러누웠다. 그 정적은 섬뜩했다. 하얀 서리에 뒤덮인 숲은 바스락거리는 소리 하나나지 않았다. 우주의 추위와 침묵이 자연의 심장을 얼어붙게 하고 덜덜거리는 입술을 덮쳐버린 듯했다. 그 순간 어떤 한숨이 대기로 고동쳐 흘렀다. 그 소리는 실제로 들렸다기보다 움직임이 없는 진공 상태에서 진동이 먼저 전해지는 것처럼 몸으로 느껴졌다. 다음 순간 세월과 눈의 무게에 짓눌려 있던 그 커다란 나무가 인생의 비극에서 마지막 제 역할을 다했다. 메이슨은 무시무시한 굉음을 듣고 얼른 몸을 일으켰는데, 몸을 똑바로 세운 순간 어깨를 정면으로 강타당했다.

느닷없는 위험, 순식간의 죽음, 그런 일을 맬러뮤트 키드는 얼마나 자주 마주했던가! 솔잎들이 여전히 흔들리고 있었지만 그는 이런저런 명령을 내리고 즉시 조치를 취했다. 그 인디언 여자는 백인 여자들처럼 기절을 해버린다든지 소리 높여 쓸데없이 울지 않았다. 키드의 명령에 그녀는 즉석에서 지레를 만들어 지레 끝에 체중을 싣고 남편의 고통을 덜어주며 신음소리에 귀를 기울였고, 그사이 맬러뮤트 키드는 도끼로 나무를 내리쳤다. 강철 도끼가 얼어붙은 나무줄기에 박힐 때마다 쇳소리가 경쾌하게 울려 퍼졌고, "헉!" "헉!" 대는 키드의 크고 거친 숨소리도 이어졌다. 마침내 키드는 방금 전까지 사람의 몸이었던 그 가련한 물체를 눈밭에 뉘였다. 그러나 동료의 고통보다 더 비참한 것은 여자의 얼굴에 떠오른 무언의 고통, 희망과 절망이 한데 뒤섞인 의문의 표정이었다. 말은 거의 오가지 않았다. 북극 사람들은 일찍부터 말의 무용성과 행동의 더없이 귀중한 가치를 배운다. 영하 50도나 되는 기온에서는 눈 위에 몇 분만 누워 있어도 살아남기 힘들다. 그래서 썰매줄을 잘라 그 조난자를 모피로 둘둘 말아 나뭇가지로 만든 침상에 뉘였다. 그의 앞에는 이 불운을 초래한 그 나무로 모닥불이 지펴졌다. 그의 뒤로는 원시적인 천막 덮개가 둘러졌다. 그렇게 천막을 쳐두면 발산되는 열이 천막에 부딪쳐 조난자 쪽으로 돌아오기 때문이었다. 기초 물리학을 배운 사람이면 누구나 알 수 있는 요령이다.

죽음과 한 침대를 쓰는 사람들은 죽음이 부르는 때를 안다. 메이슨의 몸은 끔찍하게 으스러졌다. 대충만 보아도 알 수 있었다. 오른팔과 오른다리와 등이 부러졌고, 엉덩이 위로는 꼼짝을 할 수가 없었다. 내장의 상처도 깊을 터였다. 이따금 터지는 신음소리만이 그가 살아 있다는 유일한 신호였다.

희망은 없었다. 할 수 있는 것도 없었다. 몰인정한 밤이 더디게 흘렀다. 루스가 할 수 있는 것은 여느 인디언들처럼 이 비극을 담담히 받아들이는 것뿐이었고, 맬러뮤트 키드는 구릿빛 얼굴에 새로운 주름만 보탤 수 있을 뿐이었다. 사실 메이슨은 고통을 거의 느끼지 않았다. 그는 지금 이스턴테네시의 그레이트스모키 산에서 보낸 어린 시절을 회상하고 있었다. 오랫동안 쓰지 않은 남부 사투리로 그 옛날 강에서 수영을 하고 너구리를 잡고 수박을 서리하던 일을 읊어대는데, 정말 애처로웠다. 루스는 도통 알아들을 수 없었지만, 키드는 이해하고 느낄 수 있었다. 문명이란 것과 등진 채 오랜 세월을 살아온 사람만이 알 수 있는 감정이었다.

불운의 탄환을 맞은 남자가 아침에 의식을 되찾았을 때 맬러뮤트 키드는 그의 소리를 듣기 위해 몸을 더욱 낮추었다.

"우리가 타나나 강에서 우연히 만났던 것 기억하나, 강이 녹는 봄이면 햇수로 4년이 되는 건가? 그때는 그녀한테 별 관심이 없었지. 예쁜 편이었고, 그래서 약간 흥분도 했던 것 같아. 하지만 자네도 알다시피, 그 후로 그녀를 더 많이 생각하게 되었지. 힘들 때도 늘 내 곁에 있어준 착한 아내였어. 게다가 장사에 관한 한 그녀를 따를 사람이 없잖나. 자네와 날 암초에서 떼어내려고 그녀가 무스혼 여울에 총을 쏘았을 때 총알이 우박처럼 물을 때리던 건 기억나나? 누클루키예토에서 쫄쫄 굶던 건? 아니면 그 소식을 전하려고 그녀가 살얼음판을 달렸던 건? 맞아, 그녀는 나한테 전처보다 좋은 아내였어. 내가 결혼한 적이 있다는 거 몰랐나? 말을 한 적이 없다고, 그래? 흠, 미국에 있을 때 한 번 했지. 그래서 여기로 온 거야. 전처랑은 같이 자랐지. 전처에게 이혼의 빌미를 주려고 떠난 거였어. 그녀도 이해했지.

하지만 루스와는 상관없는 일이었어. 내년에 난 모든 걸 정리하고 바깥 세계로 떠나려고 했어. 물론 그녀도 같이. 한데 너무 늦어버렸군. 그녀를 부족으로 돌려보내지 마, 키드. 돌아가면 몹시 힘들어할 거야. 생각해봐! 거의 4년을 우리네 베이컨과

콩과 밀가루와 말린 과일을 먹고 산 여자가 다시 물고기와 순록을 먹으며 살 수 있겠어? 우리네 방식으로 살아봤고, 그것이 자기네 방식보다 낫다는 걸 알게 된 이상 그녀가 돌아가는 건 좋지 않아. 그녀를 돌봐줘, 키드, 그래줄 거지, 아니, 자넨 늘 인디언 방식을 싫어했고 왜 이 땅에 왔는지 한 번도 얘기한 적이 없군 그래. 그녀한테 잘해주고 가능하면 빨리 미국으로 그녀를 보내줘. 하지만 그녀가 향수병에 걸릴 것 같으면 돌아올 수 있도록 처리해줘.

아이가…… 우릴 더 가깝게 해줬어, 키드. 사내애면 좋겠어. 생각해봐! 내 피붙이잖아, 키드. 사내애면 이 땅에 두지 마. 계집애면 상관없어. 내 모피를 팔아. 못해도 5천 달러는 건질 거야. 회사에는 훨씬 더 많이 있어. 내 몫을 자네 몫이랑 함께 챙기게. 금맥도 찾게 될 걸세. 아이가 좋은 교육을 받게 해줘. 무엇보다 키드, 여기로 못 돌아오게 해. 여긴 백인들을 위한 땅이 아니야. 난 이제 가망 없어, 키드. 길어야 사나흘이야. 자넨 계속 가야 해. 가야 한다고! 기억해줘, 내 아내와 내 아들을. 오, 신이여! 부디 아들이기를! 더 이상 머뭇거리지 마. 명령이야, 죽어가는 남자에게 방아쇠를 당겨."

"사흘만." 맬러뮤트 키드가 간청했다. "자네 몸이 좋아질지도 모르잖나. 뭔가가 나타날지도 모르고."

"안 돼."

"그럼 이틀만."

"방아쇠를 당겨."

"이틀."

"내 아내와 내 아들이 있어, 키드. 고집부리지 마."

"하루."

"안 돼, 안 돼! 명령이야."

"그럼 하루만. 있는 식량으로 하루는 버틸 수 있어, 무스를 잡을지도 모르잖아."

"안 돼, 좋아. 하루야, 더는 1분도 안 돼. 그리고 키드, 나 혼자 죽음과 맞서게 하지 마, 부탁이야. 한 방에, 방아쇠 한 번으로 끝내. 이해하지. 생각해봐! 생각해봐! 내 피붙이지만, 살아선 결코 볼 수 없는 아이야!

루스를 데려와줘. 작별 인사도 하고 아들을 생각해서 나 죽을 때까지 기다리지 말라고 얘기하고 싶어. 내가 안 가면 그녀도 안 가겠다고 할지 몰라. 잘 가게, 오랜 친구. 잘 가.

키드! 거기 비탈 옆에, 천막 위쪽으로 구덩이를 파봐. 난 거기서 삽으로 사금을 40센트나 채취했어.

그리고 키드!" 그는 마지막 말을 내뱉기 위해 몸을 잔뜩 웅크렸다. 죽어가는 남자는 자존심을 접었다. "카르멘 일은…… 알지…… 미안하게 됐네."

조용히 울고 있는 여자를 남편에게 맡긴 채 맬러뮤트 키드는 파카를 껴입고 눈신을 신고 총을 겨드랑이에 찔러 넣고서 숲으로 들어갔다. 북극의 가혹한 불행을 처음 겪는 것도 아니었건만 이번처럼 힘든 적은 없었다. 이론적으로는 분명하고 수학적인 명제였다. 한 사람은 죽을 운명인데 반해 세 사람은 살 수 있었다. 하지만 지금 그는 망설였다. 지난 5년 간 어깨를 나란히 한 채 강과 길에서, 야영지와 광산에서, 싸움과 홍수와 기근으로 죽음과 맞서며 우애의 탑을 쌓아온 그들이었다. 그 유대가 너무 끈끈해 루스가 그들 사이에 낀 첫날부터 그는 그녀의 은근한 시샘을 종종 의식하곤 했다. 이제 그 유대를 자신의 손으로 잘라야 했다.

무스 한 마리, 딱 한 마리만 잡게 해달라고 빌었건만 사냥감들은 모두 이 땅을 버린 듯했다. 해질녘에야 남자는 지쳐 빈손과 무거운 마음으로 야영지로 돌아왔다. 개들의 소란과 루스의 찢어지는 비명소리가 그의 발걸음을 재촉했다.

그가 야영지로 들어서니 여자가 으르렁거리는 개들 한가운데서 도끼를 휘두르고 있었다. 개들은 주인들의 철칙을 깨뜨리고 먹을 것에 달려들고 있었다. 그는 총을 거꾸로 메고서 그 싸움에 끼어들었다. 원시 자연의 무자비함과 더불어 자연선택이라는 진부한 게임이 벌어졌다. 총과 도끼가 오르내리며 규칙적으로 맞히거나 못 맞혔다. 유연한 짐승들은 눈을 이글거리고 엄니에서 침을 뚝뚝 흘리며 휙휙 움직였다. 사람과 짐승이 패권을 위해 끝까지 피 터지게 싸웠다. 그러다 두들겨 맞은 짐승들은 불가로 기어가 상처를 핥고 하늘에 대고 불평을 토했다.

짐승들은 말린 연어를 모조리 먹어치웠다. 앞으로 황야를 320킬로미터나 헤쳐 나가야 하는데 남은 식량은 밀가루 2킬로그램뿐이었다. 루스는 남편에게 돌아갔고, 맬러뮤트 키드는 개들 중 한 놈의 따뜻한 몸을 난도질하고 도끼로 두개골을 으깼다.

모든 부위를 조심스럽게 떼어놓고서 가죽과 부스러기는 다른 개들에게 던져주었다.

다음날 아침 새로운 골칫거리가 생겼다. 개들이 서로를 공격하기 시작한 것이다. 가냘픈 명줄을 부여잡고 있던 카르멘이 결국 무리에게 당했다. 채찍이 날아드는데도 개들은 아랑곳하지 않았다. 맞으면 움츠리고 울부짖기만 할 뿐 마지막 한 점—뼈며 가죽이며 털이며 죄다—이 사라질 때까지 녀석들은 흩어지려 하지 않았다.

맬러뮤트 키드는 메이슨의 얘길 들으며 자신의 일에 열중했다. 지금 메이슨은 테네시로 돌아가 지난날의 형제들에게 난해한 설교와 엉뚱한 훈계를 하고 있었다.

키드는 가까이 있는 소나무들을 이용해 바쁘게 움직였다. 루스가 지켜보니 그는 오소리나 개들이 고기를 가져가지 못하도록 사냥꾼들이 이따금 사용하는 그런 땅굴을 만들고 있었다. 서로 마주한 두 개의 작은 소나무 우듬지를 하나씩 하나씩 땅에 닿을락 말락 구부린 다음 무스 가죽 끈으로 단단히 묶었다. 그러고는 개들을 패서 말을 듣게 한 뒤 썰매 두 대에 견인줄을 매었고, 썰매에는 메이슨을 감싼 모피들을 제외하고 짐을 모두 실었다. 그는 모피를 둘둘 말아 단단히 동여매고서 밧줄의 양쪽 끝을 구부린 소나무 가지에 묶었다. 그가 사냥칼을 휘두르면 밧줄이 풀리고 메이슨의 몸뚱이는 허공으로 높이 날아오를 것이다.

루스는 남편의 마지막 바람대로 아무런 저항도 하지 않았다. 그 가련한 여인은 복종의 가르침을 잘 배웠다. 어릴 때부터 그녀는 순종했고, 모든 여자들이 창조주에게 순종하는 모습을 보아 왔다. 여자가 저항하는 것은 자연의 섭리에 맞지 않는 것 같았다. 키드는 남편에게 키스를 하는—그녀의 부족에겐 그런 관습이 없었다—그녀가 목놓아 슬퍼하도록 해준 뒤 그녀를 맨 앞쪽 썰매로 데리고 가 눈신을 신겨주었다. 멍하니, 본능적으로, 그녀는 썰매채를 잡고 채찍을 날려 개들에게 "이랴"를 외치고 달렸다. 잠시 후 키드는 땅에 떨어진 메이슨에게 돌아갔고, 그녀의 모습이 사라진 후 불가에 웅크리고 앉아 동료가 죽기를 기도하며 기다렸다.

하얀 침묵 속에서 가슴 아픈 생각만을 하는 것은 좋지 않다. 어두운 침묵은 수의처럼 몸을 감싸고 막연한 동정을 표하는 듯 자비로운 반면, 맑고 차가운 하얀 침묵은 강철빛 하늘 아래 무자비하기만 하다.

한 시간, 두 시간이 흘렀지만 그 남자는 쉬이 죽지 않았다. 정오에 태양은 남쪽 지평선 위로 벌건 기운만 비스듬히 퍼붓고는 코빼기도 보이지 않고 얼른 물러났다. 맬러뮤트 키드는 일어나 다리를 질질 끌며 동료 옆으로 갔다. 그러고는 주변 풍경을 흘깃 보았다. 하얀 침묵이 그를 비웃는 듯했고, 커다란 공포가 그를 덮쳤다. 날카로운 총성이 터졌다. 메이슨은 곧장 천상의 묘로 들어갔고, 맬러뮤트 키드는 채찍을 휘둘러 개들을 거칠게 몰아치며 눈밭을 질주했다.

삶의 법칙

JACK LONDON

늙은 코스쿠시는 귀를 바짝 곤두세웠다. 시력은 오래전에 약해
졌지만, 청력은 여전히 날카로워 아무리 작은 소리도 그 주름진
이마 뒤에 자리한 죽어가고 있는 지능을 꿰뚫을 정도였다. 하지
만 그런 지능도 더 이상 세상 만물을 응시할 수 없었다. 아! 저
건 시트컴투하구나, 개들을 손바닥으로 찰싹찰싹 때리고 시끄
럽게 욕을 해대며 썰매줄을 매고 있구나. 시트컴투하는 늙은 코
스쿠시의 딸의 딸이었다. 소녀는 너무 바빠 눈밭에 버려진 채
쓸쓸히 혼자 앉아 있는 쇠약한 할아버지를 생각할 겨를이 없었
다. 천막을 접고 길을 나서야 했다. 갈 길은 멀고 하루해는 짧
아 꾸물댈 틈이 없었다. 그녀를 부르는 것은 죽음이 아니라 삶,
삶의 의무들이었다. 한데 코스쿠시는 지금 죽음의 문턱에 와 있
었다.

그 생각에 늙은 코스쿠시는 잠시 공포감이 밀려들어 마비되어 덜덜거리는 손을 옆으로 뻗어 마른 장작더미를 더듬었다. 장작이 있는 것에 안심하고는 손을 더러운 모피 속에 도로 집어넣고 다시 귀를 기울이기 시작했다. 반쯤 언 가죽이 둔탁하게 탁탁거리는 소리로 보아 추장의 사슴 가죽 천막을 거둬 지금은 운반하기 좋게 둘둘 말아 찌그러뜨리고 있는 듯했다. 추장은 그의 아들이었다. 건장하고 굳센, 부족의 우두머리이자 힘 있는 사냥꾼이었다. 그는 짐을 꾸리는 여자들에게 늑장을 부린다며 언성을 높여 비난했다. 늙은 코스쿠시는 열심히 귀를 기울였다. 그 소리를 듣는 것도 마지막일 것이다. 지하우의 천막도 가버렸다! 투스켄의 천막도! 일곱 개, 여덟 개, 아홉 개. 주술사의 천막만 아직까지 세워져 있는 듯했다. 저기다! 지금은 저 천막을 거두고 있나보군. 주술사가 천막을 거둬 썰매에 실으면서 투덜대는 소리가 그의 귀에 들렸다. 어떤 여자가 부드럽고 낮고 쉰 목소리로 잉잉거리며 우는 아이를 달랬다.

　어린 쿠티구나, 늙은 코스쿠시는 생각했다. 신경질적인 아이지, 그리 튼튼하지도 않고. 아마도 아이는 곧 죽게 되겠지, 사람들이 얼어붙은 툰드라에 구덩이를 파서 묻고 오소리가 접근하지 못하게 돌무덤을 쌓겠지. 글쎄, 그게 뭐 그리 중요할까? 그래봤자 몇 년이고, 배부른 날이 있으면 배고픈 날도 있는 것을. 결국에는, 먹어도 먹어도 늘 배고픈 걸신들린 사신이 기다리고 있는 것을.

　저건 무슨 소리였더라? 그래, 남자들이 썰매에 실은 짐을 가죽끈으로 묶어 팽팽히 잡아당기는 소리야. 더 이상은 못 듣게 될 그 소리를 그는 열심히 들었다. 채찍이 철썩거리며 개들 사이로 떨어졌다. 개들이 낑낑대는 소리를 들어보라! 그렇게 무거운 짐을 끌고 길을 나서는 것을 얼마나 싫어하는가! 개들이 출발했다! 썰매들이 잇달아 눈을 헤치고 천천히 침묵 속으로 사라졌다. 모두 가버렸다. 모두가 그의 삶 밖으로 떠나 그는 최후의 모진 시간에 홀로 맞섰다. 아니었다. 모카신이 눈밭을 저벅저벅 밟는 소리가 났다. 어떤 남자가 그의 옆에 와서 섰다. 어떤 손이 부드럽게 그의 머리를 짚었다. 이렇게 할 만큼 그의 아들은 착했다. 늙은 아비를 기다려주지도 않고 부족을 따라 가버리는 아들들이 얼마나 많았던가. 하지만 그의 아들은 아니었다. 추억 속을 어슬렁거리던 그는 젊은 아들의 목소리에 현실로 돌아왔다.

"괜찮으세요?" 아들이 물었다.

늙은 코스쿠시는 대답했다. "괜찮다."

"장작도 옆에 있고 불도 잘 타고 있어요." 젊은 아들은 계속 말했다. "날이 흐려지고 갑자기 추워졌어요. 곧 눈이 내리겠어요. 지금도 좀 내리고 있어요."

"아, 정말 그렇구나."

"부족 사람들이 서두르네요. 짐은 무겁고, 못 먹어서 배랑 등짝이 붙었어요. 갈 길이 머니 자꾸 서둘러요. 이제 갈게요. 괜찮으시죠?"

"괜찮다. 난 줄기에 간당간당 붙어 있는 마지막 잎새 꼴이야. 바람만 살짝 불어도 떨어질 게다. 목소린 노파처럼 변했구나.

눈은 침침해서 한 치 앞도 안 보이고, 다리는 무겁고 피곤하구나. 그래도 괜찮다."

그는 눈을 밟는 뽀드득 소리가 점점 멀어져 잠잠해질 때까지 느긋이 고개를 숙이고 있었다. 이제 그의 아들은 불러도 대답할 수 없는 곳으로 가버렸다. 그제야 그는 손을 바삐 장작 쪽으로 움직였다. 그 자신과 그를 집어삼키려 입을 크게 벌리고 있는 내세 사이에 존재하는 것은 장작뿐이었다. 그에게 남은 삶은 한줌의 장작이 다였다. 하나씩 하나씩 장작은 불의 먹이가 될 것이고, 죽음이 슬금슬금 다가올 것이다. 마지막 나무토막의 열기가 식어버리면 강추위가 힘을 모으기 시작할 것이다. 처음엔 발이, 다음엔 양손이 얼어붙을 것이다. 마비 증세는 손발에서 온몸으로, 서서히 번질 것이다. 머리가 무릎 위로 고꾸라지고, 그는 영원히 잠들 것이다. 잠들기는 쉬웠다. 모든 인간은 죽게 마련이다.

그는 불평하지 않았다. 그것이 삶의 법칙이었고, 정당한 일이었다. 땅과 친밀한 부족에서 태어나 땅과 친밀하게 살아온 그로서는 그러한 법칙이 낯설지 않았다. 그것은 모든 생물의 법칙이었다. 자연은 생물에게 친절하지 않았다. 자연은 개체라고 하는 구체적인 대상에는 관심이 없었다. 자연의 관심은 종에, 종족이라는 것에 있었다. 이것이 늙은 코스쿠시의 미개한 머리가 파악할 수 있는 가장 심오한 개념이었지만, 그는 그 개념을 굳게 끌어안았다. 모든 생물이 그것의 좋은 예가 되었다. 수액이 올라오고, 버드나무의 싹이 초록빛을 터뜨리고, 노란 잎이 떨어지는 등, 이것만으로도 전 역사를 알 수 있었다. 하지만 자연은 개체에게 한 가지 임무를 정해주었다. 그 임무를 수행하지 않으면 그 개체는 죽었다. 그 임무를 수행해도 마찬가지로 죽었다. 자연은 개의치 않았다. 순종하는 것 외에 방도가 없었으므로 순종하는 이들도 많이 있었지만, 순종하지 않는 이들도 있었다. 그런 식으로 그들은 살고 또 살았다. 코스쿠시 부족은 역사가 오래된 부족이었다. 그가 어릴 때부터 알던 노인들은 전대(前代)의 노인들을 알았다. 따라서 그 부족이 살고 있다는 것은 사실이었고, 그렇다는 것은 부족의 모든 구성원이 순종하며 살았다는 것을 의미했다. 하지만 그들의 존재는 잊힌 과거가 되었고 그들의 무덤들도 잊혀졌다. 그들의 존재 자체는 중요하지 않았다. 그들은 일종의 삽화였다. 여름날 하늘을 지나는 구름들처럼 왔다 가는 존재들이었다. 코스쿠시도 하나의 삽화였고, 그렇게 가버릴 터였다. 자연은 개의치 않았다. 자연은 삶에 하나의 임무를 부과하고 하나의 법칙을 제공했다. 삶의 임무는 영속시키는 것이고, 삶의 법칙은 죽음이었다. 풍만한 가슴에 건강하고 걸음걸이가 경쾌하며 두 눈을 반짝거리는 처녀는 바라보기만 해도 유쾌해진다. 하지만 그녀 앞엔 하나의 임무가 놓여 있다. 눈빛이 초롱초롱해지고 걸음걸이가 빨라지면서 그녀는 소심한 젊은이들과 대담하게 부딪치며 그들에게 자기 내면의 불안을 전파한다. 그녀가 점점 더 아름다워져 눈이 부실 정도가 되면 마침내 더 이상 욕정을 이기지 못한 사냥꾼이 그녀를 자신의 천막으로 데리고 간다. 그때부터 그녀는 남편을 위해 요리와 집안일을 하고 그의 아이들의 엄마가 된다. 자식들이 생기면 여자의 모양새는 점점 볼품없어진다. 발을 질질 끌며 걷고, 눈은 점점 흐릿해지고 침침해진다. 어린 자식들만이 불 옆에서 늙은 어미의 주름진 뺨에 얼굴을 부비며 기뻐한다. 그녀의 임무는 완수되었다. 그러나 얼마 후 기근이 닥치거나 먼 길을 떠나야 할 경우엔 지금의 코스쿠시가 버려진 것처럼 그녀도 약간의 장작과 함께 눈밭에 버려질 것이다. 그게 삶의 법칙이었다. 코스쿠시는 불 위에 나뭇가지 하나를 조심스레 올려놓고 다시 명상에 잠겼다. 세상 어디든 삼라만상의 이치가 똑같았다. 모기는 첫서리가 닥치면 사라진다. 작은 다람쥐는 죽을 곳을 찾아 기어든다. 나이가 차면 토끼는 둔해지고 무거워져 더 이상 적을 따돌리지 못한다. 거구의 회색곰도 행동이 굼떠지고 눈이 멀고 성말라져 결국엔 컹컹 짖어대는 허스키들 무리에게 당하고 만다. 늙은 코스쿠시는 어느 해 겨울 클론다이크의 상류 쪽에 아버지를 버리고 온 일을 떠올렸다. 백인 선교사가 설교집과 약상자를 가지고 오기 전해 겨울이었다. 그 약상자를 떠올릴 때면 그렇게나 입맛이 다셔지곤 했는데, 지금은 그의 입이 바싹 말라 있었다. 그 '진통제'라는 것은 약효가 그만이었다. 하지만 그 선교사는 고기 한 조각 가져오지 않고 배불리 먹기만 해대 사냥꾼들의 원성을 샀고 결국엔 귀찮은 존재가 되었다. 그는 마요 근처 분수령에서 얼어죽었고, 그 후 개들이 그의 돌무덤을 코로 밀어내고 뼈들을 차지하려 싸웠다.

코스쿠시는 불 위에 나뭇가지 하나를 더 올려놓고 옛일에 더욱 깊이 빠져들었다. 대기근이 닥친 시기가 있었다. 그때 노인들은 허기진 배로 불가에 쭈그리고 앉아 유콘 강이 세 번이나 겨

울에 범람했다가 여름에 꽁꽁 얼어붙었던 까마득한 날의 어렴풋
한 전설들을 늘어놓았다. 그 대기근 때 그는 어머니를 잃었다.
그해 여름 연어들은 강을 거슬러 오지 않았고, 그의 부족은 어서
겨울이 와 순록이 오기만을 기다렸다. 곧이어 겨울이 왔지만 순
록은 오지 않았다. 나이 많은 노인들도 평생 처음 겪는, 전례 없
는 일이었다. 그러나 순록은 계속 오지 않았다. 그렇게 7년이 흘
러 토끼도 남아나지 않게 되고 개들은 앙상한 뼈만 남게 되었다.
그 긴긴 암흑 속에서 아이들은 울부짖다 죽었고, 여자들과 노인
들도 그렇게 죽어갔다. 다시 봄이 왔을 때 살아남아 해를 볼 수
있었던 사람은 열에 아홉이 되지 않았다. 그것이 기근이었다!

　하지만 코스쿠시는 풍요로운 시절도 맛보았다. 고기가 남아
돌아 사람들의 손에서 썩어나고 개들은 너무 먹어대 비대해지고
쓸모없어진 때를. 사냥감을 죽이지도 않고 돌려보내고, 여자들
은 아이를 많이 낳아 천막들마다 사내애와 계집애로 북적거리던
때를. 그 시절 남자들은 오만해져 옛날처럼 싸움을 다시 벌여 분
수령을 넘어 남쪽으로 가서 펠리족을 쳤는데, 서쪽으로 진출했
다면 타나나족의 꺼진 모닥불 옆에 앉아 있을지도 모를 일이었
다. 풍요로운 그 시절, 그는 어린 나이에 무스 한 마리가 늑대들
에게 당하는 광경을 본 적이 있었다. 징하가 그와 함께 눈 위에
누워 그 광경을 구경했다. 징하는 커서 가장 유능한 사냥꾼이 되
었고 유콘 강에서 물이 채 얼지 않은 곳을 지나다 빠져죽었다.
한 달 후, 그는 얼음 구멍 위로 몸이 반쯤 걸친 채 얼어붙은 시신
으로 발견되었다.

그 무스 얘기로 돌아가자. 징하와 그는 아버지들의 방식을 따라 사냥을 하러 나온 참이었다. 강바닥에서 그들은 어떤 무스의 선명한 발자국과 많은 늑대의 발자국들을 함께 발견했다. "늙은 사슴이야. 무리를 따라잡지 못한 늙은 놈이야. 늑대들이 형제들한테서 놈을 떼어놓은 거야. 놈을 절대 놔주지 않을 거야." 코스쿠시보다 발자국을 잘 읽을 줄 아는 징하가 말했다. 그 말은 사실이었다. 늑대들의 방식이 그랬다. 녀석들은 밤이고 낮이고 쉬지도 않고 으르렁대며 놈의 뒤에 바싹 붙어 코를 덥석덥석 물어대며 끝까지 붙어 있을 것이다. 징하와 그는 피를 보고 싶은 욕구가 빠르게 솟구치는 걸 느꼈다! 그 최후는 얼마나 볼 만한 광경이 될 것인가!

 두 사람은 열의에 넘쳐 그 발자국을 쫓았다. 발자국이 얼마나 넓은지 시력이 약하고 추적에 능하지 못한 코스쿠시조차 눈 감고도 따라갈 수 있을 정도였다. 맹렬히 뒤를 쫓으며 그들은 걸음을 뗄 때마다 새롭게 찍힌 냉혹한 비극을 해독했다. 이제 그들은 무스가 멈춰 섰던 곳까지 왔다. 눈 위에 성인 남자의 덩치보다 세 배나 큰 몸뚱이가 짓밟히고 내던져진 자국이 온 사방에 찍혀 있었다. 그 한가운데 발굽이 벌어진 사냥감의 발자국이 깊게 박혀 있고, 주위로는 늑대들의 그리 깊지 않은 발자국들이 찍혀 있었다. 형제들이 사냥감을 괴롭히는 동안 어떤 늑대들은 모로 누워 쉬기도 한 모양이었다. 몸을 쭉 늘어뜨린 흔적이 방금 전 그래놓고 간 것처럼 눈 위에 완벽히 찍혀 있었다. 한 늑대는 발광한 제물의 사나운 발길질에 짓밟혀 죽었다. 살점이 깨끗이 뜯긴 몇 개의 뼈만 남아 있었다.

무스가 두 번째 멈춰선 지점에서 그들도 다시 전진을 멈췄다. 이곳에서 그 거대한 짐승은 필사적으로 싸운 듯했다. 눈 위에 찍힌 자국으로 보아 녀석은 두 번을 질질 끌려갔다가 두 번 모두 몸을 흔들어 공격자들을 떼어낸 뒤 다시 한 번 일어났다. 이미 오래전 임무를 완수한 무스였건만, 녀석에게는 아직까지도 삶이 소중했던 모양이었다. 쓰러졌던 무스가 다시 일어나다니, 기묘한 일이라고 징하는 말했다. 하지만 그것은 틀림없는 사실이었다. 이 얘기를 들으면 주술사는 기적을 찾으려 할 것이었다.

다시 무스 얘기로 돌아가자. 그들은 무스가 강둑을 올라 삼림지로 들어선 지점까지 왔다. 여기서 적들이 뒤에서 덮치자 무스는 앞발을 쳐들었다 그대로 내리쳐 두 놈을 눈 속에 뭉개버렸다. 다른 늑대들이 죽은 그들을 건드리지 않고 간 것을 보면 사냥감의 최후가 목전에 와 있는 것이 분명했다. 멈춰 선 흔적이 두 번 더 있었지만 시간 간격도 짧고 거리도 무척 가까웠다. 길은 이제 피투성이였고, 그 거대한 짐승의 반듯한 걸음은 보폭이 점점 짧아지고 비뚤비뚤해졌다. 바로 그때 그들은 처음으로 그 전투 소리를 들었다. 추적자들이 목청껏 내지르는 합창이 아니라 가까이서 살을 이빨로 물어뜯는 컹 하는 짧은 소리였다. 징하는 바람을 거슬러 포복 자세로 눈밭을 기어갔고, 몇 년 후 부족의 추장이 될 운명을 진 코스쿠시도 기어갔다. 그들은 어린 가문비나무 가지들 밑에 몸을 밀어붙이고서 앞을 응시했다. 그런 다음 최후의 광경을 목도했다.

젊은 날에 본 다른 인상 깊은 일들처럼 그 영상도 아직까지 선명하게 남아 있어 그의 침침한 두 눈은 그 아득한 최후의 장면을 어제 일처럼 생생하게 볼 수 있었다. 그렇다는 것이 코스쿠시로서는 놀라웠다. 왜냐하면 그 후 그는 부족의 지도자이자 부족 회의의 의장이 되어 공개적인 칼싸움을 벌여 이상한 백인 남자를 죽였을 뿐 아니라 위대한 공적을 많이 쌓고 펠리족의 입들이 그의 이름을 저주하게 만들었던 것이다.

그가 젊은 날의 추억에 얼마나 오래 잠겨 있었던지 불길이 잦아들고 추위가 한층 깊어졌다. 코스쿠시는 모닥불에 나뭇가지를 두 개 집어넣고 남아 있는 장작 수로 자신의 명줄을 가늠해 보았다. 시트컴투하가 할아버지의 존재를 잊지 않고 장작을 한 아름 더 모아주기만 했어도 그의 시간은 더 길어졌을 것이다. 그것은 힘든 일도 아니었을 것이다. 하지만 그 계집아이는 언제나 무심했고, 징하의 아들의 아들인 비버가 그녀에게 눈길을 준 그날부터 조상들을 공경하지 않았다. 글쎄, 그것이 어떻단 말인가? 혈기왕성한 시절엔 코스쿠시 자신도 그렇지 않았던가? 그는 잠시 정적에 귀를 기울였다. 어쩌면 아들의 마음이 약해져 지방이 두툼하니 붙어 있는 순록들이 떼 지어 뛰어다니는 곳으로 늙은 아비를 데리고 가기 위해 개들과 함께 돌아올지도 모르지 않는가.

그는 귀를 쫑긋 세웠다. 부단히 움직이던 뇌가 곧바로 조용해졌다. 일말의 들썩임도 없었다. 오직 그만이 깊은 침묵 속에서 숨을 쉬고 있었다. 정말 외로웠다. 가만! 저게 뭐지? 오싹한 기운이 그의 몸을 훑고 지나갔다. 길게 늘어지는 익숙한 울음소리가 허공을 찢으며 가까이 다가왔다. 잠시 후 그의 침침해진 두 눈에 그 무스—늙은 수컷 무스—의 환영이 투사되었다. 찢어져서 피투성이가 된 옆구리, 벌집이 된 갈기, 무수히 갈래진 뿔, 쓰러지고서도 마지막까지 머리를 쳐들던 그 모습이. 그는 회색의 번득이는 형체, 번쩍이는 두 눈, 축 늘어진 혀, 침이 뚝뚝 흐르는 송곳니를 보았다. 그리고 그 무자비한 원이 점점 좁혀져 뭉개진 눈밭 한가운데서 하나의 검은 점으로 변하는 것도 보았다.

어떤 차가운 주둥이가 그의 뺨을 찔러 그의 영혼은 얼른 현실로 돌아왔다. 그는 한 손을 불 속에 넣어 타고 있는 장작을 하나 끄집어냈다. 그 순간 대대로 내려온 인간에 대한 두려움에 압도된 그 짐승은 뒤로 물러나 형제들에게 길게 끄는 울음을 내질렀다. 그러자 놈의 형제들이 자지러지게 화답했고, 마침내 웅크린 채 군침을 흘리는 회색 형체들의 둥근 포위망이 만들어졌다. 늙은 코스쿠시는 이 원이 좁혀져 오는 소리에 귀를 기울였다. 그가 불붙은 나뭇조각을 획획 흔들어대자 킁킁 소리는 으르렁거림으로 바뀌었다. 그러나 숨을 헐떡이는 짐승들은 흩어질 생각을 하지 않았다. 한 놈이 가슴을 앞으로 내밀고 궁둥이를 뒤로 뺀 채 슬슬 기어들어오자 두 번째, 세 번째 놈이 그 뒤를 따랐다. 한 놈도 물러설 기색이 없었다. 왜 삶에 집착하는가? 코스쿠시는 그렇게 묻고서 불붙은 나뭇가지를 눈 속에 떨어뜨렸다. 푸쉬익 소리를 내며 불이 꺼졌다. 포위망은 불안하게 으르렁거렸지만 자리를 뜨지는 않았다. 코스쿠시는 늙은 수컷 무스의 마지막 저항을 다시 떠올렸다. 그는 무릎 위로 머리를 힘없이 떨어뜨렸다. 결국엔 상관없지 않은가? 이런 게 삶의 법칙이 아니던가?

삶을 향한 사랑

JACK LONDON

결국에 남게 되는 건 이것이라……

사람들은 살아왔고 주사위를 던져왔다는 것.

게임이란 본시 그렇게 운영되는 법,

주사위라는 금을 잃는 한이 있어도.

그들은 강둑을 따라 힘겹게 절뚝거렸다. 한번은 앞서 걷던 이
가 울퉁불퉁한 바위들 틈에서 비틀거렸다. 그들은 지치고 약해
졌고, 얼굴엔 오랜 고난을 견뎌온 인내의 표정이 새겨져 있었다.
그들은 무거운 담요 꾸러미를 어깨에 메고 있었다. 머리띠를 이
마에 둘러 짐의 무게를 덜어냈다. 두 사람 모두 소총을 메고 있
었다. 어깨와 머리를 앞으로 쭉 내밀고 두 눈은 땅에 박은 채 구
부정한 자세로 걷고 있었다.

"우리 땅굴에 숨겨둔 탄약통들 중 두 통만 있어도 좋을 것을." 뒤처진 자가 말했다.

그의 목소리는 참으로 무미건조했다. 의욕이라곤 없는 목소리였다. 바위 위로 거품을 일으키며 흐르는 젖빛 개울을 절뚝거리며 걷는 앞선 사내는 아무런 답을 하지 않았다.

다른 사내는 그의 뒤를 바싹 따랐다. 개울물이 얼음처럼 차가운―발목이 시리고 발가락이 마비될 정도로 차가운―데도 그들은 신을 벗지 않았다. 여기저기서 물이 무릎까지 차곤 했고 두 남자는 비틀거리며 발 디딜 곳을 찾았다.

뒤따르던 사내가 미끈미끈한 돌을 밟고 넘어지려다 말고 간신히 균형을 되찾으며 고통스러운 외마디 비명을 내질렀다. 머리가 어질어질한지 그는 허공에 손 짚을 곳을 찾는 듯 한 손을 내뻗었다. 자세를 바로잡고 발을 앞으로 내딛던 그는 또다시 비틀거리며 넘어질 뻔했다. 이번에는 가만히 서서 앞선 동료를 보았는데, 그는 단 한 번도 고개를 돌리지 않았다.

뒤처진 사내는 어떻게 할까 고민을 하는지 한참을 서 있었다. 그런 다음 소리쳤다.

"이봐, 빌, 발목을 삐었어."

빌은 비틀거리며 젖빛 개울을 계속 건너갔다. 그는 뒤돌아보지 않았다. 뒤처진 사내는 그가 가는 모습을 지켜보았다. 얼굴은 여전히 무표정했지만, 두 눈은 상처 입은 사슴의 눈을 닮아 있었다.

앞선 남자는 절뚝거리며 개울가에 올라서 여전히 뒤돌아보지 않고 전진했다. 물속에 남은 동료는 그런 동료를 우두커니 지켜보았다. 입술이 부르르 떨렸는데, 그 덕에 입술을 덮고 있던 부스스한 갈색 수염이 눈에 띄게 흔들렸다. 입술을 축이고 싶어도 혀조차 말을 듣지 않았다.

"빌!" 그가 큰 소리로 외쳤다. 곤경에 빠진 남자의 간절한 외침이었건만, 빌의 머리는 끝내 돌아가지 않았다. 뒤처진 남자는 자신의 동료가 기괴하게 절뚝거리고 몸을 앞으로 갸우뚱거리며 완만한 비탈을 올라 부드러운 지평선이 그려진 낮은 언덕으로 향하는 것을 지켜보았다. 그가 마침내 산등성이를 넘어 사라지는 것도 보았다. 그제야 사내는 눈길을 돌려 빌이 사라지고 없는 자신의 세계를 찬찬히 둘러보았다.

지평선 가까이 떠 있는 해는 형체 없는 안개와 수증기에 가려져 흐릿하게 이글거렸는데, 그래서인지 윤곽이 없거나 만질 수 없는 질량 덩어리 같다는 느낌이 들었다. 물속에 있던 사내는 한쪽 다리에 체중을 싣고 시계를 꺼냈다. 네 시였다. 정확한 날짜는 모르겠지만 계절이 7월 말이나 8월 초에 가까웠기 때문에 그는 해가 있는 방향이 대략 북서쪽이라는 것은 알았다. 그렇다면 남쪽의 저 황량한 언덕들 너머에는 그레이트베어 호(湖)가 있을 터였다. 또한 그 방향으로는 북극권에 의해 캐나다 불모지를 가로지르는 험악한 길이 나 있을 터였다. 그가 서 있는 이 개울은 코퍼마인 강의 지류였고, 이 강은 북쪽으로 흘러 코로네이션 만과 북극해로 들어갔다. 그는 코퍼마인 강까지 가본 적은 없었지만, 허드슨베이 사(社)의 해도로 그 강을 본 적은 한 번 있었다.

다시 한 번 그의 눈은 자신을 둘러싼 세상을 쭉 훑었다. 참으로 진 빠지는 광경이었다. 어디를 보아도 지평선이 희미했다. 언덕들은 아주 낮았다. 나무도, 관목도, 풀도 없고, 그의 눈에 차오르는 풍경은 두려움만 차오르게 하는 거대하고 무시무시한 황량함이 전부였다.

"빌!" 그는 한 번, 또 한 번 작은 소리로 말했다. "빌!"

그는 황야의 광대함이 압도적인 힘으로 자신을 짓누르고 기고만장한 무서움으로 잔인하게 짓밟기라도 하는 듯 젖빛 개울 한가운데서 몸을 웅크렸다. 그러다 오한이 드는지 몸을 떨기 시작했는데, 그 바람에 총이 물 위로 첨벙 떨어졌다. 덕분에 그는 정신이 번쩍 들었다. 두려움과 싸우고 냉정을 되찾아 그는 물속을 더듬어 무기를 회수했다. 다친 발목에 무리가 가지 않도록 짐 꾸러미는 왼쪽 어깨 위로 좀 더 옮겼다. 그런 다음 고통으로 몸을 움츠린 채 천천히 조심조심 개울가로 나아갔다.

그는 멈추지 않았다. 고통을 잊고 죽을힘을 다해 허둥지둥 비탈을 올라 그의 동료가 사라진 언덕 꼭대기에 이르렀다. 절뚝거리고 갸우뚱거리던 동료보다 훨씬 더 기괴하고 우스꽝스러운 모습으로 말이다. 하지만 그 꼭대기에서 그가 본 것은 얕은 골짜기, 삶의 공허였다. 그는 또다시 두려움과 싸워 이겨낸 후 짐을 왼쪽 어깨 위로 더 옮기고서 비틀거리며 비탈을 내려갔다.

골짜기 바닥은 물이 흥건했고 표면에는 이끼가 해면처럼 두껍게 붙어 있었다. 걸을 때마다 물이 발밑에서 솟구쳤고, 그가 발을 들어올릴 때면 젖은 이끼가 신에 덜렁덜렁 붙어 있다 떨어지며 물 빠지는 소리가 났다. 그는 이런 늪지대를 조심스럽게 나아갔고 이끼의 바다에 작은 섬들처럼 솟아 있는 암초들을 피해 다니며 동료의 발자국을 따라갔다.

그는 혼자였지만 길을 잃지는 않았다. 가면서 알게 된 사실은 그가 당도할 곳이 아주 작고 마른 죽은 가문비나무와 전나무가 '침엽수림 지대'인 이 지역의 곳에서 티트친-니칠리라는 작은 호숫가에 둘러서 있는 곳이었다. 작은 개울이 그 호수로 흘러들어갔는데, 그 개울물은 탁하지 않았다. 풀은 무성하지만—이 사실을 그는 잘 기억하고 있었다—수목은 없는 개울이었다. 그 개울을 따라가면 어떤 분수령에서 실개울이 끊어진 곳이 등장할 것이다. 이 분수령을 넘으면 서쪽으로 흐르는 또 다른 개울의 첫 실개울이 등장할 것이고, 그 개울은 디스 강으로 흘러들 것이다. 이곳에는 땅굴을 파서 카누를 엎어놓고 많은 돌을 쌓아둔 저장소가 있을 것이다. 이 저장소에는 탄약과 낚시 도구들과 작은 그물 같은 사냥과 덫에 쓸 용품들이 있을 것이다. 또한 많지는 않지만 밀가루와 베이컨 한 조각과 약간의 콩도 있을 것이다.

빌이 그곳에서 기다리고 있으리라. 그들은 배를 타고 디스 강을 따라 남쪽으로 가서 그레이트베어 호에 도착할 것이다. 그 호수를 건너 남쪽으로 계속 가면 매켄지에 당도할 것이다. 그리고 얼음이 소용돌이치며 흐르고 날이 점점 쌀쌀해져 겨울이 부질없이 그들을 쫓아오는 동안에도 그들은 남쪽으로, 남쪽으로, 남쪽으로 계속 내려가 따뜻한 허드슨베이 사의 교역소에 이를 것이다. 그곳은 키 큰 수목들이 무성하고 그루터기가 끝없이 이어져 있을 것이다.

　이것이 그 사내가 애써 전진하며 한 생각들이었다. 그는 몸을 열심히 굴리는 만큼 머리도 열심히 굴렸다. 빌이 그를 버리지 않았고, 은닉처에서 틀림없이 그를 기다리고 있을 것이라 생각하려 애썼다. 그렇게밖에 생각할 수 없는 것이, 그렇게라도 믿지 않으면 모든 노력이 물거품이 될 테니 그는 진작 쓰러져 죽고 말았을 것이다. 흐릿한 둥근 해가 북서쪽으로 천천히 떨어졌을 때 그는 겨울이 닥치기 전 빌과 함께 할 이동 경로를 몇 번이나 세세히 떠올렸다. 그리고 은닉처와 허드슨베이 사의 교역소에 있는 음식물을 더듬고 또 더듬었다. 그는 이틀을 먹지 못했다. 먹고 싶은 것은 그보다 더 오랜 시간 먹지 못했다. 종종 그는 허리를 굽혀 늪지대 열매를 따서 입에 넣고 씹어 삼키곤 했다. 늪지대 열매는 물에 감싸여 있는 작은 씨앗이다. 입에 넣으면 물은 녹아 없어지고 씨앗은 얼얼하고 쓴맛이 난다. 영양가가 없는 열매인 줄은 알았지만 그런 분별과 달갑지 않은 쓴맛보다도 살 수 있다는 희망이 더 컸기에 그는 참을성 있게 열매를 씹었다.

　아홉 시에 그는 어떤 암초에 발부리를 채였는데, 지칠 대로 지치고 약해진 탓에 비틀거리다 쓰러지고 말았다. 한동안 그는 미동도 없이 옆으로 누워 있었다. 얼마 후 짐을 내려놓고 몸을 뒤뚱뒤뚱 끌어당겨 일어나 앉았다. 아직까지는 어둡지 않아 그는 남아 있는 어스름한 빛에 의지해 바위들 틈에서 마른 이끼 조각들을 더듬어 찾았다. 이끼를 한 아름 모아 불을, 뿌연 연기가 올라오는 불을 지핀 다음 물을 끓이려고 주전자를 올렸다.

그는 짐 꾸러미를 풀어 가장 먼저 성냥 수를 세어보았다. 예순일곱 개가 있었다. 확실히 해두기 위해 그는 세 번을 세었다. 그 성냥들을 몇 다발로 나눠 기름종이에 싸서 한 다발은 빈 담배쌈지에 넣고, 또 한 다발은 찌그러진 모자의 안쪽 띠에 넣고, 세 번째 다발은 셔츠 속 가슴팍에 두었다. 그러자 알 수 없는 공포가 밀려들어 그는 성냥을 모두 꺼내 다시 세어보았다. 여전히 예순일곱 개였다.

그는 불가에서 젖은 신발과 양말을 말렸다. 모카신은 젖고 갈가리 찢겨 있었다. 털양말은 여기저기 구멍이 숭숭 나 발이 까져 있고 피도 나고 있었다. 발목이 욱신거려 그는 찬찬히 보았다. 발목이 무릎만하게 부어 있었다. 두 장 있는 담요 중 한 장을 길게 찢어 발목을 꽉 묶었다. 남은 것을 몇 조각으로 찢어 모카신과 양말 대용으로 발에 친친 감았다. 그런 다음 더운 김이 나는 물을 마시고서 시계태엽을 감고 담요 사이로 기어들어갔다.

그는 죽은 듯이 잠을 잤다. 자정 즘에 캄캄한 어둠이 잠시 들다 나갔다. 해가 북동쪽에서 떠올랐다. 해가 회색 구름에 가려져 있긴 했지만 어쨌거나 그 방향에서 동이 텄다.

여섯 시에 잠이 깬 그는 조용히 누워 있었다. 흐린 하늘을 쳐다보고 있노라니 배가 고팠다. 팔꿈치를 짚고 몸을 굴리던 그는 시끄러운 콧김 소리에 화들짝 놀랐다. 수컷 순록이 경계와 호기심이 섞인 표정으로 그를 주시하고 있었다. 그 짐승은 기껏해야 15미터 정도 떨어져 있었는데, 놈을 보자마자 남자는 불에 지글지글 구워낸 순록 스테이크의 모습과 맛이 떠올랐다. 반사적으로 그는 탄알도 없는 총을 잡고 놈을 겨냥해 방아쇠를 당겼다. 순록은 콧김을 내뿜고는 덜커덕덜커덕 소리를 내며 암초들을 피해 달아났다.

남자는 욕을 내뱉으며 총을 내동댕이쳤다. 발을 질질 끌어 몸을 일으켜 세우며 큰 소리로 끙끙거렸다. 얼마나 힘이 드는지 동작이 굼떴다. 몸의 마디마디가 녹슨 돌쩌귀 같았다. 마디들이 각자의 구멍에서 심한 마찰을 일으키며 삐그덕거려 심혈을 기울여야만 구부러지거나 바로 펴졌다. 마침내 일어섰지만 허리를 똑바로 펴는 데 또 몇 분이 걸렸고, 그제야 그는 사람답게 제대로 서 있을 수 있었다.

그는 작은 언덕을 기어올라 풍경을 전망했다. 나무도 덤불도 없고, 보이는 것이라곤 잿빛 바위와 잿빛 호수와 잿빛 실개천이 거의 구분되지 않는 잿빛 이끼의 바다뿐이었다. 하늘도 잿빛이었다. 해는 보이지도, 보일 기미조차 없었다. 그는 어디가 북쪽인지 알 수가 없었고, 전날 밤 이 장소까지 어떻게 왔는지 기억이 나지 않았다. 그렇다고 길을 잃은 건 아니었다. 길은 알았다. 조금만 더 가면 키 작은 삼림지대에 당도할 것이다. 멀지 않은 곳, 아마도 다음 언덕 너머 어딘가에서 왼쪽으로 꺾어지면 그곳이 아닐까 하는 느낌이 왔다.

그는 메고 다니기 편하게 짐을 다시 꾸렸다. 세 뭉치로 나눠 둔 성냥이 잘 있는지 확인은 했지만 저번처럼 개수를 세지는 않았다. 그 대신 어떤 작달막한 무스 가죽 자루를 보며 생각에 잠겨 있었다. 크지는 않은 자루였다. 그의 두 손에 쏙 들어가는 크기였다. 다만 무게가 나머지 짐들 무게에 맞먹는 7킬로그램 정도였는데, 그게 걱정거리였다. 그는 마침내 그 자루를 한쪽에 제쳐놓고 짐을 계속 꾸렸다. 손놀림을 잠시 멈추고 그 작달막한 무스 가죽 자루를 응시했다. 그러다 이 황량한 땅이 그 물건을 채가기라도 할까봐 주위를 휘휘 둘러보며 얼른 그것을 집어들었다. 그가 일어나 비틀거리며 걷기 시작했을 때 그 물건은 그의 등짐 속에 들어 있었다.

그는 왼쪽으로 방향을 틀었고 이따금 멈춰 늪지대 열매를 먹곤 했다. 발목이 뻣뻣해 절뚝거림이 갈수록 심해졌지만, 그 고통은 공복의 고통에 비하면 아무것도 아니었다. 공복의 고통은 격심했다. 속이 어찌나 쓰린지 키 작은 삼림지대에 당도할 때까지 계속 가야 하는데도 그는 마음을 다잡을 수가 없었다. 늪지대 열매로는 이 속 쓰림이 달래지지 않았고, 얼얼한 걸 먹다 보니 혀와 입천장이 따끔거렸다.

뇌조들이 암초와 늪에서 날개를 퍼덕거리며 날아오르고 있는 계곡이 등장했다. 뇌조들은 커-커-커 하는 소리를 냈다. 남자가 돌을 던져보았지만 번번이 빗나갔다. 그는 짐을 내려놓고 고양이가 참새에게 접근하듯 살금살금 다가갔다. 뾰족뾰족한 바위들이 바지 속을 찔러대 급기야 무릎에서 피가 났지만 그 아픔은 배고픈 아픔에 묻혔다. 젖은 이끼를 헤치고 가다보니 옷이 흠뻑 젖고 몸이 으슬으슬해졌다. 그러나 먹을 것에 너무 흥분한 나머지 그런 사실을 그는 전혀 의식하지 못했다. 뇌조들은 그의 앞에서 날개를 퍼덕이며 계속 날아올랐는데, 커-커-커 하는 울음소리가 조롱처럼 들려 그는 녀석들에게 욕을 퍼붓고 큰 소리로 그 소리를 따라했다.

한번은 분명 잠들어 있던 뇌조에게 접근한 적이 있었다. 놈이 바위투성이 은신처에서 얼굴을 쑥 뽑기 전까진 그도 놈의 존재를 알지 못했다. 그 뇌조가 퍼드덕 날아오르는 바람에 그는 깜짝 놀라 손을 움켜쥐었는데, 그의 손엔 꼬리 깃털 세 개만 쥐어져 있었다. 놈이 달아나는 모습을 보면서 그는 그 새가 자신에게 무슨 몹쓸 짓이라도 한 것처럼 미웠다. 잠시 후 그는 돌아가 짐을 어깨에 멨다.

시간이 지날수록 사냥감이 더 풍부한 계곡이나 습지가 등장했다. 스무 마리 남짓한 순록 무리가 지나갔는데, 사정거리 안에 있어서 그는 더욱 애가 탔다. 녀석들을 쫓고 싶은 욕구가 미친 듯 들끓었고 따라잡아 쓰러뜨릴 수 있을 것만 같았다. 검은 여우가 입에 뇌조를 물고 그를 향해 왔다. 그는 소리를 질렀다. 겁주는 소리였건만 여우는 깜짝 놀라 도망은 치면서도 뇌조는 꼭 물고 있었다.

오후 늦게는 석회 섞인 젖빛 개울이 등장했는데, 개울 속에 골풀이 듬성듬성 피어 있었다. 그가 이 골풀의 뿌리 근방을 꽉 잡고 뽑으니 크기가 지붕 박는 못만하고 어린 양파 싹처럼 생긴 것이 나왔다. 부드러운 것이 맛이 좋을 듯해 그는 꽉 깨어 물었다. 그러나 섬유질이 질겼다. 늪지대 열매처럼 그것은 물이 흥건한 섬유질로 되어 있었고 영양가도 없었다. 그는 짐을 던져놓고 엎드려 골풀 속으로 들어가 소처럼 우적우적 먹어댔다.

너무 지쳐 누워 자고 싶은 마음이 굴뚝 같았지만 그는 계속 전진했다. 키 작은 삼림지대에 당도하고 싶은 바람보다 허기 때문이었다. 이렇게 먼 북쪽 땅에는 개구리나 지렁이가 없다는 걸 알면서도 개구리가 있을 법한 작은 웅덩이들을 유심히 보고 지렁이를 찾아 손톱으로 흙을 파보기도 했다.

웅덩이를 하나하나 들여다보았지만 허사였다. 그러다 땅거미가 길게 질 무렵 마침내 그는 한 웅덩이에서 황어만한 물고기 한 마리를 발견했다. 그가 웅덩이 속에 팔을 깊숙이 찔러 넣었건만 녀석은 잽싸게 피했다. 그래서 두 손을 모두 넣고 바닥을 헤집었다. 그는 흥분한 나머지 물에 빠져 허리까지 젖었다. 그러자 물이 너무 탁해져 물고기가 보이지 않았다. 결국 그는 앙금이 가라 앉을 때까지 기다려야 했다.

물고기 추적이 다시 시작되었고 물은 또 탁해졌다. 하지만 그는 앙금이 가라앉기를 마냥 기다릴 수가 없었다. 그래서 양동이를 끌러 물을 퍼내기 시작했다. 처음에는 미친 듯이 물을 퍼내다 온몸을 적시고 너무 가까운 데다 물을 버려 물이 다시 웅덩이로 흘러드는 사태가 빚어졌다. 그는 심장이 쿵쾅쿵쾅 뛰고 손이 덜덜 떨렸지만 침착하려 애쓰면서 더욱 신중히 일했다. 반 시간쯤 지나자 웅덩이 물이 거의 없어졌다. 남은 물은 이제 한 컵도 되지 않았다. 그러나 물고기는 없었다. 돌들 사이에 틈이 있었는데, 그 틈으로 물고기는 인접한 더 큰 웅덩이로 달아난 모양이었다. 그가 온종일 퍼내도 물을 다 퍼낼 수 없는 웅덩이로. 그런 틈이 있는 걸 진작 알았다면 바위로 그 틈을 막고 작업을 시작했을 것이다.

그는 멍하니 있다 풀이 죽어 젖은 땅에 털썩 주저앉았다. 처음에는 조용히 흐느끼다 자신을 둘러싼 인정머리 없는 황폐함에 큰 소리로 울었다. 한동안은 몸을 뒤흔들며 꺼이꺼이 울었다.

그는 불을 피우고 뜨거운 물을 마셔 몸을 데운 다음 지난밤처럼 암초 위에 천막을 쳤다. 마지막으로 성냥이 젖지 않았는지 확인하고 시계태엽을 감았다. 담요는 축축하고 끈적끈적했다. 발목은 아파서 욱신거렸다. 하지만 그는 배가 고픈 것밖에 의식이 되지 않았다. 불편한 잠자리에서 그는 갖가지 음식이 잔뜩 차려진 잔치와 연회 꿈을 밤새 꾸었다.

아침에 깨니 으스스하고 속이 메스꺼웠다. 해가 보이지 않았다. 땅도 하늘도 어제보다 더 짙은 잿빛을 띠고 있었다. 얼얼한 바람이 불고 있었고, 첫 눈보라가 언덕 꼭대기를 하얗게 물들이고 있었다. 그가 불을 피우고 물을 끓이는 동안 날은 점점 흐려졌다. 비가 반쯤 섞인 눈이 내리기 시작했는데, 눈송이가 크고 축축했다. 처음에는 땅에 닿자마자 눈송이가 녹아 없어지더니 눈발이 점점 굵어지면서 땅도 덮고 불도 꺼뜨리고 장작으로 쓰이기도 못 쓰게 만들었다.

이것은 어서 짐을 들쳐메고 비틀대더라도 길을 계속 가야 한다는 신호였다. 하지만 그는 어디로 가야 할지 몰랐다. 그는 키 작은 삼림지대에도, 빌과 디스 강변에 엎어놓은 카누 아래 은닉 장소에도 관심이 없었다. 그를 지배하는 것은 '먹다'라는 동사였다. 그는 배가 고파 미칠 지경이었다. 풀이 무성한 습지들을 통과하기만 하면 길이야 어떻든 신경 쓰지 않았다. 젖은 눈을 헤치고 물에 젖은 늪지대 열매들을 더듬대고 가면서 촉감에 의지해 골풀의 뿌리를 뽑았다. 하지만 그것은 맛이 없었고 배가 부르지도 않았다. 그러다 시큼한 맛이 나는 풀을 발견해 그는 할 수 있는 한 그 풀을 찾아 먹었는데 많지가 않았다. 그도 그럴 것이 눈 밑으로 쉽게 숨어드는 덩굴식물이었기 때문이었다.

그날 밤엔 불도 피우지 않고 물도 끓이지 않고 담요 밑으로 기어들었지만, 그는 배가 고파 선잠을 잤다. 눈은 차가운 비로 바뀌었다. 얼굴 위로 비가 떨어져 그는 몇 번이나 깨곤 했다. 다시 날이 밝았다. 여전히 날은 흐리고 해는 없었다. 비는 그쳐 있었다. 격심하던 시장기가 가셔졌다. 뭐든 그렇게 먹고 싶더니만 그런 감각도 무디어졌다. 배에 묵직한 통증이 느껴지긴 했지만 몹시 괴로운 정도는 아니었다. 더욱 이성적이 된 그는 다시 한번 키 작은 삼림지대와 디스 강변의 은닉처에 신경을 집중했다.

그는 자투리 담요를 길게 찢어 피 나는 발을 묶었다. 다친 발목도 다시 꽉 묶어 떠날 채비를 갖췄다. 짐을 챙기다 말고 작달막한 무스 가죽 자루를 놓고 한참을 생각하다 결국엔 챙겨 넣었다.

비 온 뒤라 눈은 녹아 있었고, 언덕 꼭대기만 하얗게 반짝거렸다. 드디어 해가 나와 나침반도 방향을 가리키게 되었지만, 그는 이미 길을 잃은 상태였다. 아마도 지난 며칠간 길을 헤매다 왼쪽으로 너무 멀리 와버린 듯했다. 이탈한 진로를 만회하기 위해 그는 오른쪽으로 방향을 틀었다.

공복의 아픔은 더 이상 심하지 않았지만 그는 체력이 떨어진 걸 실감했다. 자주 쉬어주어야 했고, 그때마다 그는 늪지대 열매와 골풀에 달려들었다. 자잘한 털이 가득 돋기라도 한 듯 혀가 말라붙고 부푼 느낌이 들었고, 입에선 쓴맛이 돌았다. 심장도 자주 말썽을 일으켰다. 조금만 걸어도 심장이 사정없이 쿵쾅, 쿵쾅, 쿵쾅 뛰기 시작하다 고통스럽게 마구 요동쳐대 숨이 막히고 어질어질했다.

정오에 그는 커다란 웅덩이에서 황어 두 마리를 발견했다. 웅덩이가 커서 물을 퍼낼 순 없었지만 그는 마음을 더욱 가라앉혀 양동이로 놈들을 겨우 잡았다. 크기가 새끼손가락만했다. 사실 그는 딱히 배가 고프지 않았다. 배의 통증은 점점 더 무뎌지고 희미해졌다. 위장이 졸고 있는 게 아닌가 싶을 정도였다. 그는 잡은 물고기를 날것으로 정성들여 씹어먹었다. 지금의 그에겐 먹는 것이 그야말로 이성적인 행위였다. 먹고 싶은 마음이 전혀 없었지만 먹어야 산다는 것은 알기 때문이었다.

저녁 때는 황어 세 마리를 잡아서 두 마리는 먹고 한 마리는 아침으로 남겨두었다. 해가 나온 덕에 마른 이끼가 조금 생겨 그는 불을 피워 뜨거운 물로 몸을 데울 수 있었다. 이날은 겨우 16킬로미터밖에 가지 못했다. 다음날은 심장이 허락되는 때만 걸을 수 있어서 8킬로미터밖에 가지 못했다. 그러나 위장은 조금도 불편하지 않았다. 이제는 완전히 잠이 든 모양이었다. 게다가 그가 와 있는 곳은 낯설었다. 순록이 점점 많아지고 있었고, 늑대도 마찬가지였다. 이따금 컹컹 소리가 황야를 가로질러 왔는데, 한번은 늑대 세 마리가 그의 앞으로 살며시 지나간 적도 있었다.

또 하룻밤이 지났다. 아침에 더욱 분별력이 생긴 그는 작달막한 무스 가죽 자루를 동여매놓은 가죽 끈을 풀었다. 자루를 열자 누런색의 거칠거칠한 사금과 금덩이들이 쏟아졌다. 그는 그 금을 대충 반으로 나눠 절반은 담요에 싸서 어떤 암초 가까이 숨겨놓고, 나머지 절반은 자루에 도로 넣었다. 하나 남은 담요는 길게 찢어 발을 싸기 시작했다. 디스 강변의 은닉처에 가면 탄약을 구할 수 있었기 때문에 총은 계속 지니고 있었다. 이날은 안개의 날이었다. 배고픔이 다시 깨어났다. 그는 기운이 없고 현기증이 일어 때때로 눈앞이 캄캄했다. 이제는 비틀거리고 넘어지는 게 예사였다. 한번은 비틀거리다 뇌조의 둥지로 곧장 쓰러졌다. 부화한 지 하루밖에 안 된 새끼 네 마리가 있었는데, 한 입 거리밖에 안 되는 그들은 맥박이 거의 뛰고 있지 않았다. 그는 녀석들을 산 채로 입속에 넣고는 달걀껍질처럼 우두둑우두둑 깨물어 게걸스레 먹었다. 어미 새가 큰 소리로 울어대며 날개를 퍼덕거렸다. 그가 놈을 때려눕히려고 총을 내리쳤지만 어미 새는 용케 피했다. 그는 돌을 던져 어미 새의 날개 하나를 부러뜨렸다. 그러자 어미 새는 날개를 푸드덕거리며 달아났는데, 날개가 부러진 탓에 추적할 흔적을 계속 남겼다.

뇌조 새끼는 그의 식욕만 자극해놓았다. 그는 발목이 아픈데도 절뚝거리고 몸을 앞뒤로 까딱거리며 돌을 던지고 때로는 목이 쉬도록 소리를 질렀다. 때로는 조용히 절뚝거리며 까딱까딱 움직였는데, 그러다 넘어지면 굴하지 않고 몸을 일으켰고 어지럼증이 몰려들 것 같으면 손으로 눈을 문질렀다.

그 추적은 골짜기 바닥에 있는 늪지대로 이어졌다. 그는 물에 젖은 이끼에서 사람 발자국을 발견했다. 자신의 발자국이 아니었다. 그는 알 수 있었다. 빌의 발자국이 분명했다. 하지만 어미 뇌조가 계속 도망을 치고 있어서 그는 멈출 수가 없었다. 우선은 새부터 잡고 돌아와 조사를 해볼 생각이었다.

추적 끝에 어미 뇌조도 지쳤지만 그 또한 지치고 말았다. 어미 새는 모로 누워 숨을 헐떡였다. 그도 기어갈 힘이 없어 3미터 정도 떨어진 데서 모로 누워 숨을 헐떡였다. 그가 기운을 차려 주린 손을 내뻗었을 때는 어미 새도 기운을 차려 날개를 치며 달아났다. 추적이 다시 시작되었다. 어둠이 내려앉아 새는 위험에서 벗어났다. 그는 힘없이 비틀거리다 짐을 진 채 그대로 고꾸라져 얼굴에 상처를 입었다. 그는 한동안 움직이지 않았다. 얼마 후 몸을 옆으로 굴려 시계태엽을 감고서 그 자세로 아침까지 누워 있었다.

다음날도 안개가 짙었다. 그는 마지막 남은 담요 반 장을 발싸개로 썼다. 빌의 발자국은 찾을 수가 없었다. 아무래도 상관없었다. 그를 몰아대고 있는 것은 주체할 수 없는 허기였고…… 그는 단지…… 단지 빌도 길을 잃은 건지 궁금할 따름이었다. 한낮이 되자 짐이 진저리나게 무거웠다. 또다시 그는 금을 반으로 나눠, 이번에는 반을 땅에 흘려버렸다. 오후에는 남아 있던 금도 다 버렸다. 이제 그에게 남은 것은 담요 반 장과 양철 들통과 소총뿐이었다.

환각이 그를 괴롭히기 시작했다. 그는 탄약이 하나 남아 있다는 확신까지 들었다. 약실에 들어 있는 탄약을 보기도 했다는 착각이 들 만큼. 하지만 그는 약실이 비어 있다는 사실을 알고 있었다. 그런데도 환각은 계속되었다. 몇 시간을 환각과 씨름하던 그는 결국 총을 열어 약실이 빈 것을 확인했다. 탄약이 들어 있기를 정말로 기대했던지 실망감이 이만저만하지 않았다.

그가 지친 다리로 반 시간쯤 걸었을 때 그 환각 증세가 다시 일어났다. 이번에도 떨쳐내려 했지만 마음먹은 대로 되지 않아 그는 시름을 덜기 위해 총을 열어 확인했다. 때때로 그의 정신은 곁길로 한참을 벗어나곤 했고, 그는 벌레처럼 자신의 뇌를 좀먹는 이상한 자만과 변덕에 몸을 맡긴 채 로봇처럼 터벅터벅 걸었다. 그러나 현실을 벗어난 이런 여행은 짧았다. 쓰린 공복의 아픔이 다시 찾아들었기 때문이었다. 한번은 그렇게 곁길로 빠졌다가 뭔가를 보고 기겁하여 뒤로 나자빠질 뻔했다. 그는 술 취한 사람처럼 비틀대고 휘청대면서도 넘어지지 않으려 애썼다. 그의 앞에 말이 서 있었다. 말이라니! 그는 자신의 눈을 믿을 수가 없었다. 짙은 안개가 낀듯 흐릿한 그의 눈에서 불꽃이 튀었다. 그는 시야를 밝히려고 눈을 쓱쓱 문질렀는데, 자세히 보니 말이 아니라 커다란 갈색곰이었다. 그 짐승은 호기심과 적의에 찬 눈빛으로 그를 유심히 보고 있었다.

총을 어깨 위로 가져가던 남자는 탄알이 없다는 걸 깨달았다. 그래서 총을 내려놓고 엉덩이에 찬 칼집에서 사냥칼을 뽑았다. 지금 그의 앞에는 고기와 삶이 있었다. 그는 엄지손가락으로 칼날을 쓱 만져보았다. 날카로웠다. 칼끝이 날카로웠다. 그는 냅다 덤벼들어 곰을 찔러 죽일 생각이었다. 그러나 심장이 쿵쾅, 쿵쾅, 쿵쾅 경보음을 내기 시작했다. 곧이어 심장이 미친 듯이 펄떡펄떡 뛰더니 쇠테 같은 것이 관자놀이 주위를 짓누르며 머리가 어질어질해지기 시작했다.

그의 무모한 용기는 파도처럼 굽이쳐 오는 두려움에 밀려나 버렸다. 이런 허약한 몸으로 짐승한테 공격이라도 당하면 어쩔 것인가? 그는 몸을 꼿꼿이 세워 가장 위압적인 자세를 취하고서 칼을 꼭 쥔 채 곰을 열심히 노려보았다. 그 곰은 뒤뚱뒤뚱 몇 발짝을 걸어와 뒷다리로 우뚝 서서는 시험 삼아 "우워" 하는 소리를 내질렀다. 남자가 달아난다면 곰은 그를 뒤쫓을 것이다. 하지만 남자는 달아나지 않았다. 그는 무섭기도 했지만 용기에 고무되어 있었다. 그도 곰처럼 사납고 무섭게 으르렁거리며 마음 저 밑바닥에 엉켜 있던 절규와도 같은 두려움을 토해냈다.

곰은 위협하듯 으르렁거렸지만 두려워하지 않고 꼿꼿이 서 있는 이 불가사의한 생물에 소스라치게 놀라 슬금슬금 비켜섰다. 그러나 남자는 움직이지 않았다. 돌부처처럼 꼼짝 않고 있던 그는 위험이 지나간 후에야 몸을 부들부들 떨며 축축한 이끼 위로 털썩 주저앉았다.

그는 다시 기운을 차리고 길을 나섰다. 이제는 새로운 두려움이 일었다. 먹을 게 없어 하는 수 없이 죽는 것이 아니라 굶주림 때문에 살아남으려는 의지가 모조리 고갈되기도 전에 무참히 죽으면 어쩌나 하는 두려움이었다. 늑대들 때문이었다. 놈들의 울음소리가 황야를 휘휘 떠돌며 손에 만져질 것만 같은 위협의 직물을 짜고 있어 그는 자신도 모르게 양팔을 높이 쳐들어 바람에 날리는 천막 벽을 붙잡을 때처럼 그 천을 힘껏 밀어젖혔다.

늑대들은 이따금 두셋씩 무리 지어 그의 앞을 지나가곤 했다. 하지만 그에게 가까이 오진 않았다. 수가 충분히 많지도 않은 데다 지금 그들은 순록을 사냥하고 있었다. 순록은 대들지 않는 반면, 꼿꼿이 서서 걷고 있는 이 이상한 생물은 할퀴고 물지도 모를 일이었다.

오후 늦게 그는 늑대들이 먹고 남긴 흩어진 뼈들을 발견했다. 그 잔해는 불과 한 시간 전만 해도 살아 있던, 꺼억꺼억 울며 뛰어다니던 새끼순록이었다. 그는 깨끗이 뜯어먹어 반질반질하고, 아직까지 살아 있는 듯 붉은빛이 도는 뼈들을 들여다보았다. 어쩌면 그도 전날 이렇게 될 수 있지 않았겠는가! 그게 삶이다, 안 그런가? 공허하고 덧없는 것. 살아 있을 때만 아프다. 죽으면 아무런 고통도 없다. 죽음은 잠과 같다. 정지고, 휴식이다. 그렇다면 왜 그는 달게 죽지 않는 걸까?

하지만 그는 길게 반성하지는 않았다. 그는 이끼 위에 웅크리고 앉아 뼈 하나를 입속에 넣고 희미하나마 붉은빛이 도는 살 조각을 빨아먹었다. 기억으로만 남아 가물가물해진 달콤한 고기 맛이 그를 미치게 만들었다. 그는 뼈들을 꽉 물고 우두둑우두둑 깨물었다. 때로는 뼈가 부서졌고, 때로는 그의 이가 부러졌다. 이제 그는 뼈들을 돌 사이에 넣어 으깨고 잘게 빻아서 먹어치웠다. 서두르다 손가락을 치기도 했는데, 어느 순간 내리치는 돌덩이에 맞았는데도 손가락이 크게 아프지 않다는 사실에 깜짝 놀랐다.

눈과 비가 내리는 무서운 날들이 이어졌다. 그는 천막을 언제 치고 언제 거두는지도 잊어버렸다. 낮이고 밤이고 계속 걸었다. 넘어지면 쉬었고, 꺼져가는 생명의 불꽃이 깜박거리며 희미하게 타오를 때면 기어서라도 갔다. 그는 지금 인간으로 싸우고 있는 게 아니었다. 그를 움직이는 것은 죽기를 거부하는 그 안의 생명이었다. 고통스럽지도 않았다. 신경은 마비되어 둔감해진 반면, 정신은 기묘한 환영들과 유쾌한 몽상으로 충만했다.

그는 얼마 남지 않은 새끼순록의 으깬 뼈를 그러모아가지고 다니면서 빨아먹고 씹어먹었다. 그는 언덕이나 분수령은 넘지 않고 무의식적으로 넓고 얕은 골짜기로 흐르는 큰 개울을 따라갔다. 그의 눈엔 이 개울도 계곡도 보이지 않았다. 오직 환영만 볼 뿐이었다. 영혼과 육신이 나란히 떨어져서 걷거나 기어갔는데, 그들을 묶고 있는 실은 아주 가늘었다.

그는 어떤 암초에 누워 자다 깼는데, 정신이 말짱했다. 해가 환하고 따뜻하게 반짝이고 있었다. 멀리서 새끼순록들의 울음소리가 들려왔다. 그는 비와 바람과 눈을 맞았던 기억이 어렴풋이 나긴 했지만, 그런 폭풍에 시달린 게 이틀이었는지 두 주였는지는 알 수가 없었다.

그는 얼마간 그대로 누워 자신의 가련한 몸을 따뜻이 적셔주며 내리쬐는 온화한 햇빛을 마음껏 누렸다. 좋은 날씨야, 그는 생각했다. 어쩌면 지금 있는 위치를 알아낼 수도 있을 듯했다.

그는 간신히 몸을 옆으로 굴렸다. 아래로는 폭이 넓고 물살이 굼뜬 강이 흐르고 있었다. 낯선 풍경에 그는 당황스러웠다. 눈으로 천천히 강을 좇으니 황량하고 살풍경한 언덕들 사이사이 넓은 만곡부에서 물줄기가 휘어졌는데, 언덕들은 이제껏 스쳐온 어떤 곳보다 황량하고 살풍경하고 야트막했다. 흥분하지 않고 정말 무심히, 그가 천천히 조심스럽게 그 이상한 물길을 따라 지평선 쪽을 보니 강은 눈부시게 반짝이는 바다로 흘러들고 있었다. 그런데도 그는 흥분하지 않았다. 아주 색다른 환영이거나 환영에 가까운 신기루이거나 정신 이상에 따른 착각이겠거니 생각했다. 반짝이는 바다 한가운데 정박해 있는 배를 보자 착각이 틀림없다는 확신이 들었다. 그는 잠시 눈을 감았다가 떴다. 그 환영이 그대로 있다면 이상하지 않겠는가! 하지만 이상한 일은 일어나지 않았다. 그의 총에 탄약이 들어 있을 리 만무했듯, 불모의 땅 심장부에 바다나 배가 있을 리 만무했다.

뒤에서 킁킁거리는 소리가 들렸다. 숨을 헐떡이는 소리 같기도 하고 기침소리 같기도 했다. 몸이 극도로 쇠약해지고 뻣뻣해져서 그는 아주 천천히 몸을 반대편으로 굴렸다. 아직 아무것도 보이지 않았지만 그는 끈기 있게 기다렸다. 또다시 킁킁대는 소리가 들렸는데, 몇 발짝 떨어지지 않은 두 개의 삐죽삐죽한 바위들 사이에서 그는 늑대의 회색 머리를 알아보았다. 여느 늑대들과 달리 놈의 귀는 쫑긋이 세워져 있지 않았다. 눈은 침침하고 충혈 되어 있었고, 머리는 힘없이 축 쳐져 있었다. 그 짐승은 햇빛에 끊임없이 눈을 깜박거렸다. 아파 보였다. 또다시 녀석은 콜록대며 기침을 했다.

이번에는 진짜겠지, 그는 생각했다. 그래서 방금 전 환영에 의해 가려졌던 세계의 실체를 보기 위해 눈을 반대편으로 돌렸다. 그러나 바다는 여전히 멀리서 반짝이고 있었고 배도 똑똑히 보였다. 그렇다면 이게 현실이란 말인가? 한참을 눈을 감고 생각에 잠겨 있던 그는 정신이 번쩍 들었다. 그는 디스 분수령에서 멀리 떨어져 코퍼마인 계곡으로 가는 북미동으로 향하고 있었던 것이다. 이 넓고 물살이 느린 강은 코퍼마인 강이었다. 저 반짝이는 바다는 북극해였다. 저 배는 매켄지 어귀에서 동쪽으로, 동쪽으로 가다 길을 잃은 포경선이었고, 지금 코로네이션 만에 정박해 있었다. 그는 아주 오래전 보았던 허드슨베이 사의 해도가 기억났고, 그러자 모든 것이 확연하고 이치에 맞았다.

그는 일어나 앉아 당면한 문제로 눈을 돌렸다. 발을 쌌던 담요가 닳고 해져 발이 볼품없는 고깃덩어리로 변해 있었다. 이제 담요는 없었다. 총과 칼도 보이지 않았다. 안쪽 띠에 성냥 뭉치를 넣어둔 모자도 어디선가 사라졌는데, 다행히 담배쌈지와 기름종이에 넣어둔 성냥 뭉치는 그의 가슴에 눌리고서도 젖지 않았다. 그는 시계를 보았다. 바늘은 열한 시를 가리키고 있었고 여전히 돌아가고 있었다. 그가 태엽을 계속 감았던 모양이었다.

그는 차분히 생각을 정리했다. 체력은 극도로 떨어졌지만 통증은 느껴지지 않았다. 배도 고프지 않았다. 먹을 것만 생각하면 기분이 좋지 않았지만, 그는 무엇이든 이성적으로 행했다. 그는 바짓자락을 무릎까지 찢어 그것으로 발을 감쌌다. 어쨌든 양철 들통은 무사히 남아 있었다. 배까지 가는 여정도 끔찍할 거란 예상에 그는 우선 뜨거운 물부터 마실 생각이었다.

동작이 굼떴다. 그는 중풍 환자처럼 떨었다. 마른 이끼를 모으기 시작했을 때 그는 일어설 수가 없다는 걸 알게 되었다. 몇 번이나 일어서 보려 했지만, 손발을 이용해 기는 것에 만족해야 했다. 한번은 아픈 늑대 가까이 기어갔다. 그 짐승은 몸을 질질 끌어 마지못해 길을 비켜주며 구부릴 힘조차 없어 보이는 혀로 입맛을 다셨다. 녀석의 혀는 흔히 볼 수 있는 건강한 붉은색이 아니었다. 누리끼리한 갈색에 꺼끌꺼끌하고 마른 점액이 덮여 있는 듯했다.

뜨거운 물 한 잔을 마시고 나니 남자는 일어설 수가 있었고, 비록 죽어가는 사람처럼 보이긴 해도 걸을 수도 있었다. 그는 틈틈이 쉬어주어야 했다. 그의 걸음은 힘이 없고 위태위태했는데, 그의 뒤를 따르는 늑대의 발걸음도 힘이 없고 위태위태했다. 밤이 되어 반짝이는 바다가 캄캄한 어둠에 묻혔을 때 그와 바다 사이의 거리는 아직도 6킬로미터나 남아 있었다.

밤새도록 아픈 늑대의 기침소리가 끊이지 않았고, 이따금 새끼순록들의 울음소리도 들렸다. 사방이 들썩거렸는데, 그것은 아주 활기차고 건강한, 힘찬 생명의 소리였다. 그는 아픈 늑대가 아픈 인간의 뒤를 줄곧 따르는 이유가 인간이 먼저 죽기를 바라는 마음에서라는 것을 잘 알았다. 아침에 눈을 뜨자마자 그가 본 것은 자신을 탐내는 듯한 주린 눈빛으로 주시하고 있는 늑대였다. 꼬리를 다리 사이에 내린 채 웅크리고 있는 모습이 불쌍하고 수심에 찬 개 같았다. 아침 공기가 쌀쌀해 녀석은 부들부들 떨었는데, 남자가 쉰 목소리로 말을 걸어주자 기운 없이 씩 웃었다.

해가 환하게 떴다. 오전 내내 남자는 비틀거리고 넘어지며 반짝이는 바다 위에 떠 있는 배로 향했다. 날씨는 그만이었다. 고위도 지방의 짧은 인디언 섬머였다. 일주일 동안 지속될 수도 있었다. 내일이나 모레 끝날 수도 있었다.

오후에 남자는 어떤 발자국을 발견했다. 걷지 않고 네 발로 기어간 어떤 사람의 것이었다. 남자는 그것이 빌일지도 모른다고 생각했지만 이제는 무덤덤하고 냉담해져 있었다. 그에겐 호기심이 남아 있지 않았다. 사실은 감각과 감정이 사라졌다. 더 이상 고통도 느낄 수 없었다. 위와 신경은 잠이 든 지 오래였다. 그러나 그의 내면에 존재하는 생명력은 그를 계속 몰아댔다. 몸은 녹초가 되어 있었지만, 내면의 생명은 죽기를 거부했다. 그것이 살고자 했기 때문에 그는 줄기차게 늪지대 열매와 황어를 먹고, 뜨거운 물을 마시고, 아픈 늑대를 주의 깊게 감시했다.

그가 네 발로 기어간 다른 인간의 자취를 따라갔더니 그 끝에는 늑대들의 발에 묻은 이끼가 찍혀 있는 뼈들이 몇 개 있었다. 뜯긴 지 얼마 되지 않는 뼈들이었다. 그는 자신의 것과 쌍을 이루는, 날카로운 이빨에 찢긴 작달막한 무스 가죽 자루를 발견했다. 손가락에 힘이 없어 뭘 들기조차 버거운데도 그는 그 자루를 집어들었다. 빌은 이 자루를 끝까지 들고 다녔던 것이었다. 하! 하! 그는 빌을 비웃어줄 것이었다. 살아남아 반짝이는 바다 위에 떠 있는 배까지 그 자루를 들고 갈 것이었다. 그의 웃음소리는 갈가마귀의 깍깍 소리처럼 귀에 거슬리고 섬뜩했다. 아픈 늑대가 애처롭게 울부짖으며 그 웃음에 동참했다. 남자는 웃음을 뚝 그쳤다. 이것이 정말 빌이라면 그가 어떻게 빌을 비웃을 수 있겠는가. 이 뼈가, 연분홍빛을 띤 이 깨끗한 뼈가 정말 빌이라면?

그는 외면해버렸다. 빌은 그를 버리고 떠난 사람이 아닌가. 하지만 그는 그 금을 가져가지도, 빌의 뼈를 빨아먹지도 않을 것이다. 그러나 서로의 처지가 반대였다면 빌은 그렇게 했을지도 몰라, 그런 생각을 하며 그는 비틀비틀 걸음을 옮겼다. 웅덩이가 보였다. 그는 황어를 찾아 몸을 구부리다 말고 눈에 뭐가 들어간 것 마냥 머리를 홱 쳐들었다. 물에 비친 그의 얼굴을 본 탓이었다. 얼마나 끔찍한지 죽어 있던 감각이 깨어날 정도로 충격적이었다. 물을 빼내기엔 너무 큰 그 웅덩이에는 황어가 세 마리 있었다. 그는 황어를 잡으려고 들통으로 몇 번인가 시도하다 포기해버렸다. 기운이 너무 없어 잘못하면 물에 빠져죽을지도 모른다는 두려움 때문이었다. 그런 두려움 때문에 많은 통나무가 모래톱에 줄지어 있는데도 통나무를 타고 강을 건너지 못하는 것이었다.

그날 남자는 자신과 배의 거리를 5킬로미터 정도 줄였다. 다음날은 3킬로미터를 줄였다. 빌처럼 그도 지금 기어서 가고 있었기 때문이었다. 닷새째 되는 날 배는 아직도 11킬로미터나 떨어져 있었고, 그는 하루에 1.5킬로미터도 나아갈 수가 없었다. 인디언 섬머가 계속되고 있었고, 그는 기어가기와 기절하기를 되풀이했다. 아픈 늑대도 여전히 그의 뒤를 따르며 기침을 해대고 씨근거렸다. 이제는 무릎도 발처럼 살갗이 벗겨져 셔츠를 찢어 무릎에 대보았지만 그가 지나간 이끼와 돌에는 핏자국이 남았다. 한번은 그가 뒤를 힐긋 보니 아픈 늑대가 그의 핏자국을 걸신들린 듯 핥고 있었다. 만약 그가 늑대를 해치우지 못한다면, 정말 그런다면 그의 마지막이 어떻게 될지 뻔했다. 그리하여 이제껏 공연된 적 없는 냉혹한 생존 비극이 시작되었다. 기어가는 아픈 남자, 절뚝거리는 아픈 늑대, 죽어가는 몸뚱이를 질질 끌며 황야를 가로지르고 서로의 생명을 노리는 두 피조물의 비극이 말이다.

그 늑대가 차라리 건강했다면 그는 오히려 문제 삼지 않았을 것이다. 그러나 역겹고 다 죽어가는 짐승의 먹이가 될 생각을 하면 불쾌했다. 그는 지나치게 마음을 썼다. 그의 정신이 다시 오락가락하며 환영에 시달리기 시작했고, 제정신이 드는 순간은 점점 드물어지고 짧아졌다.

한번은 귓전에서 씨근대는 소리가 들려 그는 정신이 들었다. 아픈 늑대가 절뚝거리며 껑충 물러서다 발을 헛디뎌 그대로 쓰러졌다. 우스꽝스러운 광경이었지만, 그는 전혀 재미있지 않았다. 두렵거나 하지도 없었다. 그런 감정은 일찌감치 사라졌다. 하지만 이 순간만큼은 정신이 명료해져 그는 가만히 누워 생각했다. 배는 고작 6킬로미터 떨어져 있었다. 흐려진 눈을 비비자 배가 또렷이 보였고, 어떤 작은 보트의 하얀 돛이 반짝거리는 바닷물을 가르는 것도 보였다. 하지만 그에겐 그 6킬로미터도 기어갈 힘이 없었다. 그런 사실을 알면서도 그는 아주 침착했다. 그는 자신이 1킬로미터도 기어갈 수 없다는 걸 알았다. 하지만 살고 싶었다. 이 모든 시련을 겪고 죽는다는 건 억울했다. 운명의 처사가 너무 가혹하지 않은가. 그는 죽어가면서도 죽기를 거부했다. 순전히 미친 짓인지도 모르지만, 그는 죽음에 속박되어서도 죽음에 반항하며 죽기를 거부했다.

그는 눈을 감고서 조심하고 또 조심하며 마음을 가다듬었다. 온몸 구석구석으로 밀물처럼 덮쳐오는 숨 막히는 무기력을 떨쳐내고자 마음을 모질게 먹었다. 이 치명적인 무기력은 그의 의식을 밀어올리고 또 올렸다가 조금씩 잠기게 하는 것이 마치 바다 같았다. 이따금 그는 그 바다에 거의 잠긴 채 간신히 팔을 휘저으며 망각 속을 헤엄쳤다. 그러다 인간 영혼의 기이한 마력에 힘입어 삶의 의지를 겨우 되찾아 더 열심히 나아가곤 했다.

꼼짝 않고 누워만 있던 그는 아픈 늑대의 가쁜 숨소리가 조금씩 가까워지는 것을 느낄 수 있었다. 그 소리는 시시각각 더 가까워지고, 또 가까워졌지만 그는 움직이지 않았다. 그 소리가 그의 귓전까지 왔다. 그의 뺨을 핥는 까칠까칠하고 마른 혀가 사포 같았다. 그는 두 손을 내밀었다. 내밀려고 했다는 것이 더 정확할 것이다. 짐승의 발톱처럼 굽은 손가락으로 그는 허공을 부여잡았다. 빠르고 확실한 행동에는 힘이 필요했지만, 그에겐 이 힘이 없었다.

늑대의 끈기는 대단했다. 남자의 끈기도 그에 못지않았다. 반나절 동안 그는 꼼짝 않고 누워 무의식과 싸우면서 자신을 잡아

먹으려 하고 자신이 잡아먹고 싶은 짐승을 기다렸다. 이따금 무기력이 파도처럼 덮쳐와 그는 긴 꿈을 꾸곤 했다. 그러나 꿈과 현실을 오가면서도 그는 씨근대는 숨소리와 꺼끌꺼끌한 혀의 감촉을 기다렸다.

어느 순간 숨소리가 들리지 않았다. 그는 천천히 꿈에서 빠져나와 그의 손에 닿는 혀의 감촉을 느꼈다. 그는 기다렸다. 엄니가 그의 손을 지그시 눌렀다. 강도가 점점 세어졌다. 아픈 늑대는 그토록 기다려온 먹잇감에게 이빨을 박기 위해 마지막 안간힘을 쓰고 있었다. 하지만 그 남자도 그만큼 오래 기다려왔다. 그의 찢긴 손이 놈의 턱을 잡았다. 늑대가 힘없이 버둥거렸지만, 그는 한 손으로 힘없이 놈의 턱을 잡고서 다른 한 손도 천천히 올리기 시작했다. 5분 후 남자는 온몸으로 늑대를 짓눌렀다. 손은 늑대의 목을 조를 만큼의 힘이 없어 그는 늑대의 목구멍으로 얼굴을 바싹 들이댔다. 그의 입안은 털로 가득 찼다. 반 시간쯤 지났을 때 남자는 목에서 따뜻한 피가 흐르는 걸 느꼈다. 불쾌했다. 납이 녹아 배 속으로 흘러드는 느낌이었지만, 오로지 그의 의지로 이뤄낸 일이었다. 잠시 후 그는 바로 돌아누워 잠이 들었다.

포경선 베드포드 호에는 과학탐험대 일원들이 있었다. 갑판에서 그들은 해안가의 이상한 물체를 주시했다. 그것은 바다 쪽으로 오고 있었다. 그것이 무엇인지 분류하기 위해 과학도인 그들은 구조선을 타고 뭍으로 올라갔다. 그것은 살아 있되 차마 인간이라 할 수 없는 존재였다. 눈도 멀고 의식도 없었다. 그것은 기괴한 벌레처럼 땅 위를 꿈틀거렸다. 아무리 애를 써도 별 효과가 없었지만, 그것은 고집스럽게 몸을 비틀고 꼬아서 몇 미터라도 전진했다.

그 남자는 포경선 베드포드 호의 침대에 3주를 누워 있었다. 눈물이 흐르는 그의 움푹한 뺨은 그가 누구이며 어떤 일을 겪었는지를 말해주고 있었다. 그는 또한 자신의 어머니와 햇빛 밝은 서던캘리포니아와 오렌지 나무들과 꽃들에 둘러싸인 고향집에 대해 지껄이곤 했다.

그 후 며칠이 지나지 않아 그는 자신을 구해준 과학자들과 배의 선원들과 함께 식사를 할 수 있게 되었다. 그는 너무나 많은 음식이 차려진 식탁을 흡족한 듯 바라보며 그것이 다른 사람들의 입속으로 들어갈 때면 마음을 졸였다. 음식이 하나씩 없어질 때마다 그의 눈엔 깊은 낙담이 서렸다. 정신이 제법 말짱해졌는데도 식사 때만큼은 그는 사람들을 미워했다. 음식이 떨어질지도 모른다는 두려움이 그를 괴롭혔다. 그는 요리사와 선실 보이와 선장에게 식량이 얼마나 있는지 묻곤 했다. 그들이 무수히 안심시켜주는데도 그는 믿을 수가 없어 자신의 두 눈으로 확인하기 위해 식료품 창고를 몰래 엿보곤 했다.

남자의 몸은 눈에 띄게 살이 붙기 시작했다. 하루가 다르게 살이 쪘다. 과학자들은 고개를 흔들며 대책을 세웠다. 그들이 남자의 식사량을 제한했지만, 그의 허리둘레는 계속 늘어나 몸집이 터무니없이 비대해졌다.

선원들은 히죽거렸다. 그들은 알았다. 과학자들이 남자를 감시할 때도 그들은 알았다. 아침을 먹고 나면 남자가 구부정한 자

세로 선원들에게 다가가 거지처럼 손바닥을 내미는 광경을 보곤
했던 것이다. 그때마다 선원들은 히죽 웃으며 먹다 남은 건빵을
그에게 주곤 했다. 그는 건빵을 탐욕스럽게 꽉 쥐고서 구두쇠가
금을 바라보듯 보고는 셔츠 깊숙이 찔러 넣었다. 많은 선원들이
그런 식의 적선을 베풀었다. 과학자들은 신중히 행동했다. 그를
내버려두었다. 하지만 그의 침대를 몰래 조사했다. 침대는 건빵
으로 가득했다. 매트리스 속에 건빵이 들어 있었다. 구석구석
건빵이 있었다. 하지만 그는 멀쩡했다. 또다시 굶어죽을 경우를
대비한 그만의 예방책이었다. 단지 그뿐이었다. 언젠가는 회복
될 거라고, 과학자들은 점쳤다. 그 말대로 베드포드 호의 닻이
샌프란시스코 만에 내리기 전에 그는 정말로 회복되었다.

THE SON OF THE WOLF
1899

늑대의 아들

JACK LONDON

남자는 여간해선 집안 여자들을 제대로 평가하지 않는다. 빼앗겨봐야 여자들의 가치를 안다. 여성이 내뿜는 미묘한 분위기에 젖어 있는 동안에는 그것을 전혀 모른다. 그러나 잃고 나면 그 빈자리가 점점 커지면서 징후가 뚜렷이 나타나기 시작한다. 남자는 너무 막연해서 딱히 뭐라고 할 수 없는 뭔가를 갈구하게 되는데, 영 아리송하다. 그런 경험을 해본 적이 없는 친구라면 모르겠다는 듯 고개를 젓고는 그에게 잘 듣는 약이나 먹여줄 것이다. 하지만 그 갈증은 계속되고 점점 심해질 것이다. 그는 일상의 모든 것에 흥미를 잃고 우울해질 것이다. 그러다 그 공허함이 참을 수 없는 지경에 이르렀을 때 뜻밖의 사실을 깨닫게 될 것이다.

유콘에서 이런 일이 일어나면 남자들은 대개 여름엔 장대로 미는 배에 식량을 싣고 떠나고 겨울엔 개들의 썰매줄을 채워 남쪽 땅으로 향한다. 유콘 땅에 어떤 신념을 가진 남자라면 몇 달 후 그 신념만이 아니라 그에 따른 고난까지도 나누어 가질 아내와 함께 돌아온다. 이것은 남자의 타고난 이기심을 보여주는 예일 뿐이다. 또한 그 옛날 '스크러프' 매켄지가 겪은 고생담도 생각나게 한다. 그때는 유콘 지역이 외국인들의 해일에 휩쓸려 말뚝을 박아 소유지를 구분하기 전이었고, 클론다이크하면 연어 양식장만이 주목을 받던 시기였다.

'스크러프' 매켄지는 변경에서 태어나 변경에서 일생을 보낸 사람의 분위기가 물씬 풍겼다. 그의 얼굴엔 야생의 기운이 넘치던 때의 자연과 25년이란 세월을 싸워온 흔적이 오롯이 찍혀 있었다. 가장 혹독하고 힘들었던 마지막 2년은 북극권의 그늘에 있는 금을 찾는 데 보냈다. 향수병이 엄습했을 때도 그는 당황하지 않았다. 그가 현실적인 사람인 데다 그런 병에 걸린 인간들을 많이 본 탓이었다. 더 열심히 일하는 것 외에 그는 향수병에 시달리는 기색을 보이지 않았다. 여름 내내 모기와 싸우며 배당을 두 배로 따내기 위해 스튜어트 강가에서 사금을 씻었다. 그 후 통나무 뗏목을 타고 유콘 강을 따라 포티마일까지 가서 누구에게나 자랑할 만한 안락한 오두막을 지었다. 사실 그 오두막은 많은 사람들이 그와 파트너가 되어 함께 살고 싶다고 나설 만큼 아늑한 공간이었다. 하지만 그는 특유의 억세고 간결한, 거친 말투로 그들의 바람을 뿌리쳤고 교역소에서 양식을 갑절로 샀다.

이미 말했듯이 '스크러프' 매켄지는 현실적인 사람이었다. 원하는 게 있으면 거의 손에 넣었지만, 필요한 것보다 더 많이 취하는 법은 없었다. 고난과 고초를 숱하게 겪은 그였지만, 단지 아내를 찾기 위해 빙판길로 960킬로미터, 바닷길로 3천 2백 킬로미터, 그리고 익히 아는 마지막 도착지까지 또 4천 8백 킬로미터를 여행하는 것은 싫었다. 인생은 너무 짧았다. 그래서 그는 개들을 모으고 진기한 화물을 썰매에 싣고서 타나나 강의 거친 물살에 서쪽 사면이 유실된 분수령으로 향했다.

그는 강건한 여행자였다. 그의 에스키모개들은 적게 먹고도 유콘의 다른 개들보다 더 열심히 달리고 더 멀리까지 갈 수 있었다. 3주 뒤 그는 타나나 강 상류의 오지에 있는 인디언 야영지로 성큼성큼 걸어갔다. 그곳 사람들은 그의 무모함에 놀라워했다. 왜냐하면 그들은 도끼날이 예리하다거나 총이 부서졌다거나 하는 사소한 일로 백인들을 죽인다는 악명을 떨치고 있었기 때문이다. 그런데도 그는 혼자 그들 속으로 들어갔다. 그의 태도는 겸손함, 친숙함, 차분함, 거만함이 묘하게 뒤섞여 있었다. 그런 다양한 무기를 효과적으로 다루려면 교묘한 수도 부릴 줄 알고 미개인의 마음도 읽을 줄 알아야 했다. 다행히 그는 언제 구슬리고 언제 불같이 화를 내며 위협해야 하는지를 아는 술책의 대가였다.

그는 먼저 약간의 홍차와 담배 선물로 추장인 틀링티네에게 경의를 표하고서 그의 진심 어린 호감을 얻어냈다. 다음에는 남자들과 처녀들과 어울렸고 밤에는 잔치를 벌였다. 눈을 다져 길이 30미터에 폭이 그 4분의 1쯤 되는 직사각형의 마당이 만들어졌다. 마당 가운데로 긴 모닥불이 피워졌고, 양쪽에 가문비나무 가지들이 깔렸다. 백여 명쯤 되는 부족 사람들이 천막을 박차고 나와 손님에게 경의를 표하기 위해 부족의 노래를 불렀다.

스크루프 매켄지는 그들과 2년을 살면서 2백 개에 조금 못 미치는 그 부족의 말을 배웠고, 또한 그들의 굵은 후음, 일본어 관용구, 구문, 존칭어와 교착어까지 완전히 습득했다. 그는 그들의 화법을 따라하며 엉성한 웅변과 비유적인 곡해로 그들의 타고난 본능적인 시심(詩心)을 만족시켜주었다. 틀링티네와 주술사의 응답을 받은 후엔 부족 남자들에게 약간의 선물도 하고 그들의 노래도 같이 부르며 그들의 전통 게임에도 달인이 되다시피 했다.

남자들은 그의 담배를 피워대며 좋아했다. 그러나 젊은이들은 간혹 괜한 허세로 반항적인 태도를 보이곤 했는데, 이빨 빠진 노파들이 노골적으로 눈치를 주거나 처녀들이 킥킥 웃어대 쉽게 들통이 났다. 그들은 잘 알지도 못하는 소수의 백인 남자들, 즉 '늑대의 아들들'로부터 그런 이상한 것을 배운 것이었다.

겉으론 무심한 듯 보였지만 '스크루프' 매켄지는 이런 현상을 놓치지 않았다. 사실 그는 잠자리에 들어서도 그 문제를 곰곰이 생각하고 진지하게 고민하며 작전을 짜느라 담배 파이프를 몇 번이나 비웠다. 그의 마음에 드는 처녀가 있었다. 다름 아닌 추장의 딸인 자린스카였다. 이목구비며 몸매며 몸가짐이 백인 남자의 미인 유형에 더 가까운 그녀는 부족 여자들과 사뭇 달랐다. 그는 그녀를 소유하고 아내로 만들고 이름도 지어줄 생각이었다. 거트루드(셰익스피어의 『햄릿』에 등장하는 햄릿의 어머니 이름—옮긴이)라는 이름을 말이다! 그렇게 결심한 후 그는 옆으로 돌아누워 잠에 빠져들었다. 그는 정복 민족의 진정한 아들이자 필리스틴 사람들(옛날 팔레스타인 남부에 살던 민족이며 유대인의 강적—옮긴이)의 삼손이었다.

그것은 더딘 작업이자 힘든 게임이었다. 그러나 '스크러프' 매켄지는 태연하게 행동해 나중에 그들을 난처하게 만드는 교묘한 책략을 썼다. 그는 자신이 사격의 명수이자 대단한 사냥꾼이라는 인상을 심어주기 위해 세심한 주의를 기울였다. 그가 6백 미터 정도 떨어진 무스를 쏘아 쓰러뜨렸을 때 야영지엔 박수갈채가 울려퍼졌다. 어느 날 밤 그는 무스 가죽과 순록 가죽으로 만든 틀링티네의 천막을 방문해 허풍을 떨고 아낌없이 담배를 풀었다. 주술사에게 경의를 표하는 것도 잊지 않았다. 부족민에 대한 주술사의 영향력을 알기에 그를 자기편으로 만들고 싶었기 때문이었다. 하지만 그 양반은 콧대가 높고 구워삶는 걸 싫어해 앞으로 십중팔구 그의 적이 될 듯했다.

자린스카와 직접 얘기할 기회는 없었지만 매켄지는 그녀에게 은근슬쩍 눈길을 계속 주면서 그의 의도를 드러냈다. 그녀도 잘 알았다. 하지만 남자들이 나가고 그에게 기회가 생길 때면 여자들이 둥그렇게 그녀를 에워싸곤 했다. 하지만 그는 서두르지 않았다. 그는 알았다. 그녀가 그에 대해 생각하지 않을 수 없다는 것, 그렇게 며칠을 생각하다 보면 그의 구혼을 거절하지 못하리라는 것을.

어느 날 밤 마침내 때가 무르익었다고 여긴 그는 추장의 연기

자욱한 주거지를 나와 이웃한 천막으로 급히 들어갔다. 평소처럼 자린스카는 여자들과 둘러앉아 모카신을 꿰매고 구슬을 꿰고 있었다. 그가 들어오자 여자들은 웃으면서 그와 자린스카를 결부시킨 농담을 떠들어댔다. 그러다 한 명씩 한 명씩 눈 덮인 천막 밖으로 쫓겨나다시피 한 그들은 그 이야기를 온 야영지에 퍼뜨리고 다녔다.

자린스카가 그의 말을 몰랐기 때문에 그는 그녀 부족의 말로 자신의 뜻을 충분히 전하고서 두 시간 뒤에 일어섰다.

"자린스카는 과연 백인의 천막으로 갈까? 물론! 그녀의 아버지가 내켜하지 않을지도 모르니 내가 가서 그와 얘기를 할 것이다. 그에게 많은 선물을 주리라. 하지만 그는 너무 많은 것을 요구해선 안 된다. 만약 그가 안 된다고 하면? 괜찮다! 어차피 자린스카는 백인의 천막에 와 있을 테니."

나가려고 가죽 문을 쳐들던 그는 나지막한 탄성이 들려 여자 쪽을 다시 돌아보았다. 그녀가 곰 가죽 매트에 무릎을 꿇고 앉더니 수줍게 얼굴을 붉히며 그의 무거운 혁대를 끌렀다. 그런 그녀를 보며 그는 당황스러워 바깥의 아주 작은 소리에도 촉각을 곤두세웠다. 하지만 그녀의 다음 행동을 보고 의심이 풀려 흡족한 미소를 지었다. 그녀가 자신의 반짇고리에서 반짝이는 구슬을 달아 환상적으로 치장한 무스 가죽 칼집을 꺼낸 것이다. 그녀는 그의 커다란 사냥칼을 뽑아 예리한 날을 경건하게 응시하다 엄지손가락으로 시험해보려다 말고 칼을 새로운 집에 쑥 넣었다. 그런 다음 혁대와 함께 그 칼집을 엉덩이 바로 위쪽, 늘 있던 자리에 끼워 넣었다.

이것은 옛날이야기의 한 장면 같았다. 공주와 기사 이야기. 매켄지는 그녀를 일으켜 세워 콧수염 덮인 입으로 그녀의 붉은 입술을 덮쳤다. 그녀로선 늑대의 낯선 애무였다. 석기시대와 철기시대의 만남이라고나 할까. 그러나 두 뺨이 홍당무가 되고 눈빛이 부드러워진 것으로 보아 그녀도 어쩔 수 없는 여자였다.

겨드랑이에 커다란 꾸러미를 낀 채 틀링티네의 천막을 열어젖히는 '스크러프' 매켄지는 흥분에 휩싸여 있었다. 아이들은 밖을 뛰어다니며 마른 나무를 잔치 마당으로 끌고 왔고, 여자들은 점점 목소리를 높이며 재잘거렸으며, 젊은이들은 삼삼오오 모여 나지막하게 속닥거렸다. 반면 주술사의 천막에선 주문을 외는 기괴한 소리가 흘러나왔다.

추장은 눈이 침침한 아내와 단둘이 있었다. 그러나 그들이 딸의 일을 알고 있다는 것을 한눈에 알아볼 수 있었다. 그래서 그는 약혼 사실을 알리기 위해 구슬 달린 칼집을 앞쪽으로 옮기고서 즉시 본론으로 들어갔다.

"이곳 타나나의 궁벽한 땅의 위대한 추장이자 연어와 곰과 무스와 순록의 지배자인 틀링티네여! 백인 남자가 중대한 목적이 있어 당신 앞에 나섰습니다. 많은 밤을 그의 오두막은 비어 있었고, 그는 외롭습니다. 그의 심장은 침묵으로 좀먹어왔습니다. 이제는 그의 오두막에 여인이 들어와 따뜻한 불과 맛있는 음식으로 사냥에서 돌아온 남편을 맞이해주기를 간절히 바랍니다. 그는 이상한 소리를, 아기의 가벼운 발소리와 아이들의 목소리를 들었습니다. 어느 밤엔 어떤 환영이 그를 찾아왔습니다. 그는 당신의 조상인 갈가마귀를, 이 궁벽한 땅의 조상인 위대한 갈가마귀를 보았습니다. 갈가마귀가 외로운 백인 남자에게 말했습니다. '그대의 모카신을 묶고 눈신을 신고, 여러 날 먹을 식량과 틀링티네 추장에게 줄 선물들을 썰매에 실어라. 그대는 봄이 한창일 때 해가 지는 쪽으로 얼굴을 돌리고서 이 위대한 추장의 사냥터로 여행을 하게 될 것이다. 그곳에서 그대는 큰 선물을 받게 될지니. 나의 아들인 틀링티네가 그대의 아버지가 될 것이다. 그의 오두막에는 그대를 위해 내가 생명의 숨을 불어넣은 처녀가 있느니. 이 처녀가 그대의 아내가 될 것이니라.'

오, 추장이시여, 위대한 갈가마귀는 이렇게 말했습니다. 제가 이렇게 당신의 발치에 많은 선물을 놓는다고. 제가 이렇게 당신의 딸을 얻게 될 거라고 말이죠!"

늙은 추장은 털옷으로 몸을 감싸며 어설픈 위엄을 과시했다. 그때 어떤 젊은이가 들어와 회의장으로 어서 와달라는 전갈을 남기고 나갔다. 그제야 추장은 대답을 했다.

"오, 우리가 무스 죽이는 귀신이라 이름 지었고, 늑대이고 늑대의 아들로 알려진 백인이여! 우리는 그대가 위대한 종족의 자손임을 알고 있소. 그대가 우리 잔치의 손님이 되어주어 자랑스럽소. 그러나 왕연어가 일반 연어와 짝을 이루지 않듯, 갈가마귀와 늑대도 짝을 이루지 않소."

"그렇지 않습니다!" 매켄지가 소리쳤다. "저는 늑대의 야영지에서 갈가마귀의 딸들을 본 적이 있습니다. 모티머의 아내,

트레기도의 아내, 바너비의 아내를요. 그들은 이태 전 봄에 돌아왔습니다. 제 눈으로 직접 보지는 않았지만 다른 인디언 여자들에 대해서도 들은 적이 있습니다."

"늑대의 아들이여, 그대의 말은 사실이네. 하지만 그것은 물과 모래, 눈송이와 해처럼 사악한 결합이었네. 그대는 메이슨과 그의 아내를 만난 적이 없는가? 없다고? 그는 10년 전에 왔지. 처음 온 늑대였네. 그자와 함께 버드나무 가지처럼 쭉 뻗은 대단한 남자가 있었네. 얼굴에 흰 반점이 있는 회색곰처럼 강하고, 여름날의 보름달 같은 심장을 가진 자였지. 그의……."

"아!" 매켄지는 그 유명한 북극의 인물이 생각나 추장의 이야기를 방해했다. "맬러뮤트 키드요!"

"그래, 그 대단한 남자. 자네 그 부인을 본 적이 있는가? 그녀는 자린스카의 친언니였네."

"아니요, 추장. 하지만 들은 적은 있습니다. 메이슨은, 멀리, 북쪽 멀리서 아주 오래된 가문비나무 아래서 생을 마쳤다고 하더군요. 하지만 그의 사랑은 컸고, 그는 많은 금을 가지고 있었습니다. 그 사랑과 금, 그리고 아들 때문에 그녀는 겨울 한낮의 태양을 향해 무수한 날을 여행했고, 그곳에서 아직까지 살고 있습니다. 살을 에는 추위도 없고, 눈도 없고, 여름의 백야도 없고, 겨울의 극야도 없는 그런 곳에 말이죠."

두 번째 심부름꾼이 회의장에서 급하게 부른다며 대화를 방해했다. 매켄지는 그자를 밖으로 내몰면서 불 앞에 어른거리는 형체들도 흘깃 보고 나지막이 울리는 남자들의 노랫소리도 들었다. 주술사가 부족 사람들의 화를 부채질하고 있는 모양이었다. 시간이 촉박했다. 그는 추장을 닦달했다.

"어서요! 저는 당신의 여식을 원합니다. 이것을 보십시오! 담배와 차와 설탕과 따뜻한 담요와 손수건이 여기 있습니다. 품질 좋고 양도 많습니다. 그리고 이건 많은 탄알과 화약이 들어 있는 진짜 총입니다."

"아니오." 늙은 추장은 자신 앞에 펼쳐진 많은 재물을 마다하며 대답했다. "지금도 부족 사람들이 저기 모여 있소. 그들은 이 결혼을 허락하지 않을 것이오."

"허나 당신은 추장이십니다."

"백인 늑대들이 자기네와 결혼할 처녀들을 데리고 가버렸기 때문에 젊은이들이 분노하는 거요."

"잘 들으십시오, 틀링티네여! 이 밤이 가고 아침이 오기 전에 늑대는 개들을 앞세우고 동쪽으로 방향을 틀어 유콘 지역으로 갈 것입니다. 자린스카도 그자의 개들을 위해 길을 닦을 것입니다."

"자정이 오기 전에 나의 젊은이들이 개들에게 늑대의 살을 던져줄지도 모르오. 그의 뼈는 흩어진 채 눈 속에 파묻혀 있다 봄이 되어서야 드러나게 될 것이오."

그것은 협박에 반격하는 역협박이었다. 매켄지의 구릿빛 얼굴이 벌겋게 달아올랐다. 그는 목소리를 드높였다. 그때까지 구경꾼처럼 태연히 옆에 앉아 있던 추장의 늙은 아내가 슬금슬금 문 쪽으로 나아갔다. 갑자기 남자들의 노랫소리와 왁자지껄한

말소리가 천막으로 밀고 들어와 그는 추장의 아내를 제자리로 얼른 돌려앉혔다.

"다시 말할 테니 잘 들으십시오, 틀링티네여! 늑대는 이를 꽉 물고 죽습니다. 그러면 당신의 가장 강인한 젊은이들 중 열 명도 영원히 잠들 것입니다. 곧 사냥이 시작되고 몇 달 안 있어 고기잡이도 해야 할 텐데 힘쓸 젊은이들이 없어지는 것이죠. 다시 말하지만, 내가 죽으면 무슨 이득이 있습니까? 나는 당신네 부족의 관습을 알고 있습니다. 내 재산을 나누어 가지면 당신 몫은 아주 작을 것입니다. 당신의 딸을 내게 주면 내 재산은 모두 당신 것이 됩니다. 다시 한 번 말하지만, 내 형제들이 올 것입니다. 그들은 수가 많고, 만족이라는 것을 모릅니다. 그리고 갈가마귀의 딸들은 늑대들의 오두막에서 아이들을 낳을 것입니다. 내 종족은 당신의 종족보다 더 위대합니다. 그것이 운명입니다. 따님을 주십시오, 그러면 이 모든 재물이 당신 것이 됩니다."

밖에서 모카신들이 눈 위를 저벅저벅 밟는 소리가 들렸다. 매켄지는 소총을 장전한 다음 혁대에 찬 쌍권총을 풀었다.

"주십시오, 추장!"

"하지만 부족 사람들은 안 된다고 할 거요."

"주십시오, 그러면 이 재산은 당신 것입니다. 이후의 일은 제가 처리하겠습니다."

"늑대는 그렇게 하시오. 난 그의 선물을 받겠소. 하지만 경고는 해주고 싶구려."

매켄지는 선물을 넘겨주며 소총의 발사 장치를 조심스레 닫고 만화경 같은 실크 손수건을 그 위에 덮었다. 주술사와 젊은 전사 여섯 명이 들어왔지만, 그는 대담하게 그들을 어깨로 밀치며 천막을 나갔다.

"짐을 싸시오!" 매켄지는 자린스카의 오두막을 지나치며 짤막하게 말하고는 서둘러 개들의 썰매끈을 채웠다. 몇 분 후 그는 여자를 옆에 세우고 회의장으로 걸어들어갔다. 그는 타원형의 상석인 추장 옆에 자리를 잡았다. 자린스카는 그의 왼쪽으로 한 걸음 뒤에 앉혔다. 그녀에게 맞는 자리였다. 게다가 언제든 위해를 입을 수 있어 그의 뒤를 지킬 필요가 있었다. 남자들은 모닥불 양편으로 웅크리고 앉아 목소리를 드높여 까마득한 과거의 옛노래를 불렀다. 가락이 낯설고 뚝뚝 끊기는 데다 자주 반복되는 부분이 있어 노래는 아름답지 않았다. 꼭 맞는 표현은 아니지만 '무서운' 노래였다. 타원형의 아래쪽에선 주술사의 감시 아래 십여 명의 여자들이 춤을 추었다. 그 의식의 무아경에 흠뻑 빠져들지 않는 여자들은 주술사에게 따끔한 질책을 들었다. 온통 헝클어지고 허리까지 내려오는 수북한 갈가마귀 털로 몸을 반쯤 가린 여자들은 몸을 앞뒤로 천천히 흔들었는데, 그들의 형체가 변화무쌍한 리듬에 맞춰 너울거렸다.

그것은 기묘한 광경이었다. 시대착오적인 광경이라고나 할까. 남쪽에서는 19세기의 마지막 몇 년의 실타래가 풀리고 있었다. 여기서는 원시 인간이 활약했다. 까마득한 초기 인류의 단편인 선사시대의 동굴 주거인에서 이동해온 망령이 말이다. 황갈색의 에스키모개들은 개 가죽을 두른 주인들 사이에 앉아 있거나 벌건 눈을 번득거리고 송곳니 사이로 침을 뚝뚝 흘리며 자리다툼을 했다. 으스스한 수의를 걸친 숲은 조심성 없이 잠들어 있었다. 잠깐이었지만 숲의 가장자리까지 몰려온 하얀 침묵이 계속 밀고 들어오는 듯했다. 혹한기면 언제나 그렇듯 별들은 덩실덩실 춤을 추었다. 북극의 정령들은 하늘 위로 영광의 옷자락을 길게 펼쳤다.

보이지 않는 얼굴들을 찾아 양쪽에 늘어선 털옷 입은 사람들을 눈으로 훑던 '스크러프' 매켄지는 야생의 웅대함을 희미하게나마 느꼈다. 그의 눈은 엄마 젖을 빨고 있는 갓난애의 얼굴에 잠시 머물렀다. 이곳은 영하 40도가 넘는 추운 날씨였다. 그는 연약한 백인 여자들을 떠올리며 무자비하게 웃었다. 그는 그런 연약한 여자의 소생이기도 했지만 제왕의 유전형질도 갖고 있었다. 육지와 바다, 모든 지대의 동물과 민족을 자신의 지배 아래 두는 유전형질을 말이다. 고향 땅의 겨울과는 전혀 다른 북극의 겨울에 둘러싸여 혼자 백여 명과 대치하고 있노라니 그의 속에서 전승된 유산이 마구 꿈틀거렸다. 소유욕, 거친 위험에 대한 갈구, 전투의 짜릿함, 정복하거나 죽을 힘 등.

노래와 춤이 끝나자 주술사는 거친 열변을 토했다. 복잡하기 그지없는 방대한 신화를 들먹이며 부족의 고지식함을 교묘히 설파했다. 그 이야기는 설득력이 있었다. 주술사는 까마귀와 갈가마귀로 구현된 창조 법칙에 맞서 매켄지를 싸움과 파괴를 상징하는 늑대로 낙인찍었다. 이 세력들의 전투는 영적이었을 뿐 아니라 인간들은 각자의 토템을 위해 싸웠다. 그들은 젤크스, 갈가마귀, 그리고 프로메테우스처럼 불을 가져다준 사람의 자손들이었다. 그에 반해 매켄지는 늑대의 자손, 다시 말해 악마였다. 이 영원한 전쟁을 휴전시키고 그들의 딸을 대-원수와 결혼시키는 것은 최악의 반역이자 신성모독이었다. 그 어떤 모진 표현이나 상스러운 비유도 매켄지를 비열한 침입자이자 사탄의 밀사로 낙인찍기에는 부족했다. 주술사가 열변을 쏟아내자 부족민들의 마음 깊은 곳에 눌려 있던 사나운 포효가 터져나왔다.

"오, 나의 형제들이여, 젤크스는 전능하도다! 그분은 우리가 따뜻이 지내도록 하늘의 불을 가져다주지 않았던가? 우리가 볼 수 있게 하늘에 구멍을 뚫어 해와 달과 별을 꺼내주지 않았던가? 우리가 기근과 혹한의 악령들과 싸울 수 있게 가르쳐주지 않았던가? 그러나 지금 젤크스는 자손들에게 화가 나 있도다. 그들은 미운오리로 변해버렸고, 그분은 더 이상 돕지 않을 것이다. 자손들이 그분을 잊고서 악한 짓을 행하고, 나쁜 길을 밟고 적들을 천막으로 데리고 들어와 불 옆에 앉히기 때문이다. 그러나 자손들이 일어나 이전의 모습을 보인다면 그분은 자손들을 돕고자 어둠을 박차고 나올 것이다. 오, 형제들이여! 불을 가져온 자는 그대들의 주술사에게 이런 전언을 남겼다. 그대로 전하겠노라. 젊은이들은 처녀들을 천막집으로 데리고 가라. 젊은이들은 늑대의 목을 조르라. 젊은이들은 불멸의 증오를 품어라! 그러면 여자들은 자식을 많이 낳을 것이고, 젊은이들은 강력한 부족으로 거듭날 것이다! 그리고 갈가마귀가 북극에서 태어난 그들의 아비들과 그 아비들의 아비들의 위대한 부족을 인도해줄 것이다. 그들은 늑대들이 모닥불처럼 완전히 꺼져버릴 때까지 늑대들을 물리칠 것이다. 그러면 그들이 다시 온 세상을 지배하게 될 것이다! 이것이 불을 가져온 자, 갈가마귀의 전언이다."

구세주가 온다는 예언에 원주민들은 벌떡 일어나 와와 소리쳤다. 매켄지는 장갑을 낀 엄지손가락을 비벼대며 기다렸다. '여우'를 외치는 아우성이 터져나오자 마침내 어떤 젊은이가 앞으로 나와 말했다.

"형제들이여! 우리의 주술사가 현명한 말을 해주었습니다. 늑대들이 우리의 여자들을 빼앗아가 우리 부족 남자들은 아이가 없습니다. 우리는 미운오리가 되었습니다. 늑대들은 우리의 따뜻한 털옷을 가져가고는 우리에게 병에 든 악령들과 비버나 스라소니가 아닌 풀로 만든 옷들을 주었습니다. 그 옷들은 따뜻하지 않고, 부족 사람들은 이상한 병으로 죽어갑니다. 나, 여우는 아내를 맞이하지 못하고 있습니다. 왜입니까? 내 마음에 든 처녀들이 두 번이나 늑대들의 야영지로 가버렸습니다. 지금껏 나는 틀링티네 추장의 눈에 들어 그분의 딸인 자린스카와 결혼하기 위해 비버와 무스와 순록의 가죽을 모아왔습니다. 그런데 지금 그녀가 늑대의 개들과 길 떠날 채비를 하려고 눈신을 발에 묶었습니다. 나 자신만을 위해 말하는 게 아닙니다. 나처럼 곰도 그랬습니다. 그 또한 그녀 아이들의 아버지가 몹시 되고 싶어 가죽을 많이 모았습니다. 나는 지금 아내의 존재를 모르는 젊은이들을 대변하고 있습니다. 늑대들은 늘 굶주려 있습니다. 그들은 사냥할 때 언제나 좋은 부위의 고기를 취합니다. 갈가마귀들한테는 찌꺼기만 남게 됩니다.

저기 구그클라가 있습니다." 그가 어떤 여자를 대뜸 가리키며 소리쳤다. 그녀는 절름발이였다. "그녀의 다리는 자작나무로 만든 카누의 늑재처럼 휘어져 있습니다. 그녀는 장작을 줍지도 사냥꾼들이 잡은 고기를 운반하지도 못합니다. 늑대들이 그녀를 선택했습니까?"

"아니! 아니!" 부족 남자들이 일제히 소리쳤다.

"저기 모이리가 있습니다. 악령 때문에 그녀는 사팔뜨기가 되었습니다. 아기들도 그녀를 보면 무서워하고, 회색곰도 그녀가 지나가면 길을 내준다고 합니다. 그녀는 선택을 받았습니까?"

또다시 우렁찬 박수갈채가 울려퍼졌다.

"저기엔 피셰트가 앉아 있습니다. 그녀는 내 말을 경청하고 있지 않습니다. 그녀는 잡담소리도, 남편의 목소리도, 아이가 재잘거리는 소리도 듣지 못합니다. 하얀 침묵 속에 살고 있는 것이지요. 늑대들이 그녀를 좋아할까요? 아닙니다! 그들은 선택적으로 잡고, 우리에겐 부스러기만 떨어집니다.

형제들이여, 그래서는 안 됩니다! 더 이상은 늑대들이 우리의 야영지로 들어오게 해선 안 됩니다. 이제 때가 되었습니다."

보랏빛, 초록빛, 노란빛이 어우러진 거대한 북극광이 하늘을 가로지르며 지평선 끝에서 끝까지 이어졌다. 그러자 젊은이는 머리를 뒤로 젖히고 두 팔을 뻗어 절정에 달한 포효를 했다.

"보라! 우리 조상들의 영령들이 일어나 오늘밤 위대한 일이 벌어지리라!"

그가 물러나자 또 다른 젊은이가 친구들에게 떠밀려 약간 수줍어하며 앞으로 나왔다. 그는 다른 이들보다 머리 하나가 더 컸고, 혹한에도 넓은 가슴을 훤히 드러내놓고 있었다. 그는 주저하며 발을 번갈아 흔들어댔다. 말을 더듬더듬 내뱉었고, 안절부절못했다. 그의 얼굴은 쳐다보기에 끔찍했다. 언제 그랬는지 무엇에 크게 맞아 얼굴 반쪽이 찢겨 있었다. 마침내 그는 주먹을 꽉 쥐고 가슴을 두드려 북소리 같은 소리를 끌어냈고, 목에서는 파도가 동굴로 밀려와 부서지는 듯한 굉음이 터져나왔다.

"나는 곰입니다. 회색곰이자 회색곰의 아들입니다! 내 목소리가 아직 계집애 같았을 때 나는 스라소니와 무스와 순록을 죽였습니다. 내 목소리가 땅굴 속에 사는 울버린처럼 찍찍거릴 땐 남쪽의 산맥을 넘어 백인 세 명을 죽였습니다. 내 목소리가 치누크 바람처럼 우렁차졌을 땐 얼굴에 흰 점이 있는 회색곰을 만났지만 추적을 당하지 않았습니다."

여기서 그는 말을 끊고 얼굴에 난 소름끼치는 흉터를 손으로 의미심장하게 훑었다.

"난 여우와 다릅니다. 내 혀는 강처럼 얼어붙어 있습니다. 난 말을 잘할 줄 모릅니다. 아는 단어도 몇 개 없습니다. 여우가 말하길 오늘밤 위대한 일이 벌어질 거라 했습니다. 잘됐습니다! 그의 혀는 말을 샘물처럼 쏟아내지만, 그는 행동을 삼가는 사람입니다. 오늘밤 늑대와 싸울 사람은 내가 될 것입니다. 난 그를 죽이고 자린스카를 내 불 옆에 앉힐 것입니다. 이것이 곰의 선언입니다."

스크러프 매켄지는 자신 때문에 빚어진 대혼란을 보고도 꿈쩍도 하지 않았다. 가까이 있어도 소총은 쓸모가 없어 그는 권총집을 앞으로 살짝 당겨 전투 준비를 갖추고서 팔장갑만 낀 채 손에 끼고 있던 벙어리장갑은 벗어버렸다. 집단 공격을 당하면 이길 가망이 없었지만, 자신의 명예가 걸린 문제라 그는 이를 악물고 싸울 각오를 했다. 그러나 곰은 끓어오르는 격정을 가공할 주먹으로 물리치며 동료들을 제지했다. 소동이 잠잠해지기 시작했을 때 매켄지는 자린스카 쪽을 힐끔 보았다. 당당한 모습이었다. 눈신 위에서 몸을 앞으로 굽혀 입술을 떼고 코를 벌렁거리는 모습이 흡사 덤벼들려는 호랑이 같았다. 그녀의 커다란 검은 두 눈은 두려움과 반항으로 부족 남자들을 응시하고 있었다. 얼마나 긴장했던지 그녀는 숨 쉬는 것조차 잊어버렸다. 어떤 손이 그녀의 가슴을 팍팍 누르고 또 한 손이 채찍을 잡아채는 바람에 그녀는 돌처럼 굳어버렸다. 그의 얼굴을 보고서야 그녀는 안심했다. 그리고 긴장을 풀었다. 큰 한숨을 내쉬며 그녀는 사랑보다 숭배의 눈빛으로 그를 바라보며 편히 기댔다.

틀링티네가 무슨 말을 하려고 했지만 젊은이들이 그의 목소리를 눌러버렸다. 곧이어 매켄지가 성큼성큼 걸어나왔다. 여우가 귀청을 찢는 고함을 질렀지만 매켄지가 득달같이 달려들자 그는 숨이 막히는지 꼴록꼴록 소리를 내며 물러섰다. 여우가 완패하자 왁자한 웃음이 터지더니 젊은이들이 경청하는 분위기로 가라앉았다.

"형제들이여! 그대들이 늑대라고 부르는 백인은 고운 말을 하며 그대들 사이로 왔소. 그는 이누이트 사람들과는 달랐소. 그는 거짓말을 하지 않았소. 친구로서, 형제가 되기 위해 온 거였소. 하지만 그대들은 하고 싶은 말을 했고, 부드러운 말 따위는 잊어버렸소. 첫째, 내가 그대들에게 하고 싶은 말은 주술사는 독설을 퍼붓는 가짜 예언자이며, 그가 전하는 말은 불을 가져온 자의 말이 아니라는 것이오. 그는 갈가마귀의 목소리에 귀를 닫고 자기 머리에서 쥐어짜낸 교활한 상상으로 여러분을 바보로 만들어왔소. 그는 힘이 없소. 개들까지 죽여서 먹고, 무두질도 하지 않은 짐승 가죽과 모카신으로 배를 채워야 했을 때, 노인들이 죽어 나가고 엄마들의 젖이 말라 아기들이 죽어야 했을 때, 세상이 암흑천지가 되어 가을에 연어가 죽듯 그대들이 죽어야 했을 때, 그렇소, 그런 기근이 닥쳤을 때 주술사가 여러분에게 무슨 보상을 해주었소? 여러분의 배에 고기를 넣어주었소? 다시 말하지만 주술사에겐 힘이 없소. 그래서 그의 얼굴에 침을 뱉는 것이오!"

그 신성모독에 모두들 당황은 했지만 법석은 떨지 않았다. 여자들 중엔 무서워하는 이들도 있었지만, 남자들 사이에선 기적에 대비하거나 기적을 바라는 듯한 들썩거림이 일었다. 모두의 눈이 그 두 인물에게 쏠렸다. 주술사는 지금이 중대한 순간이고 자신의 힘이 흔들리고 있다는 걸 깨닫고 비난하려고 입을 열었지만, 매켄지가 주먹을 높이 쳐들고 눈을 번득이며 공격적으로 다가와 뒤로 달아났다. 그는 코웃음을 치며 연설을 계속했다.

"내가 병에 걸려 죽었소? 번개에 타서 죽었소? 하늘에서 별이 떨어져 으스러져 죽었소? 흥! 내 개들은 떠날 준비가 됐소. 지금부터는 여러분에게 나의 종족에 대해, 모든 종족들 중 가장 강력하고 모든 땅을 지배하는 종족에 대해 말해주겠소. 처음에 우리는 나처럼 혼자 사냥을 했소. 그 후론 무리 지어 사냥을 했소. 그러다 마침내 순록 무리처럼 온 땅을 휩쓸고 다니오. 우리의 오두막으로 들어오는 이들은 살고, 오지 않으려는 자들은 죽소. 자린스카는 늑대들의 어머니가 될 자격이 있는, 통통하고 튼튼한 아름다운 처녀요. 내가 죽어도 그녀는 늑대들의 어머니가 될 것이오. 나의 많은 백인 형제들이 내 개들의 냄새를 추적해서 올 테니 말이오. 늑대의 법칙을 잘 들으시오. 늑대 한 마리를 죽이면 그 부족은 열 명이 보복을 당할 것이오. 이미 많은 땅이 그 대가를 치렀으며, 앞으로도 많은 땅이 대가를 치르게 될 것이오.

이젠 여우와 곰에게 말하겠소. 두 사람은 자린스카를 눈여겨 봐왔던 것 같소. 그래서요? 보시오, 내가 그녀를 샀소! 틀링티네는 소총을 차고 있소. 그의 모닥불 옆에는 각종 선물이 놓여 있소. 그러나 나는 두 젊은이에게도 공정한 대우를 해주겠소. 말을 많이 해 혀가 말라버린 여우에게는 씹는담배 다섯 개비를 주겠소. 그러면 입안이 축축해져 회의장에서 큰 소리를 낼 수 있을 거요. 그러나 내가 무척 자랑스럽게 여기는 곰에게는 담요 두 장, 밀가루, 컵 스무 개, 그리고 담배를 여우보다 갑절로 주겠소. 그가 나와 함께 동쪽의 산맥까지 넘어준다면 틀링티네의 것

과 짝을 이루는 소총을 주겠소. 싫다면? 그래도 괜찮소! 늑대는
이제 말하는 게 지겨워졌소. 그러나 다시 한 번 늑대의 법칙을
말하겠소. 늑대 한 마리를 죽이면 그 부족은 열 명이 보복을 당
할 것이오."

자리로 돌아가면서 매켄지는 미소를 지었지만, 속으론 걱정
이 태산이었다. 밤은 아직도 어두웠다. 그는 자린스카가 옆에
와서 들려주는 곰의 칼 재주를 주의 깊게 들었다.

대결을 벌이자는 결정이 내려졌다. 곧 수십 개의 모카신이 모
닥불 주위에서 눈을 다져 넓은 공간을 만들어나갔다. 주술사가
패할 거라는 말들이 흘러나왔다. 어떤 이들은 주술사가 힘을 자
제하고 있는 것뿐이라고 주장했고, 어떤 이들은 지난 일들을 들
먹이며 늑대가 옳다고 했다. 곰은 러시아제 긴 사냥칼을 손에 쥐
고서 싸움터 한가운데로 나왔다. 여우가 매켄지의 권총에 대해
뭐라고 했다. 그래서 그는 혁대를 끌러 자린스카의 허리에 채워
주고서 소총도 그녀의 손에 맡겼다. 그녀는 총을 쏠 줄 모른다며
고개를 저었다. 여자가 그렇게 귀중한 물건을 다뤄볼 기회는 좀
처럼 없었다.

"그럼, 내 뒤쪽이 위험하다 싶으면 크게 소리쳐요, '여보!'
안 돼요. '여보!' 이런 식으로 말이오!"

그녀가 여보를 계속 되풀이해 그는 소리 내어 웃으면서 그녀
의 볼을 꼬집고는 싸움터로 다시 들어갔다. 팔다리 길이며 키도
곰이 우세했을 뿐 아니라 칼도 그의 것이 5센티미터 정도 더 길
었다. '스크러프' 매켄지는 눈앞에 있는 남자의 눈을 들여다보

고서 적수임을 알아보았다. 그러나 칼날이 번뜩임과 동시에 백인족의 호전적인 성향이 되살아났다.

몇 번이나 그는 가장자리나 발이 쑥 빠지는 눈밭까지 밀려나 권투 선수처럼 걸음을 옮겨 중앙 무대로 돌아오곤 했다. 그를 응원하는 목소리는 하나도 없었지만, 그의 적수는 박수갈채와 이런저런 제안과 경고로 격려를 받았다. 하지만 칼들이 서로 부딪칠 때마다 그는 이를 더 앙다물었고, 신중하고도 침착하게 칼로 찌르거나 피했다. 처음에는 적을 동정했지만, 살고자 하는 원시적인 본능 앞에서 동정은 사라지고 뒤이어 살기가 들끓었다. 수만 년을 이어온 문명이 떨어져 나가고 지금 그는 한 여자를 차지하기 위해 결전을 벌이는 원시인으로 변해 있었다.

그는 두 번은 상처를 입지 않고 곰을 찌르고 달아났지만 세 번째는 잡히고 말았다. 체력 소모를 줄이려고 두 사람은 칼을 쥔 손과 칼을 쥐지 않은 손을 맞잡았다. 그제야 그는 상대의 굉장한 힘을 실감할 수 있었다. 그자의 근육은 혹처럼 울퉁불퉁했고, 인대와 힘줄은 끊어질 듯 팽팽했다. 그런데도 그의 러시아 칼은 점점 가까워지고 있었다. 매켄지는 떨어지려 애를 썼지만 힘만 더 빠졌다. 털옷을 입은 무리가 이제 곧 마지막 일격이 터질 것을 기대하며 모여들었다. 하지만 매켄지는 몸을 옆으로 살짝 비트는 레슬링 기술로 적의 머리를 강타했다. 곰은 저도 모르게 상체가 뒤로 젖혀져 중심을 잃었다. 이때를 노려 매켄지는 상대의 발을 걸고 온몸을 내던져 구경꾼들까지 밀쳐내며 그를 눈 속에 쓰러뜨렸다. 곰은 허우적거리다 전력을 되찾았다.

"오, 여보!" 위험을 알리는 자린스카의 목소리가 울려퍼졌다.

활시위가 팅 하고 울리는 소리에 매켄지는 얼른 몸을 숙였는데, 뼈 화살촉이 달린 화살이 그를 지나 곰의 가슴에 박혔다. 그 탄력에 곰은 웅크리고 있던 적의 몸뚱이 위로 쓰러졌다. 매켄지는 곧바로 일어났다. 곰은 움직이지 않았지만, 모닥불 저편에서 주술사가 두 번째 화살을 쏘려 하고 있었다.

매켄지의 칼이 공중으로 휙 날아올랐다. 그는 무거운 칼날의 끝을 잡았다. 칼이 모닥불 위를 지날 때 빛이 번쩍거렸다. 다음 순간 주술사가 비틀거리며 빨갛게 타오르는 깜부기불 속으로 곤두박이쳤다. 그의 목은 보이지 않고 칼자루만 보일 뿐이었다.

찰칵! 찰칵! 여우가 틀링티네의 소총을 낚아채 쏘아보려 했지만 허사였다. 그는 매켄지의 웃음소리에 총을 떨어뜨렸다.

"저런 여우는 노리개 다루는 법을 못 배웠나보지? 아직 애송이로군. 이리 와보게! 총을 가져와보라고, 내가 보여줄 테니!"

여우는 주저했다.

"어서, 와보라니까!"

그는 흠씬 두들겨 맞은 똥개마냥 어깨를 굽혔다.

"이렇게, 또 이렇게. 그럼 다 된 거네." 매켄지가 방아쇠를 어깨 위로 가져가자 탄환이 제자리로 들어가며 총이 발사되었다.

"여우는 오늘밤 위대한 일이 일어난다고 말했소. 그 말은 사실이었소. 위대한 일이 있었지만, 여우가 한 일은 거의 없었소. 그가 아직도 자린스카를 그의 오두막으로 데려가고 싶어하겠소? 주술사와 곰이 밟은 그 길을 또 밟고 싶어하겠소? 아니오?

좋소!"

매켄지는 거만하게 방향을 틀어 주술사의 목에 꽂힌 칼을 뺐다.

"또 덤비고 싶은 사람이 있소? 만약 있다면 늑대는 아무도 남지 않을 때까지 둘이든 셋이든 상대해줄 것이오. 없소? 좋소! 틀링티네여, 이 총을 다시 당신에게 주겠습니다. 앞으로 당신이 유콘 지역을 여행한다면 언제든 머물 곳이 있고 먹을 것이 준비되어 있을 거라는 사실을 명심하십시오. 오늘밤이 지나고 날이 밝으면 나는 떠날 테지만, 언제 또 올지 모릅니다. 마지막으로 말씀드리니, 늑대의 법칙을 잊지 마십시오!"

인디언들의 눈에는 그가 자린스카와 함께 있는 모습이 기괴해 보였다. 그녀가 팀의 선두에 자리를 잡자 개들이 몸을 흔들며 나아갔다. 얼마 후 그들은 으스스한 숲속으로 사라졌다. 매켄지는 그때까지 기다렸다가 뒤따르기 위해 눈신을 신었다.

"늑대는 긴 담배 다섯 개비를 준다더니 잊었습니까?"

화를 내며 여우를 돌아본 매켄지는 잠시 후 그것이 우스갯소리란 걸 알아챘다.

"자네한텐 짧은 것 하나를 주지."

"늑대 좋으실 대로." 여우는 손을 내밀며 얌전히 대답했다.

IN A FAR COUNTRY
1899

머나먼 땅에서

JACK LONDON

머나먼 땅을 여행할 때는 그가 배운 많은 것을 잊고 새로운 땅의 고유한 관습을 익힐 준비를 해야 한다. 예전의 이상과 예전의 신들을 버려야 하고, 때로는 그의 행동 방침을 정해주던 규약들도 뒤엎어야 한다. 적응력이 남다른 사람들에겐 그러한 변화에서 오는 새로운 경험이 쾌감의 원천이 될 수 있다. 그러나 오늘의 그를 만든 틀에 굳어져버린 사람들은 달라진 환경의 압박을 견디지 못하며, 도무지 이해되지 않는 새로운 제약 속에서 몸과 정신이 피폐해진다. 이러한 마찰이 계속되다 보면 여러 가지 해악이 발생하고 갖은 불행이 따른다. 그러니 새로운 환경에 적응할 수 없는 사람은 자기 나라로 돌아가는 것이 현명하다. 너무 오래 지체했다간 십중팔구 죽고 말 것이다.

　문명의 편안함에 등을 돌리고 북극의 원시적인 단순함, 그 야만적 활기에 용감하게 맞서는 자는 자신도 모르게 밴 습관들을 양적으로나 질적으로 버릴 수 있을지 모른다. 북극에 맞는 사람이면 물리적 습관은 그다지 중요하지 않다는 사실을 알게 될 것이다. 산해진미 대신 변변찮은 음식을 먹는다든가, 딱딱한 가죽 구두 대신 부드럽고 모양 안 나는 모카신을 신는다든가, 깃털 침대 대신 눈 속에서 잠을 잔다든가 하는 것은 어쨌거나 아주 쉬운 일이다. 그러나 모든 일을 대하는 태도, 특히 동포를 대하는 태도를 정해야 할 때 난관에 부딪힐 것이다. 일상생활의 예의보다 이타심, 인내, 관용을 길러야 한다. 그래야만 고가(高價)의 진주인 진정한 벗을 얻을 수 있다. "고맙다"는 말은 하지 말아야 한다. 그런 말을 내뱉지 않고도 알 수 있게 같은 방법으로 반응해줌으로써 입증해야 한다. 다시 말해 말 대신 행동으로, 글 대신 마음으로 보여주어야 한다.

세상이 북극의 금 이야기로 술렁거릴 때, 북극의 그 미끼가 사람들의 마음을 흔들어놓았을 때 카터 웨더비는 편안한 서기직을 내던지고는 아내에게 저축한 돈의 절반을 떼어주고 남은 돈으로 여행 장비를 샀다. 천성이 낭만적인 사람은 아니었다. 일에 묶여 모든 걸 억누르고 살았다. 그는 쳇바퀴처럼 반복되는 일에 진저리가 나서 벌이만 비슷하다면 대단한 모험을 감행하고 싶었다. 바보들이 으레 그렇듯 그도 북극의 개척자들이 수십 년 동안 이용해온 오래된 길을 무시하고 그해 봄에 에드먼턴으로 서둘러 갔다. 그곳에서 어떤 일행과 인연을 맺게 되었는데, 그의 영혼에겐 안된 일이었다.

여행 계획만 아니면 이 일행에게 특이한 점은 없었다. 목적지도 여느 일행들처럼 클론다이크였다. 그러나 목적지에 도달하기 위해 이 일행이 계획한 길이 북서부의 변화무쌍한 환경에서 나고 자란 강건한 원주민들도 목숨을 잃을 수 있는 길이었다. 치페와족 여자와 이슬람교로 개종한 기독교도 뱃사공 사이에서 태어난 자크 뱁티스트조차 깜짝 놀랐다.(그는 북위 65도선의 사슴 가죽 천막에서나 불평을 꺼내고 날기름이라도 먹을 수 있으면 입을 다물 줄 아는 사내였다.) 이 일행에 고용되어 얼음이 절대 깨지지 않는 곳까지 동행하기로 했지만 그들이 의견을 물어올 때면 그는 불길하게 머리를 가로젓곤 했다.

퍼시 쿠스퍼트의 불길한 별도 떠올랐던 모양이다. 그 또한 이 아르곤선(船)에 탑승했기 때문이었다. 그는 상당히 많은 돈을 은행에 예치해둔 평범한 남자였다. 사실 그는 이런 모험에 나설 이유가 없었다. 병적이다 싶을 만큼 감상적인 것 외엔 다른 이유가 없었다. 그는 이런 감상성을 낭만과 모험의 진정한 정신으로 착각했다. 더 많은 남자들이 그와 같은 착각으로 치명적인 실수를 저질렀다.

봄의 첫 해빙기에 이 일행은 얼음이 부서지고 있는 엘크 강을 따라갔다. 참으로 눈에 띄는 선단이었다. 규모 자체가 큰 데다 혼혈 뱃사공들이 아내와 아이들까지 해서 꼴사나운 군식구들을 대동했기 때문이었다. 날이면 날마다 그들은 평저선과 카누를 타고 나아갔고, 모기를 비롯한 각종 벌레들과 싸웠으며, 연수육로가 등장할 때면 비지땀을 흘리며 욕을 해댔다. 이렇게 혹독한 고생을 하게 되면 인간은 자신의 본성을 적나라하게 드러내고 만다. 결국 애서배스카 호숫가 남쪽에서 모습을 감추기도 전에 일행의 모든 구성원이 제 본색을 드러냈다.

뺀질거리고 상습적으로 투덜대는 두 사람은 카터 웨더비와 퍼시 쿠스퍼트였다. 모두가 아프고 힘들다고 불평했지만 이 두 사람에 비할 바가 아니었다. 이들은 단 한 번도 야영지의 온갖 자질구레한 일을 나서서 하는 법이 없었다. 물 떠오기, 장작 패기, 그릇 씻고 닦기, 갑자기 필요해진 물건을 찾아 여행 장비를 뒤적거리기 등등. 이 두 무력한 문명의 자손은 발목이 삐었다는 둥 물집이 생겼다는 둥 하며 호들갑을 떨었다. 할 일이 아직 많이 남았는데도 밤이면 가장 먼저 잠자리에 들고, 아침에는 출발 준비를 끝내고 아침 식사를 시작할 때라야 일어났다. 식사는 가장 먼저 하면서도 요리할 때는 손 하나 까딱하지 않았다. 조금이라도 맛있는 게 있으면 가장 먼저 덤비면서도 자기 몫은 절대 다른 사람에게 주지 않았다. 노를 저을 때는 교묘히 물을 세게 쳐 보트가 앞으로 쑥 빠지면서 노깃을 뜨게 만들었다. 그들은 아무도 모를 거라고 생각했다. 하지만 동료들은 작은 소리로 욕을 하며 그들을 점점 미워했고, 자크 뱁티스트는 아침부터 밤까지 공공연히 그들을 비웃고 비난했다. 그러나 자크 뱁티스트는 점잖은 신사가 아니었다.

그레이트슬레이브 호수에서 일행은 허드슨베이 사의 개들을 샀다. 선단은 건어물과 페미컨(말린 쇠고기에 지방·과일을 섞어 굳힌 인디언의 휴대식품—옮긴이)을 더 싣고서 만반의 경계태세를 갖췄다. 다음에는 카누와 평저선이 매켄지 강의 빠른 물살을 타고 대툰드라 지역으로 돌입했다. 금이 있음 직한 모든 '지맥'을 캐보았지만 '유망한 광맥'은 도망자처럼 북쪽으로 계속 달아났다. 그레이트베어에 이르자 뱃사공들은 미지의 땅이 풍기는 흔한 공포에 압도되어 하나둘 이탈하기 시작했다. 포트오브굿호프에서는 그들이 너무나 위태위태하게 타고 내려온 급류를 헤치고 가야 했을 때 가장 용감한 자만이 끝까지 남아 밧줄을 당겼다. 결국 자크 뱁티스트만 남았다. 그는 얼음이 절대 깨지지 않는 곳까지 동행하겠다고 맹세하지 않았던가?

일행은 이런저런 소문을 듣고 작성한 수로도를 계속 참고했다. 그들은 서두를 필요를 느꼈다. 해가 이미 하지점을 지나 다시 겨울을 끌어오고 있었기 때문이었다. 매켄지 강이 북극해로 흘러들어가는 만의 가장자리를 따라가며 그들은 리틀필 강의 어귀로 들어갔다. 여기서부터는 물살을 거슬러 오르는 고된 작업이 시작되었다. 두 무능력자는 그 어느 때보다 형편없었다. 밧줄 잡고 장대로 배 밀기, 노 젓기와 이마에 끈 걸어 등짐 지기, 급류와 연수육로 건너기 같은 고생을 겪으면서 한 사람은 위대한 모험이란 것을 몹시 혐오하게 되었고, 다른 한 사람은 모험의 진정한 낭만과 관계된 짜릿한 이야기 하나를 아로새기게 되었다. 그들은 점점 반항적으로 변했는데, 어느 날 자크 뱁티스트로부터 불쾌하기 짝이 없는 욕을 듣고 지렁이도 밟으면 꿈틀댈 수 있다는 듯 대들었다. 하지만 그 혼혈인은 두 사람을 흠씬 패주었고, 그들은 멍들고 피투성이가 된 채 일을 해야 했다. 그처림 난폭한 대접을 받기란 처음이었다.

그들은 리틀필 강 상류에서 배를 버리고 남은 여름을 웨스트래트로 이어지는 매켄지 분수령 너머 광대한 연수육로에서 보냈다. 웨스트래트라는 이 작은 개울은 포큐파인 강으로 흘러들고, 북극의 이 거대한 수로는 북극권 쪽에서 역행하여 유콘 강과 합류한다. 하지만 그들은 겨울과의 경주에 지고 말았다. 어느 날 그들은 소용돌이 모양으로 두껍게 언 얼음에 뗏목을 고정시켜 놓고 짐들을 물가로 옮겨야 했다. 그날 밤 강은 몇 번이나 얼음에 막혔다 열리곤 했다. 다음날 아침 강은 영원히 잠들어버렸다.

"유콘까지는 650킬로미터 정도 남은 것 같소." 슬로퍼가 엄지손톱으로 지도의 축적을 재보며 결론을 내렸다. 회의가 끝나가고 있었고, 두 무능력자는 잔뜩 불리해진 상황을 두고 회의 내내 투덜거렸다. "오래전에 허드슨베이 사의 교역소가 있었어요. 지금은 사용하지 않지만." 자크 뱁티스트의 아버지는 과거에 그 모피 회사를 위해 일하다가 동상으로 발가락 두 개를 잃었다.

"고생이 말이 아니겠군!" 일행 중 누군가가 소리쳤다. "백인은 없답니까?"

"전혀." 슬로퍼가 짤막하게 말했다. "하지만 유콘 상류의 도슨까지는 고작 800킬로미터예요. 여기서부터는 고생길이 시작되는 셈이죠."

웨더비와 쿠스퍼트는 동시에 앓는 소리를 냈다.

"시간이 얼마나 걸리겠나, 뱁티스트?"

그 인디언 혼혈은 잠시 생각했다. "죽어라 가도 열흘, 스무 날, 마흔 날, 쉰 날로도 안 될 겁니다. 저 애기들이 있는 한."(두 무능력자를 가리키며). "알 수 없죠. 빌어먹을 혹한이 끝나면 모를까. 그때만 아니면야."

눈신과 모카신 제작이 끝났다. 누군가가 모습이 보이지 않는 사람의 이름을 부르자 그자는 모닥불 가장자리에 있는 어떤 오래된 오두막에서 나와 그들 사이에 끼었다. 그 오두막은 북극의 아주 후미진 곳에 잠복해 있는 많은 불가사의 중 하나였다. 그 오두막을 누가 언제 세웠는지는 아무도 몰랐다. 돌을 높이 쌓아놓은 빈터의 두 무덤은 초창기 여행자들의 비밀을 간직하고 있을지 몰랐다. 하지만 그 돌들을 누가 쌓았을까?

때가 왔다. 자크 뱁티스트는 썰매끈을 채우다 말고 버둥거리는 개를 눈 속에 처박았다. 요리사는 늦었다며 무언의 항의를 했고 베이컨 한줌을 시끄럽게 들썩거리는 콩 냄비에 던져넣고는 차렷 자세를 취했다. 슬로퍼가 일어섰다. 그의 몸은 두 무능력자의 건강한 체격과는 묘한 대조를 이뤘다. 남미의 열병을 피해 달아났을 때 피부가 누레지고 몸이 약해졌는데도 그는 온 지대를 넘나들며 도주를 멈추지 않았다. 게다가 아직까지도 장부들과 일할 수 있었다. 그의 몸무게는 무거운 사냥칼을 차고도 40킬로그램 정도밖에 나가지 않았고, 반백의 머리를 보면 그의 한창 시절이 지나갔음을 알 수 있었다. 웨더비나 쿠스퍼트 같은 젊고 싱싱한 근육을 만들려면 그는 열 배의 노력을 기울여야 했다. 하지만 그는 하루 만에 그들을 지옥까지 끌고 갈 수 있었다. 이날만 해도 그는 자신보다 튼튼한 동료들을 채찍질해 1천 5백 킬로미터라는 인간이 상상할 수 있는 가장 강도 높은 고난을 무릅쓰게 했다. 그는 그의 종족의 끊임없는 활동성을 여실히 보여주는 사람이었다. 또한 양키의 빠른 이해력과 행동력에다 옛 튜턴족의 완고함이 그 영혼에 뿌리박혀 있었다.

"얼음이 굳으면 개들과 바로 떠나는 겁니다, 예에."

"예에!" 여덟 명의 목소리가 울려퍼졌다. 수백 킬로미터에 달하는 고통의 길을 함께하겠다는 맹세의 목소리였다.

"반대하고 싶은 사람은?"

"여기!" 두 무능력자가 개인적인 이해관계를 떠나 처음으로 한마음이 되었다.

"그래서 앞으로 어떻게 하겠다는 겁니까?" 웨더비는 대들 듯이 물었다.

"다수결로! 다수결로!" 나머지 사람들이 소리쳤다.

"당신들이 가지 않으면 탐험은 수포로 돌아갈 수도 있겠지만." 슬로퍼는 상냥하게 대답했다. "진짜 열심히 하면 당신들 없이도 해낼 수 있을 거요. 어떻소, 여러분은?"

그 의견은 열렬한 환호를 받았다.

"하지만 알다시피, 나 같은 인간이 뭘 하겠습니까?" 쿠스퍼트가 우려 섞인 목소리로 과감히 말했다.

"우리와 함께 가겠소?"

"싫습니다."

"그럼 좋을 대로 하시우. 우리도 더 이상 할 말 없으니."

"저 응석부리와 무슨 해결을 보겠다고 입씨름이오." 다코타 출신의 말 섞기 쉽지 않은 서부 사람이 말을 꺼내며 웨더비도 함께 가리켰다. "저치는 요리를 할 때나 장작을 모을 때나 당신한테 어떻게 할 거냐고 물을 위인이오."

"그럼 결정이 난 걸로 알겠소." 슬로퍼는 결말을 지었다. "내일 출발할 거고, 야영은 8킬로미터 범위 안에서 할 거고, 이것저것 정비하고 잊어버린 건 없는지 확인할 겁니다."

강철 썰매날이 끽끽거리자 개들이 자세를 낮추고서 죽을 때까지 차고 다녀야 하는 썰매끈을 잡아당겼다. 자크 뱁티스트는 슬로퍼 옆에 서서 마지막으로 오두막을 흘깃 보았다. 난로 연통에서 연기가 처량하게 소용돌이치며 올라왔다. 오두막 문간에서 두 무능력자가 그들을 지켜보고 있었다.

슬로퍼가 옆사람 어깨에 손을 올렸다.

"자크 뱁티스트, 자네 킬케니 고양이라고 들어봤나?"

그 인디언 혼혈은 고개를 저었다.

"흠, 친구이자 선량한 동료여, 킬케니 고양이는 가죽도 털도 신음소리도 남지 않을 때까지 싸운다네. 알아듣겠나? 아무것도 남지 않을 때까지 말이지. 아주 멋지지. 지금 저 두 사람은 일하는 걸 싫어해. 일을 안 하겠지. 다 아는 사실이지. 겨울 내내, 길고 긴 음산한 겨우내 둘이서만 저 오두막에 있을 테지. 킬케니 고양이들 꼴이 되고 말 거야, 알겠나?"

뱁티스트의 반쪽을 이루는 프랑스인은 어깨를 으쓱한 반면 그의 또 다른 반쪽인 인디언은 침묵했다. 하지만 그 말 없는 으쓱거림은 어떤 대답보다 설득력 있는 의미심장한 몸짓이었다.

　그 작은 오두막 생활은 처음에는 순조롭게 진행되었다. 동료들의 불쾌한 야유 덕에 웨더비와 쿠스퍼트는 자신들에게 지워진 공동의 책임을 의식하게 되었다. 게다가 건강한 남자 둘이서 할 일은 그다지 많지 않았다. 채찍을 든 잔인한 손, 다시 말해 못살게 굴던 인디언 혼혈이 없어지니 즐겁기만 했다. 처음에 두 사람은 서로를 이기려 애썼다. 자질구레한 일들까지 마다않고 하는 그들의 열정을 보았다면 긴긴 여행길에서 심신이 지쳐가고 있을 동료들이 눈을 휘둥그레 떴을 것이다.

　모든 근심이 사라졌다. 삼면을 둘러싼 숲은 없어지지 않을 땔감 밭이었다. 문 밖을 조금만 나서면 포큐파인 강이 잠자고 있었고, 강이 걸친 겨울옷에 구멍을 내면 수정처럼 맑고 이가 시리도록 차가운 샘물이 솟았다. 하지만 그것도 이내 탈이 생기기 시작했다. 구멍이 계속 얼어붙어 장시간 고생스럽게 얼음을 깨야 했기 때문이었다. 그 오두막을 지은 자들은 측면 통나무를 길게 연결해 오두막 뒤에 있는 저장소를 지탱했다. 이곳에 그 일행의 식량이 저장되어 있었다. 음식은 충분했고, 삼시 세끼 그것을 먹고 살 수밖에 없는 사람들을 위한 것이었다. 그러나 대부분의 음식이 근육과 힘줄을 키워주는 종류였지, 입을 즐겁게 해주는 것이 아니었다. 사실 두 평범한 남자를 위해 설탕은 충분히 있었다. 그러나 이들은 어린애들보다 못했다. 그들은 뜨거운 물에 설탕을 적절히 넣으면 맛이 좋다는 사실을 일찌감치 발견했다.

그래서 아낌없이 핫케이크를 설탕물에 담그고 남은 빵 조각은 하얀 시럽에 흠뻑 적셔 먹었다. 커피와 차, 말린 과일까지 그렇게 먹다 보니 설탕이 급속도로 줄어들었다. 그들 사이에 말다툼이 시작된 것도 설탕 때문이었다. 서로를 전적으로 의지하던 두 사람이 싸우기 시작하면 사태는 정말로 심각해지게 마련이다.

웨더비는 정치에 대해 주제넘게 설교하는 걸 좋아했다. 반면에 쿠폰이나 잘라 모으면서 나랏일은 굴러가는 대로 내버려두는 쿠스퍼트는 그 주제를 무시해버리거나 놀라운 경구로 받아치곤 했다. 하지만 그 서기는 아둔해서 그런 재치 있는 말장난을 이해하지 못했다. 그가 못 알아들어서 쿠스퍼트는 점점 짜증이 났다. 재치 있는 말로 사람들을 곧잘 현혹시켜 왔건만, 지금은 그것 때문에 한 명의 청중마저 잃는 곤경에 처하고 말았다. 그런 개인적인 불만이 쌓여가면서 그는 부지불식간에 그 모든 책임을 머리 나쁜 동료 탓으로 돌리게 되었다.

살아남는 것 외에 두 사람에게 공통점은 없었다. 털끝만치도 일치하는 게 없었다. 웨더비는 평생을 서기로 일한 것 말고는 아무것도 모르는 인간이었다. 쿠스퍼트는 유화를 잘 그리는 대가였지만 글이라곤 거의 써본 적이 없었다. 전자는 자신을 신사라 여기는 하층계급 출신의 남자였고, 후자는 자신을 신사로 알고 있는 신사 집안 남자였다. 이것을 보면 인간은 진정한 동료애의 본능이 없어도 신사가 될 수 있다고 말할 수 있을지 모르겠다. 서기도 쿠스퍼트만큼 심미안이 있었다. 하지만 그가 자신의 모험을 이야기할 때면 상상력을 동원해 어찌나 장황하게 떠들어대는지 그 과민한 예술의 대가는 하수도에서 냄새가 확확 올라오는 듯한 느낌을 받았다. 그는 서기를 냄새 나는 돼지우리에 사는 더럽고 교양 없는 짐승이라 여겼고, 실제로도 그렇게 말했다. 그 답례로 그는 여자처럼 유약한 사람이자 무뢰한이란 소리까지 들었다. 웨더비는 자신의 삶을 '절대 무리하다'고 보지 않았을 것이다. 하지만 그의 삶은 그 목적에 부합했는데, 그런 부합이 야말로 삶의 핵심이 아니겠는가.

웨더비는 〈보스턴 강도〉와 〈잘생긴 선실 보이〉 같은 노래들을 몇 시간씩 불러댔고, 세 번에 한 번꼴로 반음을 내려 불렀다. 그러면 쿠스퍼트는 울고 싶을 만큼 화가 나 끝내는 더 이상 참지 못하고 추운 바깥으로 도망쳤다. 그러나 탈출구가 없었다. 그 혹한을 오랫동안 견디기란 불가능했다. 세 평 남짓한 그 작은 오두막은 침대, 난로, 탁자, 그 밖의 다른 것들로 비좁았다. 자연히 존재 자체가 서로에게 모욕이 되었다. 날이 갈수록 그들 사이의 음울한 침묵은 더 길어지고 깊어졌다. 때로는 저도 모르게 눈을 번득이거나 입술을 비죽거렸지만, 이 침묵의 시기에 그들은 서로를 철저히 외면하려 애썼다. 그러다 보니 두 사람의 가슴에선 신이 어찌하여 저런 인간을 만들었을까 하는 커다란 의문이 싹 트기 시작했다.

할 일이 없으니 시간은 견디기 힘든 짐이 되어 갔다. 그들은 자연스레 더 게을러졌다. 피할 길 없는 육체적 무기력에 빠져들수록 그들은 지극히 사소한 일로도 티격태격했다. 어느 날 아침 식사 당번인 웨더비는 담요 밖으로 나와 동료의 코 고는 소리에 맞춰 램프에 불을 켜고 모닥불을 지폈다. 주전자마다 꽁꽁 얼어 붙어 오두막엔 마실 물이 없었다. 하지만 그는 개의치 않았다. 그는 베이컨이 녹기를 기다렸다가 얇게 썰어서 지겨워 죽겠는 빵 만들기를 시작했다. 이 모든 과정을 쿠스퍼트가 눈을 반쯤 뜬 채 지켜보고 있었다. 결국 큰 소동이 벌어졌다. 두 사람은 침을 튀겨가며 서로를 저주했고 그때부터 각자 요리를 해서 먹기로 했다. 일주일 후 쿠스퍼트는 아침에 세수도 하지 않고 자신이 만든 요리를 흡족하게 먹었다. 웨더비는 씩 웃었다. 그 후 씻는다는 어리석은 습관은 그들의 삶에서 지워졌다.

설탕을 비롯한 다른 작은 사치품들이 줄어들자 그들은 제 몫을 챙기지 못할까 두려워하기 시작했다. 빼앗기지 않기 위해 그들은 게걸스레 먹어댔다. 이 걸신 경쟁의 희생양이 된 것은 사치품들과 두 남자였다. 신선한 채소 섭취와 운동이 부족해 피가 탁해지자 그들의 몸에는 자줏빛의 역겨운 뾰루지가 올라오기 시작했다. 그런데도 그들은 그 경고를 무시했다. 다음에는 근육과 관절이 부어오르기 시작했고, 살갗은 검게 변하는데 입과 잇몸과 입술은 점점 크림색을 띠었다. 그들은 이런 불행에 서로 단결하기는커녕 괴혈병이 점점 심해지는 서로의 증상을 고소하다는 듯이 바라보았다.

그들은 외양을 전혀 아랑곳하지 않게 되었고, 최소한의 품위마저도 잃었다. 오두막은 돼지우리로 변했다. 그들은 잠자리를 정돈하거나 바닥에 소나무 가지를 새로 까는 법이 없었다. 그러나 담요 속에만 있고 싶어도 그들은 그럴 수가 없었다. 추위가 매서운 데다 불을 피우는 데 장작이 많이 들기 때문이었다. 그들의 머리와 수염은 갈수록 덥수룩해졌고, 옷에선 넝마주이조차 역겨워할 냄새가 났다. 하지만 그들은 개의치 않았다. 그들은 아팠고, 그들을 봐줄 사람도 없었다. 게다가 움직이는 것도 아주 고역이었다.

여기에 새로운 걱정이 더해졌다. 그것은 북극의 공포였다. 이 공포는 대추위와 대침묵 사이에서 난 자식이었고, 해가 남쪽 지평선 아래로 영원히 지는 12월의 어둠 속에서 태어났다. 이 공포는 각자의 성격에 따라 다른 반응을 일으켰다. 웨더비는 날이 갈수록 미신의 포로가 되어 잊힌 무덤들에서 자고 있는 영혼들을 소생시키려 애썼다. 그것은 황홀했다. 밤이면 죽은 영혼들이 추위를 박차고 나와 그의 담요 속으로 기어들어 자신들이 죽기 전에 겪은 고생담들을 털어놓았다. 그들이 더 바싹 다가와 얼어붙은 사지로 그의 몸을 휘감을 때면 그는 차고 끈적끈적한 감촉에 몸을 움츠렸고, 그들이 그의 귀에 대고 다가올 일들을 속삭일 때는 무서워서 오두막이 떠나갈 듯 비명을 질렀다. 서로 대화가 없었기 때문에 그런 웨더비를 이해할 수 없는 쿠스퍼트는 잠에서 깰 때면 어김없이 권총을 움켜잡았다. 그러곤 일어나 앉아 신경질적으로 몸을 부들부들 떨며 꿈속을 헤매고 있는 동료에게 총을 겨누었다. 쿠스퍼트는 그 인간이 미쳐가고 있다고 여겼기에 생명의 위협을 느꼈다.

쿠스퍼트의 병은 웨더비보다 모호한 양상을 띠었다. 통나무를 차곡차곡 올려 이 오두막을 지은 미지의 장인들은 마룻대에다 풍향계를 달아놓았더랬다. 쿠스퍼트는 이 풍향계가 언제나 남쪽을 향해 있는 것을 알아챘다. 어느 날 그는 풍향계가 꿈쩍하지 않는 것에 화가 난 나머지 그것의 방향을 동쪽으로 돌려놓았다. 그러나 아무리 지켜보아도 풍향계를 흔들어줄 만한 바람 한 점 불지 않았다. 그는 풍향계를 북쪽으로 돌려놓고 이번에는 바람이 불 때까지 절대 손을 대지 않겠다고 맹세했다. 그러나 바람 한 점 없는 섬뜩한 고요가 두려워 그는 종종 한밤중에 일어나 풍향계의 방향이 바뀌지 않았는지 보곤 했다. 10도만 돌아갔어도 그는 안심했을 것이다. 그러나 풍향계는 운명처럼 그 자리에 머물러 있었다. 갖은 상상이 난무하더니 급기야 풍향계는 그의 물신이 되어버렸다. 때때로 그는 풍향계가 가리키고 있는 길을 따라 음울한 땅을 걷곤 했는데, 그럴 때면 그의 영혼은 신에 대한 두려움에 젖어들었다. 보이지 않는 미지의 존재들을 생각하노라면 내세라는 짐이 그를 짓눌러대는 것만 같았다. 북극에선 모든 것이 그처럼 압도적이었다. 움직임과 생명체의 부재, 캄캄한 어둠, 생각에 잠긴 땅의 무한한 평화, 무시무시한 고요. 그래서 이곳에선 심장 박동마저 신성모독으로 여겨질 정도였다. 엄숙한 숲은 말로도 생각으로도 담을 수 없는, 형언하기 힘든 경건한 무엇을 지키고 있는 듯했다.

그가 최근에 떠나온 세상, 분주한 나라들과 대기업들이 있는 세상은 아주 멀리 있는 듯했다. 이따금 옛 생각—시장과 화랑과 붐비는 통로, 야회복과 각종 행사, 그가 알고 지낸 좋은 남자들과 사랑하는 여인들—이 불쑥 떠오르곤 했지만, 그 기억들은 그가 아주 오래전 다른 행성에서 살았던 것 마냥 희미했다. 그러나 이 환영은 실재했다. 풍향계 밑에 서서 북극의 하늘을 응시하고 있으면 남쪽 나라가 정말로 존재하는지, 지금 이 순간 그곳이 활기로 들끓고 있는지 도무지 실감이 나지 않았다. 남쪽 나라도, 여자의 몸에서 태어나는 남자들도, 결혼생활의 밀고 당기기도 없었다. 적막한 지평선 너머 뻗어 있는 것은 광대한 고독이었고, 그 고독 너머에는 더 광대한 고독이 뻗어 있었다. 꽃들의 향기로 넘쳐나는 햇빛의 땅은 없었다. 그런 것은 낙원을 향한 오랜 꿈일 뿐이었다. 서부의 햇빛 밝은 땅들과 동부의 풍취 좋은 땅들, 웃고 있는 아르카디아(고대 그리스 오지의 이상향─옮긴이)와 축복받은 자들의 축복의 섬들. 하! 하! 허공을 찢는 그 낯선 웃음소리에 그는 화들짝 놀랐다. 해가 없었다. 이곳은 죽어 있고 춥고 어두운 우주였으며, 주민이라곤 그뿐이었다. 그렇다면 웨더비는? 이런 순간 웨더비는 중요하지 않았다. 그는 캘리밴(셰익스피어의 『템페스트』에서 프로스페로를 섬기는 반수인(半獸人) 노예─옮긴이)이었다. 까마득한 시절 지은 죄의 대가로 무수한 세월을 쿠스퍼트에게 속박되어 있는 기괴한 유령이었다.

　쿠스퍼트는 죽은 자들 틈에서 죽은 듯이 살았다. 자신이 하찮다는 생각에 의기소침해지고 잠자고 있는 자들의 은근한 지배에 짓눌리기 때문이었다. 모든 것의 크기에 그는 소름이 끼쳤다. 그를 제외한 모든 것이 극치를 보였다. 바람과 움직임이 전혀 없었고, 눈 덮인 황야는 광대했으며, 하늘은 더없이 높고 침묵은 깊고 깊었다. 저 풍향계가 움직여만 준다면. 천둥번개라도 치거나 숲이 활활 타올라준다면. 하늘이 두루마리처럼 말려 세상의 종 말이 온듯 무너져준다면. 무엇이든, 그 무엇이든 일어나준다면! 그러나 전혀, 아무것도 움직이지 않았다. 침묵만이 엄습했고, 북극의 공포만이 그의 가슴에 얼음장 같은 손가락을 갖다댔다.

한번은 로빈슨 크루소처럼 강가를 어슬렁거리다 그는 어떤 발자국을 발견했다. 살짝 언 눈 위에 희미하게 찍힌 눈신 토끼의 그물무늬 발자국이었다. 뜻밖의 발견이었다. 이 북극에도 생명 체가 있다니. 그는 발자국을 따라가며 혼자 싱글벙글 웃었다. 눈 속에 발이 푹푹 빠지고 근육이 부어 있는데도 미칠 듯한 기대 로 아무렇지 않았다. 그가 숲에 들어서자 한낮의 짧은 박명마저 사라졌다. 추적을 계속하던 그는 결국 체력이 바닥나 눈밭에 힘 없이 드러누웠다. 그는 끙끙거리며 자신의 어리석음을 저주했 는데, 알고 보니 그 발자국은 그의 상상이 빚어낸 산물이었다. 밤늦게야 그는 네 발로 기어서 오두막으로 돌아왔는데, 뺨도 얼 얼하고 발가락은 이상하게 무감각했다. 웨더비는 사악하게 씩 웃기만 할 뿐 그를 도와줄 생각도 하지 않았다. 쿠스퍼트는 발가 락을 바늘로 찔러본 뒤 난로 옆에서 발을 녹였다. 일주일 후부터 는 조직이 죽기 시작했다.

서기는 서기대로 고생을 했다. 이제는 죽은 사람들이 무덤에 서 더 자주 나왔고 그가 깨어 있을 때나 잠잘 때나 거의 떠나지 않았다. 그는 두려운데도 그들이 오기를 기다리게 되었고, 쌍둥 이 돌무덤을 지날 때면 몸을 부르르 떨었다. 어느 날 밤 그들이 자고 있는 그를 찾아와 그에게 어떤 사명을 맡겼다. 알 수 없는 공포에 겁이 난 그는 돌무더기 사이에서 깨어나 미친 듯이 오두 막으로 내달렸다. 그러나 발과 뺨이 얼어붙어 얼마 동안은 그대로 누워 있어야 했다.

때때로 서기는 죽은 자들의 끈질긴 출현에 미칠 것 같아 오두 막 주위를 뛰어다니며 도끼로 허공을 가르고 손에 닿는 모든 걸 박살냈다. 서기가 이렇게 유령과 만날 때면 쿠스퍼트는 담요를 덮어쓰고서 그 미친 인간이 가까이 오면 쏘아버리려고 권총의 공이치기를 젖혀놓고 그자를 주시했다. 한번은 이 마법에서 풀려난 서기가 자신을 겨냥하고 있는 권총을 보게 되었다. 당연히 의심이 일었고, 그 후로는 그도 생명의 위협을 느끼며 살았다. 그들은 서로를 면밀히 관찰했고 등 뒤로 누가 지나갈 때면 흠칫 놀라 돌아서곤 했다. 이런 우려는 잠잘 때도 그들을 지배할 만큼 광적으로 변했다. 서로에 대한 두려움에 그들은 암암리에 램프를 밤새 켜두게 되었고, 자리에 들기 전에는 베이컨 기름을 충분히 준비해두었다. 누가 조금이라도 움직이면 상대방은 얼른 잠에서 깼다. 그들은 담요 밑에서 손가락으로 방아쇠를 만지작거리며 조용히 관찰하다 몇 번이나 눈이 마주치곤 했다.

한편으론 북극의 공포라는 정신적 긴장으로, 다른 한편으론 질병이란 재난으로 그들은 인간의 면모를 잃고 사냥꾼에 쫓겨 필사적으로 달아나는 야생동물처럼 변해갔다. 동상의 여파로 그들의 뺨과 코는 검게 변했다. 얼어붙은 발가락은 엄지와 검지 관절부터 떨어져 나가기 시작했다. 조금만 움직여도 아팠지만, 난로는 만족을 모른 채 그들의 가련한 몸뚱이를 어떻게든 고문

했다. 날이면 날마다 난로는 먹을 것을, 그것도 지독한 양을 요구했다. 그들은 네 발로 기어서 숲까지 가서 장작을 구해 와야 했다. 한번은 서로에게 말도 않고 마른 나뭇가지를 찾으러 나갔다가 각자 반대편에서 어떤 덤불 속으로 들어오게 되었다. 갑자기, 아무런 예고 없이 해골 같은 두 얼굴이 서로 마주쳤다. 고생을 얼마나 했던지 그들은 서로를 알아볼 수 없을 만큼 변해 있었다. 그들은 화들짝 놀라 비명을 지르며 벌떡 일어나 짓무른 다리로 줄행랑을 놓았다. 오두막 문 앞에서 쓰러진 그들은 악마들처럼 서로를 할퀴고 쥐어뜯다 마침내 잘못을 깨달았다.

가끔은 정상인처럼 지내는 때도 있었다. 이런 멀쩡한 시기에 그들 사이를 갈라놓는 분쟁의 씨는 설탕이었다. 그들은 땅굴 속에 보관해둔 각자의 자루를 지키면서 상대의 것을 탐냈다. 설탕이 얼마 남지 않은 데다 그들이 서로를 전혀 믿지 못하기 때문이었다. 그러던 어느 날 쿠스퍼트가 실수를 하고 말았다. 머리도 어지럽고 눈도 침침한 데다 아파서 속까지 메스꺼워 움직이기도 힘든 판에 그는 겨우겨우 땅굴까지 기어가 설탕 통을 쥐었는데, 그만 웨더비의 자루와 자신의 자루를 혼동하고 만 것이다.

이 일이 일어난 때는 1월이 얼마 지나지 않아서였다. 해가 남쪽으로 낮게 걸려 있다 정오에는 북쪽 하늘 위로 눈부신 황금빛을 뿌려대는 때였다. 설탕 자루를 혼동한 그 다음날 쿠스퍼트는 몸과 마음이 한결 좋아진 것을 느꼈다. 정오 무렵 날이 밝아졌을 때 그는 쉬이 사라질 빛을 만끽하기 위해 발을 질질 끌며 밖으로 나갔다. 그 한순간의 빛은 내일도 해가 뜰 거라는 증표였다. 웨더비도 기분이 약간 좋아져 쿠스퍼트 옆에서 네 발로 기어나갔다. 그들은 움직임이 없는 풍향계 밑에서 눈밭에 드러누운 채 기다렸다.

죽음의 정적이 그들을 에워쌌다. 다른 땅이었다면 그런 엄숙한 분위기에 처했을 때 팽팽한 긴장을 깨뜨려줄 목소리를 숨죽이면서 기다렸을 것이다. 그러나 북극에서는 달랐다. 두 남자는 이 유령 같은 평화 속에서 영구히 살아온 것만 같았다. 그들은 과거의 노래를 전혀 기억할 수 없었다. 미래의 노래도 생각해낼 수 없었다. 이 비현세적인 고요, 내세의 평온한 정적은 언제나 있었다.

그들의 눈은 북쪽 하늘에 꽂혀 있었다. 그들의 등 뒤, 남쪽으로 높이 솟은 산들 뒤로 가려진 해가 그들이 지금껏 보지 못한 하늘 꼭대기를 향해 뻗어나갔다. 거대한 캔버스 같은 하늘을 지켜보는 이는 그들뿐이었다. 가짜 새벽이 천천히 밝아오고 있었다. 희미한 불꽃이 타오르기 시작했다. 그 불꽃은 점점 짙어져 주황색, 보라색, 샛노란색으로 일렁거리며 변해갔다. 불꽃이 너무 밝아 쿠스퍼트는 그 너머에 해가 있는 게 분명하다고 생각했다. 북쪽에서 해가 뜨다니, 기적이었다! 갑자기, 아무런 예고도 아무런 퇴색의 기미도 없이 캔버스가 일순 깨끗해졌다. 하늘을 수놓았던 색이 없어졌다. 빛도 사라져버렸다. 두 사람은 숨죽인 채 반쯤 흐느껴 울었다. 그러나 보라! 대기는 반짝이는 서리 조각들로 눈이 부시고, 저기 눈밭에 희미한 윤곽으로 누워 있는 것은 북쪽을 가리키는 풍향계가 아닌가. 그림자다! 그림자다! 정확히 정오였다. 그들은 남쪽으로 머리를 홱 돌렸다. 왕관 같은 것이 눈 덮인 산마루 위로 고개를 내밀고서 얼른 미소를 짓고는 다시 쑥 내려갔다.

그들은 눈물을 글썽이며 서로를 더듬었다. 이상하게도 마음이 누그러졌다. 서로에게 끌리는 마음을 거부할 수 없었다. 해가 다시 돌아오고 있었다. 내일도 돌아올 것이고, 다음날도 그 다음날도 돌아올 것이다. 돌아올 때마다 더 오래 머물 것이고, 언젠가는 지평선 아래로 떨어지는 일 없이 밤낮으로 하늘에 걸려 있을 것이다. 그때는 밤이 없을 것이다. 얼음에 갇힌 겨울도 끝날 것이다. 바람이 불고 숲은 응답을 하고, 대지는 은혜로운 햇빛에 흠뻑 젖고 생명이 소생할 것이다. 그들은 손에 손을 잡고 이 무서운 꿈에서 놓여나 남쪽 나라로 돌아갈 것이다. 그들은 몸을 홱 기울여 서로의 손을 잡았다. 장갑은 꼈지만 부어오르고 뒤틀려 못 쓰게 된 불쌍한 손을.

하지만 그 희망은 이루어지지 못할 운명이었다. 북극은 북극이고, 사나이들은 이상한 법칙으로 자신들의 영혼을 단련한다. 먼 나라들을 여행해보지 않은 사람들은 그 이상한 법칙을 결코 이해할 수 없으리라.

한 시간 후 쿠스퍼트는 빵 냄비를 화덕에 올려놓고 고향으로 돌아가면 의사들이 발을 어떻게 치료해줄까 추측하기 시작했다. 이제는 고향이 그렇게 멀게 느껴지지 않았다. 웨더비는 저장고를 뒤지고 있었다. 갑자기 그가 온갖 욕을 퍼부어대더니 별안간

뚝 그쳤다. 누군가 그의 설탕 자루를 훔쳐간 것이다. 그러나 두 명의 망자가 돌무덤에서 나와 그의 목에서 들끓고 있던 말을 막지만 않았어도 사태는 달라졌을지 모른다. 그들은 아주 조용히 그를 끌고 나갔다. 그는 땅굴 문을 닫는 걸 깜박 했다. 마침내 때가 온 것이었다. 그들이 그의 꿈에 나타나 속삭여대던 일이 이제 곧 일어날 터였다. 그들은 조용히, 아주 조용히 그를 장작더미로 이끌어 그의 손에 도끼를 쥐어주었다. 그런 다음 그가 오두막 문을 밀고 들어가게 해줬다. 웨더비는 그들이 밖에서 문을 잠갔다고 확신했다. 문이 꽝 닫히면서 빗장이 걸리는 탁 소리가 들렸으니까. 그는 그들이 밖에서 기다리고 있다는 걸, 그가 임무를 끝내기를 기다리고 있다는 걸 알았다.

"카터! 이봐, 카터!"

퍼시 쿠스퍼트는 서기의 얼굴 표정을 보고 겁이 나 얼른 탁자를 끌어다 그를 막았다.

카터 웨더비는 서두르지도 흥분하지도 않고 쫓아왔다. 그의 얼굴엔 애석함도 노여움도 보이지 않았다. 오히려 해야 할 일이 있어 정연하게 처리하려는 사람의 다부지고 완고한 표정만이 엿보였다.

"어이, 무슨 일이야?"

서기는 뒤로 물러서며 문으로 가는 길을 차단했지만, 입은 열지 않았다.

"이봐, 카터, 이봐. 얘기를 하자고. 자넨 좋은 사람이잖나."

그 예술의 대가는 머리를 재빠르게 굴려 스미스앤웨슨 총이 놓여 있는 침대로 교묘히 옆걸음질쳤다. 그는 미친 동료를 계속 주시하며 침대 위로 몸을 굴려 권총을 단단히 쥐었다.

"카터!"

눈앞에서 화약이 터지는데도 웨더비는 자신의 무기를 휘두르며 달려들었다. 도끼가 엉치뼈 깊이 박혀 퍼시 쿠스퍼트는 다리 쪽 감각이 없어지는 걸 느꼈다. 이번에는 서기가 온몸으로 달려들어 힘없는 손가락으로 그의 목을 눌렀다. 도끼에 찍힐 때 권총을 떨어뜨린 쿠스퍼트는 호흡이 가빠 숨을 헐떡거리면서도 권총을 찾아 담요 속을 마구 헤적거렸다. 그러다 뭔가를 기억해냈다. 그는 서기의 혁대로 손을 슬쩍 뻗어 칼을 잡았다. 그렇게 부둥켜 안는 바람에 두 사람의 몸은 바싹 붙었다.

퍼시 쿠스퍼트는 몸에서 힘이 빠져나가는 걸 느꼈다. 하반신은 이제 쓸모가 없어졌다. 웨더비의 축 처진 몸뚱이가 그를 짓눌렀다. 그의 몸에 짓눌려 꼼짝을 못하니 덫에 걸린 곰 같았다. 오두막 안에 익숙한 냄새가 가득 찼다. 빵이 타고 있는 냄새였다. 그것이 어떻단 말인가? 빵이 뭐에 필요하다고. 저장고에는 여섯 잔 분량의 설탕이 남아 있었다. 이런 일이 있을 줄 알았다면 그렇게 아껴가며 지난 며칠을 보내진 않았으리라. 풍향계가 움직인 적이 있던가? 지금이라도 방향을 바꾸고 있을지 모르지 않는가. 아닐까? 오늘은 해를 보지 못했던가? 나가서 봐야지. 아니, 그는 움직일 수가 없었다. 서기가 그렇게 무거운 사람인 줄 예전엔 미처 몰랐다.

오두막 안이 순식간에 차가워졌다! 모닥불이 꺼진 모양이었다. 추위가 엄습해오고 있었다. 이미 영하로 내려간 듯했고, 문 안쪽에도 얼음이 끼기 시작했다. 얼음을 볼 수는 없었지만 쿠스퍼트는 그동안의 경험에서 오두막 온도만으로 어디까지 얼었는지 짐작할 수 있었다. 지금쯤은 돌쩌귀가 하얗게 변해 있을 것이다. 이 이야기가 세상에 전해질까? 친구들은 어떻게 받아들일까? 아마도 커피를 마시다 신문에서 접하고는 클럽에서 떠들어댈 것이다. 그는 친구들의 얼굴을 똑똑히 볼 수 있었다. "불쌍한 쿠스퍼트, 어쨌든 그렇게 나쁜 친구는 아니었는데." 그들이 중얼거렸다. 그는 친구들의 찬사에 미소를 짓고서 터키탕을 찾아갔다. 거리에는 익히 보던 사람들이 오가고 있었다. 이상하게도 그들은 그의 무스 가죽 모카신과 나달나달해진 독일제 양말을 알아보지 못했다! 그는 택시를 탈 것이다. 목욕을 하고 나선 면도를 하면 좋을 것이다. 아니, 먹는 게 우선이지. 스테이크, 감자, 그리고 녹색 채소들은 얼마나 신선할까! 그게 뭐였더라? 호박색 꿀이 흘러내리는 푸짐한 식사! 한데 왜 그렇게 많이 가져왔을까? 하! 하! 다 먹지도 못할 텐데. 구두 닦아! 그거 좋지. 그는 상자 위에 발을 올려놓았다. 구두닦이가 의아하게 쳐다보기에 그제야 그는 무스 가죽 모카신을 신은 사실을 기억해내고는 황급히 자리를 떴다.

들어보라! 풍향계가 틀림없이 돌고 있지 않은가. 아니, 단지 귓속이 울리는 것뿐이다. 그뿐이다. 단순한 이명. 지금쯤은 빗장에 얼음이 꼈겠지. 위쪽 돌쩌귀에도 얼음이 뒤덮여 있겠지. 이끼 긴 기둥 사이사이에도 서리가 점점이 올라오기 시작했다.

얼마나 느리게 올라오는지! 아니, 그렇게까지 느리지는 않았다. 새로 올라오고, 또 올라왔다. 둘, 셋, 넷, 셀 수 없을 정도로 빨라지고 있었다. 두 개가 한꺼번에 올라오기도 했다. 그 자리에 세 번째 서리가 달라붙었다. 이런, 이젠 더 이상 자리가 없었다. 서리가 한데 뭉쳐 기둥이 하얀 시트로 변했다.

흠, 그는 손님을 맞을 것이다. 천사 가브리엘이 북극의 침묵을 깨뜨리고 오면 그들은 커다랗고 하얀 옥좌 앞에 서서 손을 잡을 것이다. 신이 그들을 심판하리라, 신이 그들을 심판하리라!

이제 퍼시 쿠스퍼트는 눈을 감고 잠에 빠져들었다.

THE WISDOM OF THE TRAIL
1899

길의 지혜

JACK LONDON

시트카 찰리는 불가능한 일을 해냈다. 다른 인디언들도 그만큼 길의 지혜를 많이 알고 있었을지 모른다. 그러나 백인의 지혜와 길의 영광과 그 법칙을 아는 인디언은 그뿐이었다. 이 모든 것을 그가 하루아침에 이룬 것은 아니었다. 원시적인 사고방식으로는 일반화가 더디기 때문에 제대로 이해를 시키려면 많은 사실을 되풀이해서 들려주어야 한다. 시트카 찰리는 소년 시절부터 백인들 속에 계속 던져졌는데, 성인이 되어서는 그 스스로 부족을 완전히 등지고 백인들과 운명을 같이 하기로 결심했다. 그가 백인들의 힘을 존경하다 못해 거의 신처럼 받들며 숙고하던 그때에도 그 힘의 숨은 본질인 영광과 법칙까지는 간파하지 못했다. 그것까지 이해하는 데는 오랜 기간 경험이 축적되어야 했다. 이방인이었지만 그 힘의 숨은 본질을 백인보다 더 잘 알게 되었을 때 그는 인디언이면서도 불가능한 일을 해냈다. 그럴 수 있었던 것은 그가 자기 부족에게 느낀 경멸 때문이었다. 그 경멸을 내내 감추어왔던 그는 이제는 카추크테와 고위에게 온갖 악담을 퍼부으며 속내를 터뜨렸다. 그들은 한 쌍의 으르렁대는 사냥개처럼 그의 앞에서 굽실거렸는데, 겁이 많아 덤비지도 못하면서 너무나 탐욕스럽게 송곳니를 드러내곤 했다. 그들은 잘생긴 종자들도 아니었다. 시트카 찰리도 마찬가지였다. 세 사람 모두 인상이 무서웠다. 얼굴에 살이라곤 없었고, 광대뼈는 혹한에 갈라지고 얼어붙기를 거듭하면서 징그러운 딱지가 덕지덕지 생겼다. 그런 몰골에 비해 그들의 눈은 절박함과 굶주림으로 이글이글 불타올랐다. 길의 영광과 법칙 밖에 있는 사람들은 신뢰할 수 없는 법이다. 시트카 찰리는 그 사실을 잘 알았다. 그런 이유로 그는 열흘 전 두 사람에게 다른 야영 장비와 함께 소총을 버리라고 했던 것이었다. 이제 남은 총은 그의 총과 에핑웰 선장의 총뿐이었다.

"어서, 불을 피워요." 마른 자작나무 껍질 조각이 들어 있는 귀중한 성냥 상자를 꺼내며 그가 명령했다.

두 인디언은 즉시 죽은 나뭇가지들과 잔나무들을 모으기 시작했다. 그들은 쇠약해져 허리를 굽히다 갑자기 어지럽거나 작업하다 무릎이 후들거려 몸이 휘청거릴 때면 일을 중단했다. 한번 다녀오면 아프고 몹시 지치는지 잠깐씩 쉬었다. 때때로 그들의 눈은 말 못할 고통을 억지로 참고 있는 듯했다. 다른 한편으론 그 자아가 갑자기 미친 듯이 이렇게 외칠 것도 같았다. "나는, 나는, 나는 살고 싶다!" 이것은 살아 있는 만물의 떨림음이었다.

남쪽에서 약한 바람이 불어왔다. 맨살 부위가 얼얼해지더니 혹한이 송곳처럼 모피와 살을 뚫고 뼛속까지 파고들었다. 그래서 모닥불이 활활 타올라 그 주위에 있던 눈이 녹았을 때 시트카 찰리는 내켜하지 않는 동료들의 손을 빌려 덮개를 쳤다. 원시적인 작업이었다. 담요를 모닥불과 나란히 바람받이 쪽으로 45도 정도 비스듬히 세우면 되었다. 이렇게 하면 차가운 바람은 차단되고 열기는 갇혀 모닥불가에 모여 앉은 사람들이 훈훈해질 수 있다. 그런 다음 푸른 가문비나무 가지를 바닥에 깔면 엉덩이에 눈이 묻지 않는다. 이 작업을 끝낸 후 카추크테와 고위는 자신들의 발을 보살폈다. 오래 걸은 탓에 모카신은 꽁꽁 얼어붙고 심하게 닳은 데다 강에 낀 날카로운 얼음에 찢겨 너덜너덜해졌다. 양말도 비슷한 상태였다. 양말을 불에 녹여 벗기자 발가락 끝에 핏기라곤 없는 것이, 괴저가 상당히 진행되었고 길이 험난했다는 것을 능히 알 수 있었다.

신발과 양말을 말리고 있는 두 사람을 그대로 둔 채 시트카 찰리는 왔던 길로 돌아갔다. 그도 불가에 앉아 문드러지고 있는 살을 돌보고 싶은 마음이 굴뚝 같았지만, 길의 영광과 법칙 때문에 그럴 수가 없었다. 그는 얼어붙은 벌판을 힘겹게 나아갔다. 걸을 때마다 고통스럽고 온 근육이 씰룩거렸다. 몇 번인가 꽁꽁 언 얼음들 사이사이 살얼음이 낀 곳이 등장할 때면 발밑이 불안하게 흔들리며 위험의 징후가 느껴져 그는 걸음을 재촉해야 했다. 그런 곳에서는 죽는 게 빠르고 쉬웠다. 하지만 그가 진정 바라는 것은 어떻게든 이겨내는 것이었다.

두 인디언이 발을 질질 끌며 강의 굽이를 돌아드는 모습이 보였을 때 시트카 찰리의 깊어가던 근심도 사라졌다. 그들은 무거운 짐을 진 사람들처럼 비틀거리고 헉헉거렸다. 하지만 그들의 등짐은 몇 파운드밖에 되지 않았다. 그가 진심으로 괜찮냐고 묻자 그들은 괜찮다며 그를 안심시켰다. 그는 계속 서둘렀다. 이번에는 백인 남자 두 명과 그들의 부축을 받고 있는 여자가 나타났다. 그들도 술 취한 사람들 같았고, 힘이 없어 다리가 후들거리고 있었다. 반면에 여자는 그들에게 살짝 몸을 기대고서 제 힘으로 전진하려 애쓰고 있었다. 그 모습을 본 시트카 찰리의 얼굴 위로 기쁨의 빛이 스치고 지나갔다. 그는 에핑웰 부인에게 깊은 호감을 가지고 있었다. 백인 여자들을 본 적은 많았지만, 백인 여자와 여행을 해보기는 이번이 처음이었다. 에핑웰 선장이 이 위험한 일을 계획하고서 그에게 길 안내를 부탁했을 때 그는 진지하게 고개를 저었다. 북극의 황량한 광야를 지나는 미지의 여행이었기에 인간의 영혼이 얼마나 극단으로 치달을 수 있는지를 알았기 때문이었다. 선장의 아내가 동행한다는 사실을 알고서는 더 이상 일을 하지 않겠다고 단호히 말했다. 그녀가 인디언 여자였다면 그렇게까지 반대하지는 않았을 것이다. 그러나 남쪽 나라 여자들은…… 안 될 말이었다. 그런 모험을 하기엔 그들은 너무 부드럽고 여렸다.

시트카 찰리는 이런 여성을 본 적이 없었다. 5분 전만 해도 그는 이 탐험을 맡게 될 줄 꿈에도 몰랐다. 하지만 그녀가 환하게 미소 지으며 그에게 다가와 똑부러지는 영어로 간청이나 설득이 아닌 요지를 말했을 때 그는 이내 무너져버렸다. 만약 그녀가 여성성을 이용해 부드러운 눈빛으로 자비를 구하고 목소리까지 떨었다면 그는 처음의 뜻을 굽히지 않았을 것이다. 하지만 그녀의 날카로운 눈매와 청아한 목소리, 거침없는 솔직함과 암묵적인 평등 의식이 그의 이성을 마비시켰다. 당시 그는 이 여자가 새로운 유형의 여성이라고 느꼈다. 이렇게 몇날 며칠을 함께 다니기 전부터 그러한 여자들의 아들들이 왜 이 땅과 바다를 지배하는지, 그의 종족의 여자들이 낳은 아들들은 왜 그들을 이길 수 없는지 알 것 같았다. *여리고 부드러워라!* 근육도 약하고 쉬이 지치면서도 굴하지 않는 그녀를 날마다 지켜보면서 그 말이 후렴처럼 그의 머리를 때렸다. *여리고 부드러워라!* 그녀의 발은 편안한 길과 양지바른 땅에 어울렸지, 모카신을 신고 다녀야 하는 북극의 고통을 모를뿐더러 혹한의 차가운 입술 세례를 받아본 적도 없었다. 피로한 날이 계속되는데도 경쾌하게 움직이는 그녀의 발을 보며 그는 감탄했다.

그녀는 언제나 미소 짓고 격려의 말을 잊지 않았는데, 하잘것없는 짐꾼에게도 그렇게 했다. 길이 험해질수록 그녀는 더 굳세어지고 더 힘을 내는 듯했다. 카추크테와 고위가 천막용 가죽 꾸러미를 짊어질 수 있다고 허풍 떠는 아이처럼 길에 있는 안표를 죄다 알고 있다고 자랑했다가 길을 모르겠다고 고백했을 때 욕을 해대는 남자들 틈에서 용서해주자고 말을 한 것도 그녀였다.

그날 밤 그녀는 그들에게 노래를 불러주었다. 남자들은 피로가 싹 달아나며 새로운 희망으로 내일을 맞을 수 있을 듯했다. 식량이 모자라 매끼 분량이 감질맛 나게 적어졌을 때 그녀는 그런 책동을 꾸민 남편과 시트카 찰리에게 반항하며 다른 사람들 것보다 많지도 적지도 않은 몫을 요구했다.

시트카 찰리는 이런 여자를 알게 되어서 자랑스러웠다. 그녀의 출현으로 그의 삶은 더 풍성해지고 더 폭넓어졌다. 지금까지 그의 조언자는 그 자신이었고, 그는 절대 남이 시키는 대로 하지 않았다. 자신의 지시만을 따랐고, 자신의 의견이 아닌 다른 모든 것은 개의치 않고 남자답게 살아왔다. 그랬던 그가 난생처음으로 그가 가진 최상의 모습을 끌어내라는 외부의 요구를 느꼈다. 그 여자가 강렬한 눈에 고마운 빛을 살짝만 내비쳐도, 청아한 목소리로 고맙다고만 말해도, 입술을 살짝 벌려 환한 미소를 짓기만 해도, 그는 이어진 몇 시간을 붕 뜬 기분으로 걸어다녔다. 그것은 그의 남자다움을 고무히는 새로운 자극제였다. 처음으로 그는 자신이 가진 길의 지혜가 자랑스러워 짜릿했다. 그들 두 사람은 힘을 모아 동료들의 가라앉는 기분을 돋우곤 했다.

시트카 찰리의 모습을 본 두 백인 남자와 여자의 얼굴빛이 밝아졌다. 어쨌거나 그는 그들이 의지할 수 있는 사람이었기 때문이었다. 그러나 평소 완고하고, 기쁠 때나 아플 때나 표정이 늘 딱딱하기만 한 시트카 찰리는 그들에게 뒷사람들의 안부를 묻고서 모닥불까지 조금만 더 가면 된다고 말하고 돌아가던 길을 계속 갔다. 이번에는 어떤 인디언이 혼자 오고 있었다. 짐은 지지 않고 입을 꾹 다문 채 다리를 절뚝거리며 왔는데, 그의 눈만 봐도 발의 통증이 얼마나 심한지 알 수 있을 정도였다. 그런 발로 산 자가 죽은 자와 지는 싸움을 벌이고 있었다. 할 수 있는 모든 치료를 받았지만 그 약하고 불운한 인간은 결국 죽고 말 것이다. 시트카 찰리의 눈엔 그 남자가 살 날이 얼마 남지 않아 보였다. 오래 버티지 못할 그 남자에게 그는 투박하지만 힘내라고 말해주었다. 그 뒤로 인디언 두 명이 더 왔다. 그가 일행의 또 다른 백인인 조를 부축해서 오라고 했던 인디언들이었다. 조의 모습은 보이지 않았다. 시트카 찰리는 그들의 속이 끓고 있는 걸 한눈에 알아보았고, 자신의 지배권을 벗어났다는 것도 알았다. 그랬기에 그들에게 버리고 온 짐을 찾아오라고 명령했을 때 그들이 칼집에서 번쩍거리는 사냥칼을 꺼내는 것을 보고도 놀라지 않을 수 있었다. 쇠약한 세 남자가 광대한 황야를 배경으로 하잘것없는 힘을 겨루는 광경은 처량했다. 두 인디언은 시트카 찰리의 총에 호되게 얻어맞고는 두들겨 맞은 개들처럼 다시 고분고분해졌다. 두 시간 후 시트카 찰리와 두 인디언은 휘청거리는 조를 부축하고서 마지막으로 야영지에 합류했다. 나머지 사람들은 덮개 아래에서 몸을 웅크리고 있었다.

"잠들기 전에 몇 마디 하겠소." 시트카 찰리가 말했다. 이스트도 넣지 않는 빵으로 빈곤한 저녁을 해결하고 난 뒤였다. 백인들에게는 그 취지를 이미 말한 적이 있어서 지금 그는 인디언 말로 인디언들에게만 말했다. "동료인 여러분을 위해, 살려면 어찌해야 하는지 말해주겠소. 우리에겐 법이 있소. 이 법을 깨뜨릴 수 있는 것은 죽음뿐이오. 우리는 침묵의 언덕들을 지나왔고, 이제부터는 스튜어트 강을 바람 부는 쪽으로 이동할 것이오. 하룻밤이 될지, 몇 밤이 될지, 많은 밤이 될지 알 수 없지만, 우리는 많은 식량을 가지고 있는 유콘 사람들 속으로 때 맞춰 들어가야 하오. 그러니 법을 명심하는 게 좋을 거요. 오늘 같은 경우, 길을 내기로 했던 카추크테와 고위는 자신들이 사람이란 사실을 잊고 겁에 질린 아이들처럼 도망을 쳤소. 그렇소, 그들은 잊었소. 그래서 우리까지 잊게 했소. 그러나 앞으로는 기억을 해야 할 것이오. 만약 그런 일이 또 일어난다면 그들은……." 그는 무심하면서도 완강하게 총을 매만졌다. "내일 그들은 밀가루를 운반하고 백인 조가 길에 드러눕지 않도록 살펴야 할 것이오. 남은 밀가루는 넉 잔 정도요. 저녁에는 30그램 정도만 먹어야 하오. 알아들었소? 오늘의 경우 사람이란 사실을 잊은 자들이 또 있었소. 무스헤드와 스리새먼은 백인인 조를 눈 속에 버려두었소. 그들은 더 이상 잊지 말아아 할 것이오. 날이 밝는 대로 그들은 출발해서 길을 낼 것이오. 여러분은 법을 들었소. 그 법을 어기지 않는 게 좋을 거요."

시트카 찰리는 대열의 간격을 좁히는 것이 그의 능력 밖이란 걸 깨달았다. 앞에서 길을 내며 가는 무스헤드와 스리새먼, 그리고 뒤처진 카추크테와 고위와 조 사이의 간격은 1.5킬로미터 이상이 벌어졌다. 그가 쉬자고 할 때면 다들 비틀거리거나 쓰러지거나 아니면 쉬었다. 대열은 뚝뚝 끊어진 사슬처럼 이어졌다.

다들 힘이 소진될 때까지 마지막 안간힘을 내며 비틀비틀 나아갔지만, 신기하게도 마지막 안간힘은 언제나 남아 있었다. 누가 쓰러지면 이번에야말로 못 일어나겠지 하는데도 그는 일어나고 또 일어났다. 육체는 지고 의지는 이겼다. 하지만 그 승리는 늘 비극이었다. 발에 동상이 걸린 인디언은 더 이상 똑바로 서지를 못해 네 발로 기어서 갔다. 그는 좀처럼 쉬지 않았다. 이 혹한에 쉬었다간 어떤 형벌이 따를지 알기 때문이었다. 에핑웰 부인의 입도 결국엔 미소가 사라지고 돌처럼 굳어졌고, 그렇게 주위를 보던 두 눈도 아무것도 보지 않았다. 종종 그녀는 숨이 차고 어지러워 걸음을 멈추고서 장갑 낀 손을 가슴에 대고 눌렀다.

백인 조는 고통의 단계를 훌쩍 넘어섰다. 이제 그는 자기를 혼자 두지 말라고 애원하지 않고 죽기를 빌었다. 무아경에 빠져 오히려 진정되고 편안해졌다. 카추크테와 고위는 그를 거칠게 질질 끌고 가면서 수도 없이 쏘아보고 아니면 주먹질을 해댔다. 아무리 생각해도 이건 실로 부당한 처사였다. 그들의 마음엔 증오가 사무치고 두려움이 가득 찼다. 자신들이 왜 이 약골에게 힘을 허비해야 한단 말인가? 그것은 곧 죽음을 의미했다. 그렇게 하지 않아도 결과는 마찬가지였다. 그들은 시트카 찰리의 법을, 그의 총을 기억하고 있었다.

시간이 갈수록 조가 더 자주 쓰러지고 일어나지를 못해 그들은 점점 더 뒤처졌다. 때로는 그를 부축하던 인디언들도 힘이 빠져 세 명 모두 눈 속에 처박히곤 했다. 하지만 그들의 등엔 삶과 힘과 온기가 있었다. 밀가루 자루 속에 생존에 필요한 모든 것이

들어 있었다. 그들은 이 사실을 생각하지 않을 수 없었고, 그렇게 된 것은 전혀 이상하지 않았다. 그들은 많은 나무가 뒤엉켜 있는 곳 옆에 쓰러졌는데, 성냥만 갖다대면 불이 붙을 땔감이 많이 있었다. 게다가 근처에는 얼음이 얼지 않은 곳까지 있었다. 카추크테는 땔나무와 물을 물끄러미 바라보았고, 고위도 마찬가지였다. 잠시 후 두 사람은 서로를 바라보았다. 말이 필요없었다. 고위는 불을 피웠다. 카추크테는 양철 컵에 물을 담고 데웠다. 조는 또 다른 세상에서 그들이 알아들을 수 없는 말을 지껄여댔다. 그들은 밀가루와 따뜻한 물을 섞어 걸쭉해졌을 때 여러 잔을 마셨다. 그들이 먹어보라 말 한 마디 안 하는데도 조는 개의치 않았다. 그는 아무것도, 심지어는 그의 모카신이 석탄 속에서 연기를 내며 타고 있는 데도 개의치 않았다.

눈송이가 조용히, 어루만지듯 떨어지며 그들의 몸을 하얗게 감싸기 시작했다. 운명의 장난으로 구름이 걷혀 하늘이 맑아지지만 않았어도 그들은 벌써 멀리 달아났을 것이나. 아니, 10분만 더 있었어도 구원을 받았을 것이다. 뒤를 돌아본 시트카 찰리는 그들의 모닥불에서 올라오는 연기 기둥을 보고 모든 걸 짐작했다. 그는 앞서가는 믿음직한 사람들과 에핑웰 부인을 바라보았다.

"자, 나의 벗들이여, 그대들은 사람이란 사실을 다시 한 번 잊은 것이오? 잘됐어. 아주 잘됐어. 먹여살릴 입이 줄어들 테니."

시트카 찰리는 이 말을 하면서 밀가루를 다시 묶어 그 꾸러미를 등짐에 동여맸다. 그는 무아경에 빠진 병자가 고통을 느끼고서 휘청거리며 일어설 때까지 조를 걷어찼다. 그런 다음 병자를 길 위로 밀쳐내 스스로 가게 만들었다. 두 인디언은 슬그머니 도망치려 했다.

"잠깐만, 고위! 거기, 카추크테도! 밀가루 죽을 먹고 나니 두 다리에 날개가 돋친 듯 힘이 생긴 건가? 법을 면할 생각일랑 말라고. 마지막까지 사람 도리를 다하고 배불리 죽는 것에 만족하라고. 어서, 오게, 어깨를 나란히 하고 이리로 돌아오게. 어서!"

두 남자는 두려움을 접고 조용히 따랐다. 사람을 짓누르는 것은 현재가 아니라 미래였으니까.

"어이 고위, 치프완에 아내와 아이들과 집이 있다고 했던가. 자네의 유언은 뭔가?"

"선장이 약속한 내 물건들—담요, 구슬, 담배, 백인들처럼 이상한 소리를 내는 상자—을 아내한테 전해주시게. 그리고 내가 여행 중에 죽었다고만 하고 어떻게 죽었는지는 말하지 말게."

"자네는, 카추크테, 아내와 아이가 있나?"

"여동생이 있네. 코심에서 도매상의 아내로 살고 있지. 그 작자한테 맞고 사느라 동생은 행복하지가 않아. 계약서에 적힌 내 물건들을 동생한테 전해주고, 부족에게 돌아가는 편이 좋을 거라고 말해주게. 그 작자를 만났을 때 혹 그럴 마음이 들거든 죽여주면 좋겠네. 놈이 때려서 동생이 무서워하니까."

"법에 따라 기꺼이 죽겠나?"

"기꺼이."

"그럼 잘 가시게, 나의 벗들이여. 해지기 전까지 따뜻한 오두막에서 넘실대는 술잔을 끼고 앉아 있기를." 이 말과 함께 그는 총을 들었다. 총성이 메아리치며 침묵을 깨뜨렸다. 그 메아리가 사그라지자 멀리서 다른 총성들이 들려왔다. 시트카 찰리는 출발했다. 총성이 한 번 이상 들렸지만, 그 일행에는 다른 총 하나가 더 있을 뿐이었다. 그는 꼼짝 않고 누워 있는 두 남자를 흘깃 보고서 길의 지혜에 악랄한 미소를 짓고는 유콘 사람들을 만나기 위해 길을 서둘렀다.

TO THE MAN ON TRAIL
1899

길 떠나는 자에게

JACK LONDON

"들이켜."

"하지만 키드, 이건 너무 독하지 않을까요? 위스키에다 알코올만으로도 나쁜데, 브랜디에다 고추소스라니…….”

"들이키기나 해. 그나저나 이 펀치는 누가 만들고 있는 거야?" 맬러뮤트 키드는 희뿌연 김을 쐬며 인자하게 웃었다. "어이 젊은 친구, 자네도 나만큼 오래 이 지역에 머물면서 토끼와 연어를 먹고 살다 보면 크리스마스가 1년에 딱 한 번뿐이라는 걸 실감하게 될 거야. 그리고 펀치 없는 크리스마스는 수지맞는 광맥 하나 없는 기반암에 구멍을 뚫는 격이라고."

"높은 패를 얻으려고 패를 섞어봤자지." 거물인 짐 벨덴도 인정했다. 그는 크리스마스를 보내려고 메이지 메이에 있는 자신의 광구에서 왔는데, 지난 두 달을 무스 고기만 먹고 있다는 사실은 유명했다. "타나나 강에서 우리가 만든 위스키를 잊은 건 아니겠지, 응?"

"글쎄, 잊었을걸. 어이, 전 부족이 취해서 싸우는 꼴을 봤더라면 자네도 아주 기뻐했을 거야. 시큼한 반죽에 설탕을 넣고 발효한 게 다였는데. 자네가 오기 전에 있었던 일이지." 맬러뮤트 키드는 2년 만에 채굴 전문가가 된 스탠리 프린스라는 젊은이를 돌아보며 말했다. "당시 그 땅에는 백인 여자가 한 명도 없었고, 메이슨은 결혼을 하고 싶어했지. 루스의 아버지는 타나나족 추장이었네. 다른 사람들처럼 그도 결혼을 반대했지. 독한가? 이상하군, 설탕을 마지막 한 숟갈까지 다 썼는데. 내 생애 최고 걸작이었는데. 강을 따라가고 연수육로를 건너는 그 추격전을 자네도 봤어야 하는 건데."

"인디언 여자는 어땠는데요?" 키가 큰 프랑스계 캐나다인 루이 사보이가 흥미로워하며 물었다. 그는 지난해 겨울 포티마일에서 이 미치광이 짓을 들은 적이 있었다.

타고난 이야기꾼인 맬러뮤트 키드는 북극의 그 로맨틱한 구혼 이야기를 있는 그대로 들려주었다. 이 이야기를 들은 북극의 거친 모험가는 깊은 감동을 받고 남쪽 땅의 양지바른 목초지를 아련히 그리워했다. 그곳에서는 추위와 죽음을 이겨야 하는 메마른 싸움보다 더 나은 삶을 보장받을 수 있었다.

"첫 해빙이 막 시작됐을 때 우린 유콘 강에 당도했어." 맬러뮤트 키드가 말했다. "인디언 부족과의 거리는 15분밖에 되지 않았어. 하지만 그 덕에 살 수 있었어. 2차 해빙으로 금간 얼음이 깨지면서 길이 막혀버렸거든. 그들이 마침내 누클루키예토에 들어섰을 땐 교역소가 그들을 맞을 준비가 되어 있었지. 결혼식 애긴 여기 있는 루보 신부에게 물어보라고. 이분이 주례를 보았으니까."

그 예수회 수사는 입에서 파이프를 떼고서 아버지 같은 미소로 흐뭇함을 나타낸 반면 신교도와 구교도는 열렬히 환호했다.

"멋지도다!" 사랑 이야기에 흥분한 것 같은 루이 사보이가 갑자기 소리쳤다. "작은 인디언 여자여, 메이슨이여 브라보. 멋지도다!"

양철 컵에 펀치가 다 채워졌을 때 흥분을 억누르지 못한 베틀스가 일어나 자신이 가장 좋아하는 권주가를 부르기 시작했다.

헨리 워드 비처가 있다네
주일학교 교사들도 있다네,
모두 사사프라스 뿌리 술을 마시네.
그런데도 당신은 단언하지
그 술에 바른 이름을 붙인다면
금단의 열매 주스라고.

오, 금단의 열매 주스여

술꾼들이 일제히 외쳤다.

오, 금단의 열매 주스여

그런데도 당신은 단언하지

그 술에 바른 이름을 붙인다면

금단의 열매 주스라고.

맬러뮤트 키드의 독한 음료가 드디어 효력을 발휘했다. 술의 붉은빛에도, 지난 모험의 농담과 노래와 이야기에도 꿈쩍 않던 남자들이 식탁 주위로 모여든 것이다. 아주 먼 데서 온 이방인들이 서로 건배를 했다. "신세계의 조숙한 아이 엉클 샘을 위하여"라며 축배를 든 이는 영국인 프린스였다. "여왕이시여, 신의 가호를"이라며 술잔을 든 이는 미국인 베틀스였다. 사보이와 독일 상인 마이어는 알사스와 로렌과 잔을 부딪쳤다.

맬러뮤트 키드는 잔을 들고 일어나 희뿌연 창문을 흘긋 보았다. 서리가 꽤 두툼하게 끼어 있었다. "이 밤에 길 떠나는 자에게 건강을. 그의 식량을 지켜주시길. 개들이 쓰러지지 않게 해주시길. 성냥이 꺼지지 않게 해주시길."

찰싹! 찰싹! 그때 채찍소리, 에스키모개들이 낑낑대는 소리, 썰매가 오두막 앞에서 멈추는 우두둑 소리 등 익숙한 소리들이 들렸다. 그들이 문제의 당사자를 기다리는 동안 대화는 시들해졌다.

"구닥다리로군. 개들을 먼저 돌보는 인간이야." 맬러뮤트 키드가 프린스에게 작은 소리로 말했다. 그들의 숙련된 귀에 딱딱거리는 소리, 으르렁거리는 소리, 아파서 우는 캥캥 소리가 들리는 것이, 그 이방인이 다른 개들을 물리치면서 자기 개들을 먹이고 있는 모양이었다.

아니나 다를까 날카로우면서 자신에 찬 노크소리가 나더니 그 이방인이 들어왔다. 불빛에 눈이 부신지 그가 문 앞에서 잠시 주춤거려 사람들은 그를 유심히 볼 수 있었다. 인상적인 풍채에 북극에서 흔히 입는 양털과 모피를 두른 아주 아름다운 남자였다. 키는 185센티미터나 190센티미터쯤 되었고, 어깨 넓이와 가슴팍은 균형이 잘 맞았으며, 매끈하게 면도를 한 얼굴은 추위로 발그레하게 얼었고, 긴 속눈썹과 눈썹은 눈에 덮여 하얗게 되었고, 커다란 늑대 가죽 모자에 달린 귀마개와 목덮개는 헐렁하게 들려 있었다. 그는 흡사 한밤중에 등장한 서리 왕 같았다. 입고 있는 매키노 재킷 위에 찬 구슬 달린 혁대에는 커다란 콜트 권총 두 자루와 사냥칼이 채워져 있었다. 그는 예의 개채찍뿐 아니라 최대 구경의 최신 소총도 가지고 있었다. 걸어 들어오는 그의 발걸음이 힘차고 경쾌한데도 사람들은 그에게서 짙게 배인 피로를 느낄 수 있었다.

어색한 침묵이 돌았다. 잠시 후 그가 친절하게 "안녕하십니까, 여러분?"이라고 말해 분위기는 순식간에 누그러졌다. 다음 순간 맬러뮤트 키드와 그는 굳은 악수를 나누었다. 소문만 들었을 뿐 만나본 적이 없던 두 사람은 서로를 한눈에 알아보았다. 자기소개를 얼른 하고 펀치 한 잔을 억지로 받아든 후 그는 찾아온 용건을 말했다.

"남자 세 명과 개 여덟 마리가 끄는 화물 썰매가 언제쯤 지나갔습니까?" 그가 물었다.

"이틀 전이오. 그들을 쫓고 있소?"

"네. 같은 일행이죠. 코앞에서 놓쳤어요, 못된 놈들. 벌써 이틀을 따라붙었군요. 다음번엔 잡을 수 있겠어요."

"그들이 화를 낼 것 같소?" 대화를 잇기 위해 벨던이 물었다. 맬러뮤트 키드는 커피 물을 올려놓고 베이컨과 무스 고기를 굽느라 바빴기 때문이었다.

그 이방인은 의미심장하게 권총을 톡톡 쳤다.

"당신은 도슨을 언제 떠났소?"

"열두 시요."

"어젯밤이겠죠?" 당연했다.

"오늘이요."

사람들 사이에서 웅성임이 일기 시작했다. 당연한 반응이었다. 지금은 자정이 막 지난 시각이었고, 120킬로미터나 되는 험한 강길을 열두 시간에 주파했다는 것은 우습게 볼 일이 아니었기 때문이다.

그러나 대화는 곧 평이해져 어린 시절 이야기로 돌아갔다. 젊은 이방인이 맛없는 음식을 먹는 동안 맬러뮤트 키드는 그의 얼굴을 주의 깊게 보았다. 공정하고 정직하고 솔직한 얼굴을 가졌다고 결론짓는 데는 오래 걸리지 않았다. 그 점이 마음에 들었다. 그러나 아직 젊은데도 고생을 많이 해서인지 주름이 꽤 깊었다. 대화할 때는 상냥하고 쉴 때는 온순했지만 그의 푸른 눈에 번득이는 날카로운 빛을 보면 그가 행동을 취해야 할 때, 특히

곤란을 무릅써야 할 때에 대비하고 있다는 걸 알 수 있었다. 굵은 아래턱과 각진 사각턱은 그가 얼마나 완고하고 완강한 사람인지를 보여주었다. 사자의 속성도 있었지만 다감한 성격을 나타내는 여성성의 징후인 부드러움 같은 것도 엿보였다.

"그렇게 해서 그 늙은 여자와 결혼을 하게 됐지." 벨던이 그의 흥미진진한 구애 과정을 끝내가고 있었다. "'아빠, 우리 왔어요'라고 그녀가 말했지. 그러자 장인은 딸에게 '망할 년'이라고 말했고, 내게는 '짐, 자네는 입고 있는 그 멋진 옷 좀 벗어보게. 저녁 먹기 전에 저기 갈아놓은 땅에서 내 몫을 챙기고 싶으니까.' 그런 다음 딸을 돌아보고 말하더군. '샐, 너는 요리를 해봐.' 그러고는 코를 좀 훌쩍이고 딸한테 키스를 했어. 난 무지 기뻤지. 헌데 장인이 날 보더니 '어이 짐!' 하고 불렀어. 물론 난 헛간 청소를 했지."

"미국에 있는 아이들은 당신이 돌아오기를 기다립니까?" 그 이방인이 물었다.

"전혀. 샐은 아이가 생기기 전에 죽었소. 그래서 여기로 온 거요." 벨던은 멍하니 파이프에 불을 붙였다. 꺼지지 않고 있던 파이프에 불이 환하게 들어왔다. "그쪽은 어떻소, 손님, 결혼은 했소?"

대답 대신 그는 손목시계를 풀어 시계줄인 가죽끈을 벗겨 시계만 넘겼다. 벨던은 등불을 가까이 대고서 그 물건을 요모조모 살펴보고는 속으로 감탄하며 루이 사보이에게 건넸다. 그는 '멋져!'를 연발하며 그 물건을 마침내 프린스에게 넘겼다. 그들이 보니 프린스는 손을 떨었는데, 눈빛은 묘하게 부드러웠다. 그런 식으로 시계는 못이 박힌 두툼한 손에서 손으로 옮겨졌다. 그 시계 속에는 남자라면 으레 꿈꾸는, 보호본능을 자극하는 여자가 아기를 안고 있는 사진이 붙어 있었다. 그런 불가사의한 물건을 본 적이 없던 그들은 호기심이 들끓었다. 조용히 추억에 잠겨 있던 이들도 마찬가지였다. 다들 기근의 고통, 괴혈병의 아픔, 뭍이나 강에서의 갑작스런 죽음과도 용감히 맞설 수 있는 자들이었다. 그러나 어떤 낯선 여자와 아이가 찍혀 있는 사진은 모두에게 그들의 아내와 아이들을 떠올리게 했다.

"아이는 한 번도 본 적이 없습니다. 남자애고, 두 살이라고 하더군요." 그 보물을 돌려받았을 때 이방인 남자가 말했다. 그는 잠시 사진을 응시하다 뚜껑을 탁 닫고는 얼른 고개를 돌렸지만, 불쑥 솟구치는 눈물을 감추지는 못했다.

맬러뮤트 키드는 그에게 간이침대를 내주며 자라고 했다.

"네 시 정각에 깨워주십시오. 꼭 말이죠." 그 말을 마지막으로 그는 피곤에 지쳐 잠에 곯아떨어졌다.

"대단해! 기운이 장사예요." 프린스가 말했다. "개들과 함께 120킬로미터를 달리고도 세 시간만 자고 또 길을 나서겠다니. 누굽니까, 키드?"

"잭 웨스턴데일이네. 3년 동안 이 일을 하면서 말처럼 일한다는 평판만 자자할 뿐, 운은 지지리도 없는 자라더군. 나도 몰랐는데, 시트카 찰리가 얘기를 해주더군."

"저렇게 젊고 예쁜 아내가 있으면 1년이 2년처럼 길게 느껴지는 이런 황폐한 땅에서 지내기가 힘들겠어요."

"그의 문제는 사람이 너무 끈질기고 완고하다는 거야. 광맥을 발견해 두 번이나 큰돈을 벌었지만, 두 번 다 잃고 말았지."

여기서 대화는 베틀즈가 소란을 피워 중단되었다. 이야기의 취지가 시들해지기 시작했던 것이다. 그러나 흥겹게 떠드는 사이, 판에 박힌 음식과 고단한 노동으로 점철된 힘든 시간들은 점점 잊혀져갔다. 맬러뮤트 키드만이 딴데 정신을 팔지 못하는 듯했고, 자주 손목시계를 들여다보며 안절부절못했다. 한번은 장갑도 끼고 비버 가죽 모자도 쓰고서 오두막을 나가 땅굴 속을 뒤지기도 했다.

결국 그는 지정된 시간을 지킬 수가 없었다. 15분 먼저 손님을 깨웠다. 그 젊은 거인은 온몸이 굳어 팔다리를 열심히 문지른 뒤에야 일어날 수 있었다. 그는 비틀대며 힘겹게 오두막을 나가 개들의 썰매끈을 비롯해 출발 준비가 완벽하게 되었는지 확인했다. 사람들이 일행을 곧 만나기를 바란다며 그에게 행운을 빌어준 반면, 루보 신부는 서둘러 신의 가호를 빌고는 모두를 오두막으로 끌고 들어갔다. 놀랄 일도 아니었다. 영하 50도를 넘나드는 추운 날씨에 귀와 손을 내놓고 있는 것은 바람직하지 않기 때문이었다.

맬러뮤트 키드는 그를 큰길까지 배웅하고서 진심을 다해 그의 손을 꽉 잡고 충고를 해주었다.

"썰매에 연어알이 45킬로그램 있을 거요." 그가 말했다. "물고기로 치면 150마리쯤 되니까 개들이 그만큼 달릴 거요. 예상

했겠지만, 펠리에서는 개먹이를 구할 수 없을 거요." 그 이방인은 출발했다. 그는 눈만 번득일 뿐 키드의 말을 막진 않았다. "파이브핑거스에 도착할 때까진 개먹이도 사람 먹을 것도 구할 수 없을 거요. 거기다 300킬로미터가 넘는 험한 길이오. 서티마일 강에서는 얼음이 얼지 않은 곳을 조심하고, 라바지를 넘어서면 넓은 지름길로 가시오."

"어떻게 알았습니까? 소식이 벌써 당도했을 리가 없는데?"

"아는 게 아니오. 게다가 알고 싶은 마음도 없소. 하지만 댁이 쫓고 있다는 그 일행은 지금 없소. 시트카 찰리가 지난봄에 그 팀을 팔아버렸으니까. 한데 그가 댁을 평가하길 고지식한 사람이라고 했고, 난 그 말을 믿는 거요. 당신을 본 적이 있소. 맘에 드는 얼굴이오. 그리고 댁이 아내를 찾아 바다로 가려고 망할 고지대를 돌아다녔다는 것도 알고 있소. 이건……." 이때 키드는 장갑을 벗고서 그의 식량 자루를 홱 내밀었다.

"아니요, 됐습니다." 젊은 이방인은 맬리뮤드 키드의 손을 격하게 잡았는데, 그의 뺨 위로 흐르던 눈물이 얼어버렸다.

"그리고 개들한텐 인정을 베풀지 마시오. 쓰러지는 놈은 곧바로 잘라내시오. 개는 새로 사고, 0.5킬로그램에 10달러라고 생각하면 될 거요. 개는 파이브핑거스, 리틀새먼, 호타린콰에서 살 수 있소. 발이 젖지 않게 조심하시오." 그는 작별의 충고를 던졌다. "영하 30도까지는 계속 이동해도 되지만, 그 이하로 떨어지면 불을 피우고 양말을 갈아신으시오."

그가 떠나고 15분쯤 지났을 때 새로운 무리의 도착을 알리는 방울소리가 났다. 문이 열리고 북서 구역의 기마경찰이 인디언 혼혈 개몰이꾼 두 명과 함께 들어왔다. 웨스턴데일처럼 그들도 무장을 단단히 했고 피로한 기색이 엿보였다. 인디언 혼혈들은 타고난 여행꾼들이라 쉽게 이겨냈지만, 젊은 경찰은 몹시 지쳐 있었다. 그러나 백인의 완강한 고집으로 그는 지금껏 보조를 맞춰왔고, 길에서 쓰러질 때까지 계속 갈 것이었다.

"웨스턴데일이 언제 떠났습니까?" 그가 물었다. "여기 들른 건 맞죠, 그렇죠?" 자국이 선명히 찍혀 있었기 때문에 그것은 하나마나한 질문이었다.

맬러뮤트 키드는 벨덴과 눈을 마주치고서 바람 냄새를 맡으며 에둘러 대답했다. "요 앞서 쌩 사라졌소."

"이것 봐요, 형씨. 똑바로 말하십시오." 경찰은 훈계조로 말했다.

"당장 봐야겠다는 기세구만. 그가 도슨에서 싸움질이라도 한 겁니까?"

"해리 맥파랜드 가게에서 4만 달러를 털었습니다. 그 돈을 피시 상점에서 시애틀 수표로 바꿨어요. 그자를 못 잡으면 그 돈이 현금으로 쓰이는 걸 막을 수가 없단 말입니다. 그가 언제 떠났습니까?"

맬러뮤트 키드가 사전에 눈치를 준 탓에 모두의 눈은 흥분을 감추고 있었다. 젊은 경관은 사방에서 무표정한 얼굴들과 마주쳐야 했다.

그는 프린스에게 성큼성큼 걸어가 질문을 던졌다. 솔직하고 진지한 동족의 얼굴을 보고 있자니 마음이 아팠지만 그는 길 상태에 대해서만 엉뚱한 대답을 했다.

그러자 젊은 경관은 거짓말을 못하는 루보 신부를 찾아냈다. "15분 전이요. 하지만 여기서 개들과 함께 네 시간을 쉬었습니다." 신부가 말했다.

"15분 전이라고요, 방금 전이라니! 이런!" 그 불쌍한 경관은 극도의 피로와 실망으로 쓰러질 듯 휘청거렸다. 도슨에서부터 열 시간이나 쫓아왔고 개들도 녹초가 되었다고 중얼거렸다.

맬러뮤트 키드는 그에게 펀치 한 잔을 권했다. 그리고 문 쪽을 돌아보고 개몰이꾼들에게도 들어오라고 했다. 그러나 온기와 휴식을 취하고픈 강렬한 유혹을 두 사람은 완강히 거절했다. 그들의 프랑스어 사투리를 잘 아는 키드는 걱정은 되었지만 그 거절을 받아들였다.

개몰이꾼들은 개들이 죽기 일보 직전이라고 말했다. 시와시와 바베트는 얼마 못 가 총살을 시켜야 할 것이고, 나머지 개들도 상태가 좋지 않아 충분히 쉬는 것이 좋겠다고 했다.

"개 다섯 마리를 빌려주시겠습니까?" 그가 맬러뮤트 키드를 돌아보고 물었다.

그러나 키드는 고개를 저었다.

"5천 달러 수표를 끊어드리죠. 여기 신임장이 있습니다. 내 재량껏 발행해도 좋다고 위임받았습니다."

이번에는 무언의 거절이었다.

"그렇다면 여왕의 이름으로 개들을 징발하겠습니다."

키드는 의미심장한 미소와 함께 한쪽에 잘 쌓아둔 무기고를 흘깃 보았다. 영국인 경관은 적수가 안 되는 걸 깨닫고 문 쪽으로 방향을 틀었다. 그러나 개몰이꾼들이 계속 반대하고 나서자 그는 그들을 천하의 겁쟁이들이라고 욕하며 마구 쏘아댔다. 그러자 좀 더 나이 든 혼혈의 거무스레한 얼굴이 분노로 달아오르더니 그자가 꼿꼿이 서서 대놓고 말하길, 저 인간을 쉼 없이 몰아댄 다음 눈 속에 처박아버리면 아주 좋겠다고 했다.

젊은 경관은 짐짓 기운이 넘치는 척하며 문까지 저벅저벅 걸어갔다. 온 의지를 발휘한 행동이었다. 하지만 그들 모두는 그 거만한 노력을 대번에 감지했다. 그의 얼굴을 스치고 지나가는 고뇌의 흔적은 감출 수가 없었기 때문이다. 개들은 서리에 덮여 눈 속에 웅크리고 있었다. 일어나는 것은 거의 불가능해 보였다. 개몰이꾼들이 화가 나 있고 잔혹해져 그 불쌍한 짐승들은 따가운 채찍을 맞으며 낑낑거렸다. 선두 개인 바베트를 대열에서 끊어낸 후에야 그들은 썰매를 출발시켜 길을 나설 수 있었다.

"더러운 악당 거짓말쟁이!" "세상에! 쓸모없는 인간 같으니!" "도둑놈!" "인디언보다 못한 놈!" 모두들 화가 난 게 분명했다. 첫째는 자신들이 속은 것 때문이었고, 둘째는 정직이 무엇보다 인간의 최고 덕목이라는 북극의 윤리를 위반했기 때문이었다. "게다가 우린 그가 무슨 짓을 하는지 알면서도 편을 들었어." 모두의 눈이 나무라듯 맬러뮤트 키드에게 쏠렸다. 그는 바베트를 구석에서 편히 쉬게 해주고서 일어나 그릇에 남아 있던 펀치를 마지막으로 조용히 비웠다.

"이보게들, 추운 밤이네. 모질게 추운 밤이야." 그는 아무 상관없는 말로 변호를 시작했다. "자네들 모두 길 떠나는 사람들이니 그게 어떤 의미인지 알걸세. 의기소침해진 개는 몰아치는 법이 아니네. 자네들은 한쪽 말만 들은 거라고. 잭 웨스턴데일 외에 다른 백인들은 자네들이나 나와 음식을 나누어 먹지도 않았고 한 담요를 쓰지도 않았네. 지난 가을 그는 자신이 가진 돈을 몽땅 털어 조 캐스트렐에게 땅을 사라며 4만 달러를 주었네. 안 그랬으면 지금쯤 백만장자가 되어 있을 텐데. 그가 서클시티에 남아 괴혈병에 걸린 동료를 돌보는 동안 캐스트렐이 무슨 짓을 했을까? 맥파랜드의 땅에 들어가 제한 구역을 넘다가 돈 자루를 떨어뜨렸지. 다음날 그는 눈 속에서 죽은 채로 발견되었네. 불쌍한 잭은 이번 겨울에 아내와 한 번도 보지 못한 아들을 보러 갈 계획을 잡고 있었지. 알아챘겠지만, 그는 동료가 잃어버린 그 돈 4만 달러를 가져간 걸세. 흠, 그는 떠났네. 자네들 같으면 어찌 할 건가?"

키드는 심판자들을 쭉 훑고서 그들의 얼굴이 누그러지는 것을 보고 잔을 높이 들었다. "그럼 이 밤에 길을 떠난 자에게 건강을. 먹을 것이 떨어지지 않기를. 개들이 쓰러지지 않기를. 성냥이 안 켜지는 일이 없기를. 신의 은총이 함께하기를. 행운이 따르기를. 또⋯⋯."

"기마경찰을 저주하며! 베틀즈가 빈 잔을 부딪치며 소리쳤다.

BATARD
1902

악마 개

JACK LONDON

바타르는 악마였다. 이것은 북극에 널리 알려진 사실이었다. 많은 사람들이 그를 '지옥의 자식'이라 불렀지만 주인인 블랙 르클레르는 '바타르(사생견)'라는 치욕스런 이름을 골랐다. 블랙 르클레르 또한 악마였고, 둘은 아주 잘 어울렸다. 악마 둘이 함께 오면 지옥도 수지가 맞더라는 속담이 있다. 당연히 그렇겠지만, 바타르와 블랙 르클레르가 함께 왔을 땐 확실히 더 그랬다. 그들이 처음 만났을 때 바타르는 반쯤 자란, 독살스런 눈에 마르고 굶주린 강아지였다. 녀석은 르클레르를 보자마자 덥석 물고 으르렁대며 사악한 표정을 지었다. 르클레르의 윗입술이 늑대처럼 살짝 들려 하얀 이가 그대로 드러났기 때문이었다. 그는 바타르에게 손을 뻗쳐 꿈틀거리는 새끼들 속에서 *끄*집어내면서 입술을 들어올리고 악랄하게 눈을 반짝였다. 그들이 서로를 알아본 것은 확실했다. 그 순간 바타르는 그 작은 엄니로 르클레르의 손을 물었고, 르클레르는 냉정하게도 엄지로 어린 것의 목을 졸라 죽이려 했기 때문이다.

"빌어먹을." 그 프랑스인은 조용히 말했다. 그는 피가 흐르는 손을 털며 눈 속에서 숨을 헐떡거리고 있는 강아지를 가만히 응시했다.

르클레르는 식스마일 교역소 주인 존 햄린을 돌아보고 말했다. "맘에 쏙 드는 놈이군요. 얼마요, 네, 주인장? 얼마요? 내가 사죠. 지금 당장 말이오."

르클레르가 바타르를 사서 사생견이란 치욕스런 이름을 붙인 것은 놈이 죽이고 싶을 만큼 미웠기 때문이었다. 5년 동안 그 둘은 세인트마카엘과 유콘 삼각주에서 펠리 강 본류와 그보다 더 먼 피스 강, 애서배스카, 그레이슬레이브에 이르기까지 위험을 무릅쓰고 북극을 돌아다녔다. 그들은 타협을 모르는 사악함으로 유명세를 탔다. 그와 같은 유명세는 개에게도 사람에게도 처음 있는 일이었다.

바타르는 아비가 누군지, 그래서 이름이 무엇인지도 몰랐다. 존 햄린이 알기로 녀석의 아비는 덩치 큰 회색 이리였다. 그러나 바타르가 희미하게 기억하고 있는 어미는 곧잘 으르렁거리며 다퉜고, 추잡하고 억셌고, 얼굴은 넓적하고 가슴은 두툼했으며, 눈은 악의에 차 있고 고양이처럼 한 번 쥐면 놓지 않았고, 속임수와 나쁜 짓에 능했다. 그녀에겐 신념이나 믿음이라는 게 없었다. 배반만을 일삼았고, 아무하고나 바람을 피우면서 자신의 악행을 소문내고 다녔다. 그 많은 악과 힘은 바타르의 조상들에게 있었다. 그들의 뼈와 살의 분신인 바타르가 그 모든 속성을 물려받았다. 그 후 블랙 르클레르가 나타났다. 그는 엄청난 폭행으로 맥박이 고동치는 어린 강아지를 압박하고 자극하고 반죽하여 끝내는 사악하고 위험하고 극악무도하며 증오를 주체하지 못해 나쁜 짓을 서슴지 않는 털을 곤두세우는 짐승으로 만들어놓았다. 만약 괜찮은 주인을 만났다면 바타르는 평범하면서 제법 유능한 썰매끌이 개가 되었을지 모른다. 하지만 녀석에겐 그런 기회가 오지 않았다. 르클레르는 녀석의 타고난 사악함만을 굳혀주었다.

바타르와 르클레르의 역사는 전쟁의 역사다. 첫 만남부터 지난 5년의 세월을 요약하면 잔혹하고 무자비한 역사다. 그 잘못은 우선 르클레르에게 있었다. 그는 바타르를 지성적이고 지능적으로 미워한 반면, 다리가 긴 그 볼품없는 강아지는 아무런 이유 없이 맹목적이고 본능적으로 그를 미워했을 뿐이었다. 처음에는 용의주도한 잔학 행위(이것은 나중에 등장한다)는 없었고 단순한 매질과 투박한 만행만 있었다. 그때 바타르는 한쪽 귀를 다쳤다. 찢어진 근육은 원래대로 돌아오지 않았다. 그 후로 녀석은 자신의 고문자를 두고두고 기억하기 위해 다친 귀를 축 늘어뜨리고 다녔다. 그는 결코 잊지 않았다.

바타르의 강아지 시절은 어리석은 반항의 시기였다. 언제나 깨지면서도 대드는 것이 본성이라 꼭 대들었다. 녀석은 굴복하지 않았다. 채찍과 몽둥이에 맞아 날카롭게 캥캥대면서도 으르렁 소리를 내며 어떻게든 반항을 했다. 그런 독기에 찬 보복적 위협 다음에는 어김없이 더 많은 구타와 매질이 이어졌다. 하지만 그의 영혼엔 어미의 완강한 생명력이 깃들어 있었다. 그 무엇도 녀석을 죽일 수 없었다. 그는 역경 속에서도 무럭무럭 자랐고, 굶주리는데도 살이 쪘으며, 끔찍한 생존투쟁 속에서 불가사의한 지능을 길러나갔다. 그리하여 에스키모개인 어미의 은밀함과 교활함, 늑대개인 아비의 사나움과 용기를 겸비했다.

바타르가 소리 내어 울지 않는 것은 아비 때문인 듯했다. 깡마른 다리에 깽깽 울어대던 강아지 태를 벗자 그는 엄하고 과묵해져서는 경고도 없이 잽싸게 공격했다. 욕을 들으면 으르렁거렸고, 맞으면 물어뜯었고, 증오를 달랠 길이 없을 때는 씩 웃었다. 그러나 아무리 고통스런 상황에서도 녀석은 무서워하거나 아파하는 비명소리를 내지르는 법이 없었다. 이런 난공불락의 기질은 르클레르의 화를 부추기고 그에게 더 악독한 짓을 하도록 자극하기만 할 뿐이었다.

르클레르는 바타르에게는 생선을 반 토막만 주고 다른 개들에게는 한 마리를 통째 주었다. 그래서 바타르는 다른 개들의 생선을 계속 훔쳤다. 게다가 땅굴도 털고 온갖 못된 짓을 일삼아 녀석은 개들뿐 아니라 주인들에게도 공포의 대상이 되었다. 르클레르는 바타르는 줄곧 패면서도 바타르에 비해 일을 반도 못하는 바베트라는 개는 예뻐했다. 어느 날 바타르는 그 암컷을 눈속에 쓰러뜨리고서 묵직한 턱으로 그녀의 뒷다리를 부러뜨렸다. 결국 르클레르는 그 개를 쏘아 죽여야 했다. 또한 피비린내 나는 싸움을 벌여 동료들을 모두 제압한 바타르는 이동과 약탈의 법칙을 만들어 동료들이 그 법을 따르게 만들었다. 지난 5년간 그가 들은 친절한 말은 딱 한 마디였고, 부드러운 손길도 딱 한 번 맛보았다. 그랬기 때문에 녀석은 그런 게 어떤 건지 알지 못했다. 녀석은 길들지 않은 짐승처럼 펄쩍 뛰어올라 순식간에 덥석 물었다. 바타르에게 친절하게 말하고 녀석을 부드럽게 어루만져준 사람은 북극 땅에 새로 온 선라이즈의 선교사였다. 그는 여섯 달 동안 미국에 있는 집에 편지 한 장 쓰지 않았다. 맥퀘스천의 의사는 패혈증에 걸린 선교사를 구하기 위해 320킬로미터나 되는 눈길을 달려왔다.

바타르가 야영지나 교역소로 어슬렁거리고 들어오면 남자들과 개들은 녀석을 흘겨보았다. 남자들은 위협하듯 녀석을 발로 걸어찼고, 개들은 머리털을 곤두세우고 엄니를 드러냈다. 한번은 어떤 남자에게 걸어차인 바타르가 강철 덫이 탁 걸릴 때처럼 잽싸게 그자의 종아리를 물고는 뼈를 으스러뜨렸다. 그자가 바타르를 죽이겠다고 덤비자 블랙 르클레르가 눈을 번득이며 사냥칼을 꺼내들고 끼어들었다. 바타르를 죽이는 것, 아, 빌어먹을, 그것은 르클레르가 자신을 위해 비축해둔 기쁨이었다. 언젠가 일어날 일이거나, 아니면 흥! 누가 알겠는가? 어쨌거나 해결될 문제였다.

그들 둘은 서로에게 골칫거리였다. 각자가 내뱉는 숨조차 도전이고 위협이었다. 그들을 묶어주고 있는 것은 사랑이 아니라 증오였다. 르클레르는 바타르가 약해져 그의 발밑에 움츠리고서 훌쩍이는 날이 오기만을 기다렸다. 바타르도 그랬다. 르클레르는 바타르의 속마음을 알았고 녀석의 눈빛에서 그것을 몇 번이나 읽었다. 그 눈빛이 얼마나 강렬하던지 바타르가 등 뒤에 있을 때면 그는 종종 뒤돌아 힐끔힐끔 보곤 했다.

르클레르가 큰돈을 마다하면서까지 그 개를 내놓지 않았을 때 사람들은 의아해했다. "언젠가 자넨 제 값도 못 치르고 놈을 죽이게 될 거야." 한번은 좀 햄린이 말했다. 르클레르에게 걷어차여 바타르가 숨을 헐떡거리며 눈밭에 누워 있을 때였는데, 녀석의 갈비뼈가 부러졌지만 아무도 몰랐고 누구도 살펴볼 엄두를 내지 못했다.

"내 일이니 상관 마슈, 선생." 르클레르는 냉담하게 말했다.

사람들은 바타르가 도망을 가지 않는 것도 의아해했다. 이해가 되지 않는 일이었다. 그러나 르클레르는 이해했다. 그는 인간의 언어를 넘어선 황야를 오랫동안 누비고 다니면서 바람과 폭풍의 목소리, 밤의 한숨, 새벽의 속삭임, 낮의 충돌을 체득했다. 희미하지만 녹색 생물이 자라는 소리, 수액이 흐르는 소리, 꽃봉오리가 벌어지는 소리도 들을 수 있었다. 또한 움직이는 것들, 덫에 걸린 토끼, 힘없는 날개를 파닥거리는 우울한 갈가마귀, 달빛 아래 흐느적흐느적 걷는 회색곰, 저물녘이면 회색 그림자처럼 내려오는 늑대의 미묘한 언어를 알았다. 그에게는 바타르의 목소리가 똑똑히 들렸다. 그는 바타르가 왜 도망을 가지 않는지 십분 이해했기에 더욱 자주 뒤를 돌아보곤 했다.

화가 날 때면 바타르는 보는 것에 만족하지 않고 몇 번이나 르클레르의 목을 물려고 뛰어올랐다. 그때마다 항상 대기하고 있는 채찍에 맞아 눈 속에 널브러진 채 의식도 없이 몸을 떨었다. 그래서 바타르는 때를 기다리는 법을 배웠다. 최고로 강해진 전성기에 이르렀을 때 그는 때가 왔다고 생각했다. 가슴은 우람해지고 근육은 탄탄하고 체격은 평균을 훨씬 웃돌고 머리부터 어깨까지 털이 곤두서 있어, 모양새로는 늑대나 진배없었다. 바타르가 때가 무르익었다고 여긴 그때 르클레르는 모피 이불을 덮고 자고 있었다. 녀석은 머리를 바짝 낮추고 한쪽 귀를 납작 붙인 채 고양이처럼 살금살금 그에게 기어갔다. 숨도 조용조용 쉬면서 다가가 그의 곁에 와서야 머리를 쳐들었다. 녀석은 잠시 동작을 멈추고서 그의 마디진 구릿빛 황소 같은 목이 규칙적으로 부풀어오르는 것을 보았다. 바타르의 엄니에서 떨어진 침이 혀를 타고 목표 대상에게 미끄러졌다. 그 순간 녀석은 늘어진 한쪽 귀와 무수한 구타와 별의별 학대가 생각나 소리도 없이 잠자고 있는 남자에게 달려들었다.

르클레르는 목에 엄니가 박히는 느낌에 잠에서 깼다. 동물적 감각으로 정신이 번쩍 든 그는 모든 것을 이해했다. 그는 두 손으로 바타르의 숨통을 조였고, 모피 이불을 박차고 나와 녀석을 몸으로 누르려 했다. 그러나 바타르의 조상들은 무수한 무스와 순록의 목을 물고 늘어져 그들을 쓰러뜨렸고, 그 조상들의 지혜는 고스란히 그에게 전해졌다. 르클레르의 몸뚱이가 올라탔을 때 바타르는 뒷다리를 쳐들고서 가슴과 복부를 움켜잡고 살과 근육을 쭉 찢었다. 그 인간의 몸이 움찔하며 들썩거렸을 때 녀석은 그의 목을 물고 흔들었다. 동료 개들이 으르렁거리며 그들을 에워싸기 시작했다. 숨이 잦아들고 의식이 희미해지는 와중에도 바타르는 그들의 주둥이가 자신을 노리고 있다는 걸 알았다. 하지만 그건 중요하지 않았다. 지금 중요한 건 그의 위에 올라탄, 그가 찢고 할퀴고 혼신의 힘을 다해 물고 흔들고 있는 인간이었다. 그러나 르클레르도 온 힘을 다해 녀석의 목을 졸랐다. 마침내 바타르는 가슴이 답답해 숨을 쉬려 몸부림쳤다. 눈도 흐려지고 주둥이 힘도 빠져 시퍼렇게 부푼 혀를 내밀었다.

"어때? 좋지, 이 악마야!" 르클레르는 아찔해하는 개를 밀쳐내며 피가 뭉쳐 막혀 있던 목을 콜록거렸다.

그는 바타르에게 달려드는 다른 개들을 욕하며 쫓아냈다. 바타르를 에워쌌던 개들이 뒤로 물러나 조심스레 궁둥이를 깔고 앉아 털을 빳빳이 곤두세운 채 입맛을 쩝쩝 다셨다.

바타르는 얼른 몸을 추스르고서 르클레르의 목소리에 비틀비틀 일어나 힘없이 몸을 흔들었다.

"아-하! 이 덩치 큰 악마야! 언제고 복수를 해주마. 그것도 듬뿍 말이지, 빌어먹을!" 르클레르는 침을 튀기며 말했다.

지친 허파 속으로 공기를 와인처럼 들이마신 바타르는 그 인간의 얼굴로 확 달려들어 주둥이를 벌렸다가 금속 집게처럼 탁 다물었다. 그들은 한데 뒤엉켜 눈 위를 구르고 또 굴렀다. 르클레르는 바타르에게 미친 듯이 주먹질을 해댔다. 그러다 엉켜 있던 몸뚱이가 떨어졌을 때 둘은 마주보고서 이리저리 빙빙 돌았다. 르클레르는 칼을 뽑아들 수도 있었다. 그의 발치에는 소총도 있었다. 하지만 그 내면의 야수성이 일어나 날뛰고 있었다. 그는 자신의 손과 이빨로 끝장을 볼 생각이었다. 바타르가 달려들었지만 르클레르는 주먹 한 방으로 놈을 쓰러뜨리고는 놈의 어깨를 뼈가 으스러지게 깨물었다.

참으로 원시적인 배경이자 장면이었다. 야만스러운 태곳적이 그랬을 것 같았다. 어두컴컴한 숲의 빈터, 에스키모개들의 으르렁거림, 그리고 격노하고 살해욕에 불타 물어뜯고 으르렁거리고 미친 듯이 날뛰고 헐떡거리고 씩씩거리고 욕하고 잡아당기면서 그야말로 야만적으로 찢고 잡아뜯고 할퀴며 싸움에 몰두해 있는 두 짐승의 모습이 그랬다.

그러나 르클레르는 바타르의 귀 뒤를 잡고 주먹을 세게 날려 녀석을 잠시 기절시켰다. 그런 다음 놈을 타고 올라 두 발을 쿵쿵 내리쳐 녀석을 으깨버리려 했다. 바타르의 뒷다리가 부러진 뒤에야 르클레르는 숨을 고르려고 동작을 멈췄다.

"아–하! 아–하!" 그는 목이 완전히 잠겨 말을 할 수가 없어 주먹을 흔들어대며 소리만 질렀다.

그러나 바타르는 굴하지 않았다. 그는 힘없이 널브러져 말할 기운도 없으면서 으르렁거리려고 입술을 들썩거리고 비틀었다. 자신을 걷어차는 르클레르의 발목을 지친 턱으로 물어보았지만 살조차 베지 못했다. 그러자 르클레르는 채찍을 들고 녀석을 난도질할 듯이 내리쳤다. 채찍을 휘두를 때마다 이렇게 소리쳤다. "이번엔 아작을 내주마! 응? 기필코! 아작을 내주겠어!"

마침내 그도 기운이 빠지고 출혈이 심해져 자신의 산 제물 옆에 풀썩 쓰러지고 말았다. 에스키모개들이 복수하려고 접근하는 것을 보고 그는 바타르를 보호하기 위해 가물가물한 의식으로 몸을 질질 끌어 바타르 위에 올라탔다.

이 일은 선라이즈에서 멀지 않은 곳에서 일어났다. 몇 시간 후 르클레르에게 문을 열어준 선교사는 바타르가 썰매끌이 개들 속에 없는 것을 알아채고 깜짝 놀랐다. 르클레르가 썰매의 덮개를 걷고서 바타르를 안고 비틀비틀 걸어오는 모습을 보았을 때는 더 놀랐다. 때마침 놀기 좋아하는 한량인 맥퀘스천의 외과의사가 와서 잡담을 나누고 있었다. 두 사람은 르클레르를 가운데 눕히고 치료를 시작했다.

"고맙지만 됐습니다." 그가 말했다. "저 개부터 치료해주십시오. 죽는다구요? 안 됩니다. 그래서는 안 됩니다. 왜냐하면 놈은 내가 아작을 내야 하니까 말이죠. 그러니 놈은 절대 죽으면 안 됩니다."

르클레르기 부상을 이겨내는 깃을 보고 의사는 경이롭나고 했고 선교사는 기적이라고 했다. 그는 너무 허약해져 몸의 열을 못 이기고 다시 몸져눕게 되었다. 바타르의 상태는 훨씬 더 심각했다. 하지만 녀석은 살려는 의지가 강해 바닥에 묶여 있는 몇 주 사이 뒷다리뼈도 붙고 장기들도 정상으로 돌아왔다. 혈색도 나쁘고 골골하던 르클레르가 마침내 차도를 보이며 오두막 문 옆에서 햇볕을 쬐게 되었을 때 바타르는 이미 개들 사이에서 자신의 우위를 거듭 증명해 동료 개들뿐 아니라 선교사의 개들까지 복종시켰다.

르클레르가 처음으로 선교사의 팔에 의지해 비틀거리며 밖으로 나와 느릿느릿 조심스럽게 세발 의자에 앉았을 때 바타르는 털끝만치의 미동도 하지 않았다.

"좋구나." 그가 말했다. "좋구나! 해가 정말 좋구나!" 그는 힘없는 두 손을 내밀어 빛을 쬐었다.

이번에는 그의 시선이 개와 마주쳤다. 그의 눈에서 옛 분노가 다시 번쩍였다. 그는 선교사의 팔을 살짝 잡았다. "신부님, 저놈은 덩치 큰 악마입니다, 저 바타르가요. 제게 총을 갖다주십시오. 그래야 제가 평화롭게 햇볕을 쬘 수 있겠어요."

그날 이후 그는 오두막 문 앞에 앉아 햇볕을 쬐었다. 절대 졸지 않았고, 언제나 권총을 무릎에 올려놓고 있었다. 바타르가 날마다 가장 먼저 하는 일은 그 무기가 으레 그곳에 있는지 확인하는 것이었다. 권총이 있으면 녀석은 이해했다는 듯 입술을 살짝 들어올렸고, 르클레르도 그에 대한 화답으로 입술을 비틀어 씩 웃었다. 어느 날 선교사가 그 장난에 주목했다.

"오오, 세상에! 저 짐승이 정말로 알아듣는 모양입니다." 그가 말했다.

르클레르는 조용히 웃었다. "보십시오, 신부님. 내가 말하는 걸 저놈은 다 듣습니다."

정말 알아듣는다는 듯 바타르는 소리를 듣기 위해 한쪽 귀를 꿈틀거렸다.

"난 '죽인다'고 했다."

바타르는 폐부 저 깊은 데서부터 으르렁거리며 머리털을 곤두세우고 근육을 바짝 긴장시켰다.

"총을 들겠다, 이렇게." 그 말에 따라 그는 바타르에게 총을 겨냥했다.

바타르는 단 한 번에 옆으로 펄쩍 뛰어 오두막 모퉁이를 돌아 사라졌다.

"오오, 세상에!" 선교사는 간간이 그 말을 되풀이했다.

르클레르는 의기양양하게 씩 웃었다.

"그런데 녀석은 왜 도망가지 않을까요?"

르클레르의 어깨가 으쓱하고 올라갔다. 그것은 알 것도 같고 모를 것도 같다는 서양식 표현법이었다.

"그리고 당신은 왜 녀석을 죽이지 않죠?"

다시 한 번 어깨가 올라갔다.

"신부님." 그가 잠시 후 말했다. "아직은 때가 아닙니다. 저 놈은 악마예요. 언젠가 내가 요절을 낼 겁니다. 그것도, 그것도 아주 산산조각으로요. 아시겠어요? 언젠가는. 좋았어!"

어느 날 르클레르는 개들을 모아 평저선을 타고 포티마일을 거쳐 포큐파인까지 갔다. 이곳에서 피시 회사의 일을 위탁받아 남은 그해를 계속 탐험했다. 그 후에는 장대로 코유쿡 강을 타고 황폐한 아틱시티까지 갔다가 나중에는 유콘 강을 따라 이 야영지에서 저 야영지로 거꾸로 표류했다. 그 긴긴 몇 달 동안 바타르는 많은 것을 배웠다. 그가 배운 무수한 고문들 중 특히 고달 팠던 것은 굶주림, 갈증, 불이었고, 최악은 음악이었다.

개들이 으레 그렇듯 바타르도 음악을 즐길 줄 몰랐다. 음악은 그의 신경을 파괴하고 온몸을 찢어발기며 격심한 고통을 안겼다. 그래서 녀석은 늑대들이 차디찬 밤에 별들을 보고 짖어댈 때처럼 길게 울부짖었다. 어쩔 수 없는 몸부림이었다. 르클레르와의 경쟁에서 음악은 그의 유일한 약점이자 수치였다. 반면에 르클레르는 음악을 열렬히, 그것도 자신이 좋아하는 독한 술만큼이나 열렬히 아꼈다. 그의 영혼이 아우성을 치고 싶을 때 나타나는 표현 방식은 술을 마시거나 노래를 부르거나, 아니면 둘 다 하는 것이었다. 술이 들어간 뇌가 세상에 알려지지 않은 노래를 부르다 그 안의 악마가 깨어나 날뛰면 그의 영혼은 바타르를 고문하는 최상의 표현을 찾아냈다.

"지금부터 우린 작은 음악회를 열 거다. 응? 네 생각은 어떠냐, 바타르?" 그는 이렇게 말하곤 했다.

그것은 오래되고 낡은 하모니카였다. 몇 번이나 수리를 해서 소중히 간직해온 것이었다. 하지만 그것은 돈으로 살 수 없는 최상품이었다. 그 은색 악기로 르클레르는 다른 인간들이 전에 들어본 적 없는 기묘하고 종잡을 수 없는 소리를 뽑아냈다. 그러면 바타르는 꿀 먹은 벙어리처럼 이를 앙다문 채 주춤주춤 오두막 구석진 곳으로 물러났다. 르클레르는 겨드랑이에 뭉뚝한 몽둥이를 끼운 채 하모니카를 불고 또 불며 더 이상 퇴각할 곳이 없을 때까지 한 발 한 발 그 짐승을 쫓아갔다.

처음에 바타르는 빈 공간만 있으면 그곳으로 밀고 들어가 바닥에 납작 엎드려 있었다. 그러나 음악소리가 점점 가까워지면 저도 모르게 일어나 등을 통나무에 딱 붙인 채 물결쳐 오는 소리

를 쳐서 물리치기라도 할 것처럼 앞다리를 허공에 대고 흔들었
다. 입은 여전히 다물고 있었지만, 근육이 심하게 수축되어 몸
이 이상하게 씰룩거리고 홱홱 움직였다. 결국 녀석은 온몸을 부
들부들 떨며 말없이 괴로워했다. 그러다 통제 불가능해지는 순
간 녀석의 주둥이가 확 비틀어지며 인간의 귀에 미칠 수 있는 음
역 중에서 가장 낮은 쉰 소리가 터져나왔다. 다음에는 극도로 흥
분하여 콧구멍이 팽창하고 눈이 커지고 털이 곤두서며 긴 늑대
울음이 터졌다. 우물거림으로 시작된 그 울음은 점점 높아져 심
장을 쥐어뜯는 폭음으로 부풀어올랐다 처연한 비가처럼 잠잠해
지고, 다음 순간 한 옥타브씩 위로 치달아 가슴 찢어지는 소리로
타올랐다 막막한 슬픔과 불행이 깃든 소리로 약해지고 희미해지
고 낮아지면서 서서히 사라졌다.

그것은 지옥을 방불케 했다. 악마와도 같은 르클레르는 개개
의 신경과 심금을 간파해 긴 울부짖음과 떨림과 흐느끼는 단조
로 슬픔을 마지막 한 조각까지 이끌어낼 줄 아는 듯했다. 그것은
무시무시했다. 그 후 스물네 시간 동안 바타르는 신경이 날카로
워져 흔한 소리에도 흠칫 놀라고 자기 그림자에 걸려 넘어지기
도 했다. 그런데도 동료들에겐 여전히 심술궂고 거만하게 굴었
다. 녀석에겐 기가 꺾이는 기미도 보이지 않았다. 오히려 더 엄
해지고 과묵해지고 불가사의한 인내로 때를 기다릴 줄 알아 르
클레르 쪽이 당황하고 압박감을 느끼기 시작했다. 그 개는 불빛
앞에 미동도 없이 몇 시간씩 누워 르클레르를 똑바로 응시하며
원한 가득한 눈으로 그를 증오했다.

종종 그 남자는 자신이 삶의 본질을 거슬러 왔다고 느끼곤 했다. 깃털 달린 번개처럼 매를 하늘에서 휙 떨어지게 만들고, 커다란 기러기를 이동하게 만들고, 산란기 연어들을 3천 킬로미터가 넘는 범람하는 유콘 강으로 거슬러 오르게 하는 억누를 수 없는 본질 말이다. 그럴 때면 그는 자신의 억누를 수 없는 본질을 표현하고만 싶어졌다. 그래서 독한 술과 격정적인 음악과 바타르와 더불어 성대한 유흥에 빠져들었다. 그때는 세상의 이목에 아랑곳없이 미약한 힘까지 발휘해 현재와 과거와 미래의 모든 것에 도전을 했다.

"저놈한텐 뭔가 있어." 마음의 주기적인 변덕이 바타르의 심금을 울려 녀석이 길고도 애처로운 울음을 토해낼 때면 그는 확신하듯 말했다. "내 두 손으로 놈을 결단낼 거야, 그러면, 그러면. 하! 하! 웃기는 일이지! 정말 웃길 거야!! 목사는 찬송가를 부르고, 여자는 기도하고, 남자는 맹세하고, 작은 새는 짹짹거리고, 바타르는, 우우우 하는 거지. 다 똑같은 거라고. 하! 하!"

인격자인 고티에 신부는 지옥의 모습을 상세히 들먹이며 딱 한 번 그를 비난했다. 그 후로 다시는 그를 비난하지 않았다.

"그렇겠죠, 신부님." 그가 대답했다. "아마 전 지옥으로 곧장 갈 겁니다. 솔송나무가 불에 타듯이 말이죠. 네, 신부님?"

그러나 좋은 일도 그렇고 나쁜 일도 언젠가는 끝이 나게 마련이다. 블랙 르클레어의 경우도 마찬가지였다. 그해 여름 썰물 때 그는 장대 배를 타고 맥두걸을 떠나 선라이즈로 향했다. 떠날 때는 티머시 브라운과 함께였는데, 선라이즈에 도착했을 때는 혼자였다. 소문에 의하면 그들은 떠나기 직전 말다툼을 벌였다고 한다. 그들보다 하루 늦게 출발한 10톤 증기선 리지 호가 사흘 만에 르클레르를 따라잡았다. 그가 리지 호에 올랐을 때 그의 어깨에는 총알이 깨끗하게 관통된 구멍이 있었는데, 매복하고 있던 누군가에게 당했다고 했다.

선라이즈에서 노다지가 발견된 후 상황은 현저히 달라졌다. 금을 찾아 나선 수백 명의 인파와 많은 위스키와 대여섯 명의 능력 있는 도박꾼들이 유입되면서 선교사는 자신이 인디언들과 쌓아온 몇 년간의 공적이 무너지는 것을 목격했다. 인디언 여자들은 아내가 없는 백인 광부들을 위해 불을 피우고 요리를 하는 데 점점 열중했고, 인디언 남자들은 따뜻한 모피를 검은 술병과 고장 난 시계와 바꾸는 데 점점 열중했다. 몸져눕게 된 선교사는 "신의 가호를"이라는 말을 몇 번이나 하다 결국엔 대충 만든 관 속에서 이승의 삶을 마감했다. 그 후 도박꾼들이 롤렛과 가드 데이블을 선교사의 집으로 옮겼고, 이때부터 그 집에서는 새벽부터 밤까지 포커 칩과 유리잔 부딪치는 소리가 끊이지 않았다.

티머시 브라운은 북극의 이 모험가들 사이에서 꽤 사랑을 받았다. 그의 결점이라면 괄괄한 기질과 성급한 주먹이 다였다. 하지만 그는 친절하고 인정이 많아 그런 작은 결점은 충분히 벌충이 되었다. 반면에 블랙 르클레르에게는 벌충할 만한 게 없었다. 그는 이름처럼 "속이 시커먼" 사람이었고, 그의 악행을 목격한 사람이 한둘이 아니었다. 상대가 사랑받는 만큼 그는 미움을 받았다. 그랬기 때문에 선라이즈의 남자들은 그의 어깨를 소독해 붕대를 감아주고서 그를 린치 판사 앞으로 끌고 갔다.

사건은 단순했다. 르클레르는 맥두걸에서 티머시 브라운과 다퉜다. 그는 티머시 브라운과 맥두걸을 떠났다. 그가 선라이즈에 도착했을 때는 티머시 브라운이 없었다. 그의 사악함에 비추어볼 때 르클레르가 티머시 브라운을 죽였다는 것이 만장일치의 결론이었다. 르클레르는 싸웠다는 사실은 인정했지만 그 결론에는 이의를 제기하며 경위를 설명했다. 선라이즈에서 32킬로미터 떨어진 곳에서 그와 티머시 브라운은 바위가 많은 기슭을 따라 배를 장대로 밀고 있었다. 그 기슭에서 총성이 두 번 울렸다. 티머시 브라운은 배 밖으로 떨어져 붉은 피를 쏟으며 물 밑으로 가라앉았고, 그것이 티머시 브라운의 마지막 모습이었다. 르클레르는 화끈거리는 한쪽 어깨를 잡고 배 바닥에 바싹 엎드렸다. 그는 조용히 누워 강기슭을 살짝 보았다. 얼마 후 두 명의 인디언이 머리를 쑥 내밀더니 자작나무 껍질로 만든 카누를 양쪽에서 들고 물가까지 왔다. 그들이 배를 띄웠을 때 르클레르는 총을 쏘았다. 누군가가 총에 맞아 티머시 브라운처럼 카누 옆으로 고꾸라졌다. 다른 한 명은 카누 바닥에 휙 엎드렸다. 그 후 카누와 장대 배는 물살에 실려 이리저리 떠내려갔다. 그러다 물의 흐름이 어디선가 갈라져 어떤 섬을 기점으로 카누는 이쪽으로, 장대 배는 저쪽으로 움직였다. 그렇게 카누와 헤어져 그는 선라이즈로 계속 왔다. 참, 카누에 있던 인디언이 움찔했던 것으로 보아 그자도 총에 맞았다고 그는 확신했다. 그것이 사건의 경위였다.

이 설명으로는 충분하지가 않았다. 사람들은 그에게 열 시간의 유예를 주고서 리지 호를 조사차 내보냈다. 열 시간 후 리지 호는 쌕쌕거리며 선라이즈로 돌아왔다. 그러나 알아낸 게 아무것도 없었다. 그의 진술을 뒷받침할 증거가 발견되지 않았다. 사람들은 그에게 유서를 작성하라고 말했다. 그가 소유한 선라이즈 광구가 5만 달러나 되었고, 그들은 법을 제정할 뿐 아니라 법을 준수하기도 하는 종자였기 때문이다.

르클레르는 어깨를 으쓱했다. "그렇지만 한 가지." 그가 말했다. "작은, 그러니까 부탁이, 작은 부탁이 있소. 내 돈 5만 달러는 교회에 바치겠소. 내 개 바타르는 악마에게 바치겠소. 작은 부탁이지 않소? 바타르를 먼저 죽이고 날 죽여주시오. 그거면 되오, 어떻소?"

지옥의 자식이 먼저 죽어 주인을 위해 길을 닦아놓는 것도 좋다는 데 다들 동의했다. 법정은 커다란 가문비나무 한 그루가 서 있는 강둑으로 옮겨졌다. 슬랙워터 찰리는 밧줄 끝을 교수형 매듭으로 묶었다. 교수형 올가미가 르클레르의 머리 위로 쓰윽 내려가 그의 목을 세게 조였다. 그는 두 손을 등 뒤로 묶인 채 과자 상자 위로 안내되었다. 밧줄의 또 다른 끝은 위에 드리워진 나뭇가지 위로 넘겨져 팽팽히 잡아당겨졌다. 이제는 상자를 차내기만 하면 르클레르가 허공에 대롱대롱 매달리게 될 터였다.

"저 개부터 올가미를 씌우게, 슬랙워터." 광산 기술자로 일한 적 있는 웹스터 쇼가 말했다.

르클레르는 씩 웃었다. 슬랙워터는 담배를 질겅질겅 씹으며 올가미를 대충 감고서 손으로 몇 번을 더 천천히 꼬았다. 얼굴에 달려드는 극성스런 모기들을 쫓아내려고 한두 번 동작을 멈추었다. 르클레르를 제외하고 모두가 모기를 쫓고 있었다. 르클레르의 머리 주위로 모기떼가 구름처럼 모여 있었다. 몸을 쭉 뻗고 누워 있는 바타르조차 눈과 입에 들러붙는 해충들을 앞발로 쫓고 있었다.

슬랙워터는 바타르가 고개를 들기를 기다렸다. 그때 조용한 공기를 가르며 희미한 소리가 들리더니 한 남자가 손을 흔들며 선라이즈의 평지를 뛰어오는 모습이 보였다. 가게 주인이었다.

"중…… 중지하시오, 여러분." 그는 숨을 헐떡이며 사람들 사이로 들어왔다.

"리틀 샌디와 베르나도트가 방금 도착했소." 그가 숨을 돌리며 설명했다. "방금 배에서 내려 지름길로 오고 있소. 비버도 함께 말입니다. 역류에 갇혀 있던 그의 카누에서 발견했다고 합니다. 총을 두세 군데 맞았다는군요. 또 다른 인디언은 아내를 이기고 떠났던 클로크쿠츠였소."

"하? 내가 뭐라고 했소? 하?" 르클레르가 몹시 기뻐하며 소리쳤다. "그것 보시오! 맞잖소. 내 말이 사실이잖소."

"그럼 이젠 이 저주받은 인디언들에게 작은 예절을 가르치면 되겠군." 웹스터 쇼가 말했다. "그들이 기고만장해지고 있으니 우리가 코를 납작하게 해줍시다. 인디언들을 모두 불러모아 비버를 본보기로 목매달아 죽입시다. 그자가 무슨 말로 자신을 변호하는지 알아봅시다."

"이보시오, 선생!" 군중이 해 뜨는 방향의 황혼 속으로 서서히 사라지기 시작했을 때 르클레르가 소리쳤다. "나도 그 재미난 광경을 꼭 보고 싶소."

"아, 돌아오면 올가미를 풀어드리지." 웹스터 쇼가 어깨 너머로 소리쳤다. "그동안 당신은 당신의 죄와 신의 섭리에 대해 생각해보시오. 도움이 될 거고, 감사하게 될 거요."

큰 위험에 익숙해져 있는 사람들이 담력이 좋고 인내를 잘하듯, 오랜 기다림에 길들여진 르클레르도 마찬가지였다. 다시 말해 그는 그 모든 걸 감수했다. 밧줄이 팽팽해 똑바로 서 있어야만 해서 그는 몸을 어떻게 할 수가 없었다. 다리 힘이 조금만 풀려도 까칠까칠한 올가미가 목을 조여왔고, 똑바로 서 있으면 부상당한 어깨가 몹시 아팠다. 그는 아랫입술을 삐죽 내밀어 얼굴 위로 숨을 훅훅 불어 눈앞의 모기들을 쫓아냈다. 비록 사정은 이랬지만 보상이 따랐다. 죽음의 심연에서 구출될 수만 있다면 이만한 육체적 고통쯤은 감수할 만했다. 다만 비버의 교수형을 못 보는 것이 그로서는 유감이었다.

그렇게 명상에 잠겨 있던 그는 앞발을 내밀고 몸을 쭉 편 채 자고 있는 바타르를 보게 되었다. 여기서 르클레르의 명상은 끊겼다. 그는 녀석이 정말로 자고 있는지 아니면 자는 척하는지 알아보려고 그 짐승을 꼼꼼히 살폈다. 바타르의 양 옆구리가 규칙적으로 오르내리긴 했지만, 그의 느낌으로는 호흡이 조금 빠른 듯했다. 또한 속박을 벗어던진 잠과는 달리 모든 털이 경계 태세를 취하고 있는 듯했다. 그 개가 영영 깨어나지 않는다고만 하면 그는 자신의 선라이즈 광구를 기꺼이 내놓을 것이었다. 한번은 그의 관절에서 딱 소리가 났을 때 그는 바타르가 깼을까 싶어 노심초사하며 놈을 휙 보았다. 그때는 깨지 않았지만, 잠시 후 녀석은 천천히 일어나 나른하게 기지개를 편 다음 찬찬히 주위를 둘러보았다.

"빌어먹을." 르클레르는 작은 소리로 말했다.

인기척이 없는 걸 확인한 바타르는 앉아서 윗입술을 비틀어 미소 짓듯 하다 르클레르를 쳐다보고 입맛을 다셨다.

"내가 곧 죽겠군." 그 남자는 이렇게 말하고서 냉소적으로 크게 웃었다.

바타르는 악마같이 알아듣고는 쓸모없는 귀는 흔들고 유능한 귀는 쫑긋 세운 채 더 가까이 왔다. 머리를 기묘하게 한쪽으로 젖히고서 장난스러운 종종걸음으로 다가왔다. 그런 다음 몸을 상자에 대고 비비면서 상자를 흔들고 또 흔들었다. 르클레르는 균형을 유지하기 위해 조심조심 비틀거렸다.

"바타르." 그는 차분하게 말했다. "조심하라고. 내가 널 죽일 테니까." 그 말에 바타르는 으르렁대며 상자를 더 세게 흔들었다. 이번에는 앞발을 쳐들어 있는 힘껏 상자를 높이 걷어찼다. 르클레르는 한 발로 중심을 잡긴 했지만, 밧줄이 목을 파고들며 갑자기 조여와 하마터면 중심을 잃을 뻔했다.

"어이, 너! 햇병아리! 이랴!" 그는 큰 소리로 외쳤다.

바타르는 스무 보 정도 물러났다. 르클레르가 보기에 녀석의 태도에는 확실히 악마 같은 경망함이 있었다. 그는 바타르가 몸을 내던져 물웅덩이에 낀 얼음 더껑이를 깨뜨리던 것을 기억해냈다. 그러자 녀석이 지금 무슨 생각을 하는지 알 것 같았다. 바타르는 방향을 홱 돌려 멈춰섰다. 녀석은 하얀 이를 드러내며 씩 웃었고, 르클레르도 덩달아 씩 웃었다. 녀석은 허공으로 몸을 날려 전속력으로 상자를 향해 돌진했다.

15분 후 슬랙워터 찰리와 웹스터 쇼는 어스름 속에서 추 같은 것이 유령처럼 왔다갔다하는 것을 언뜻 보았다. 그들이 얼른 달려가 가까이에서 보니 그것은 인간의 죽은 몸뚱이와 그 몸뚱이에 딱 붙어서 물고 흔들어대고 있는 생물이었다.

"어이, 너! 햇병아리! 넌 지옥의 자식이야." 웹스터 쇼가 소리쳤다.

그러나 바타르는 그를 노려보았고, 입도 벙긋하지 않고 위협적으로 으르렁거렸다.

슬랙워티 칠리는 권총을 꺼내들었다. 그러나 한기가 돌듯 손이 덜덜 떨려 그는 빗맞추고 말았다.

"자, 자네가 해보게." 그는 총을 동료에게 건넸다.

웹스터 쇼는 잠깐 웃고서 녀석의 번득이는 두 눈 사이를 겨냥하고 방아쇠를 당겼다. 그 충격으로 바타르의 몸이 씰룩거리며 잠깐 동안 발작적으로 땅을 뒹굴다 갑자기 축 늘어졌다. 그러나 놈의 이빨은 여전히 꽉 닫혀 있었다.

LOST FACE
1910

잃어버린 체면

JACK LONDON

최후의 순간이 왔다. 비둘기처럼 유럽의 수도들을 찾아다니며 오랫동안 모질고 끔찍한 여행을 해온 수비엔코프는 이제 그 어느 곳보다 먼 러시아의 아메리카 식민지에서 그 여정을 마칠 참이었다. 그는 양손을 등 뒤로 결박당한 채 눈밭에 앉아 고문을 기다리고 있었다. 그는 눈 속에 엎어져 고통스러워하며 신음하고 있는 거구의 카자흐인을 신기한 듯 내려다보았다. 남자들은 그 거인을 주무를 대로 주무른 뒤 여자들에게 넘겼다. 그자의 비명소리가 남자들보다 더한 여자들의 잔인함을 말해주고 있었다.

모든 광경을 지켜본 수비엔코프는 몸서리를 쳤다. 죽는 건 두렵지 않았다. 바르샤바에서 눌라토에 이르는 진저리 나는 여행길에서 죽음의 위협을 무릅쓴 적이 한두 번이 아니었기 때문에 죽는 것 자체는 떨리지 않았다. 그러나 고문은 질색이었다. 고문만 생각하면 불쾌했다. 이런 불쾌감이 드는 까닭은 그가 견뎌야 하는 단순한 고통 때문이 아니라 그 고통이 만들어낼 비참한 광경 때문이었다. 거인 이반과 다른 사람들이 앞서 그랬듯이 그역시 기도하고 사정하고 애원할 것이 뻔했다. 그리 기분 좋은 풍경은 아니지 않는가. 웃는 얼굴로 익살까지 떨며 용감하고 깨끗하게 가는 것, 아! 그렇게만 될 수 있다면. 그러나 자제력을 잃고, 육체의 고통에 정신줄을 놓고, 원숭이처럼 새된 소리로 끽끽거리고, 말 그대로 짐승이 되어버린다면, 그 얼마나 끔찍하겠는가.

그러나 헤어날 길이 없었다. 처음부터, 폴란드의 독립을 열렬히 꿈꾼 그때부터 그는 운명의 수중에 든 꼭두각시였다. 처음부터, 바르샤바에서, 상트페테르부르크에서, 시베리아 광산들에서, 캄차카에서, 모피 도둑들의 흔들거리는 배에서도 운명은 그를 이 목적지로 몰아오고 있었다. 이 세상의 밑바탕에 그를 위한 이 목적지가 묻혀 있었던 게 분명했다. 너무나 섬세하고 예민하며, 힘줄도 피부 위로 빤히 보이고, 몽상가이자 시인이자 예술가인 그를 위해 말이다. 그 자신은 정작 꿈꿔본 적도 없건만, 그의 체질을 이루는 예민함이란 신경다발은 거칠고 쓸쓸한 황야에서 살다 이 멀고 먼 땅, 세상의 마지막 경계 너머 자리한 이 어두컴컴한 땅에서 죽을 운명을 타고났다.

그는 한숨을 내쉬었다. 그의 앞에 있는 저것은 거인 이반이었다. 신경이 없는 인간, 강철 인간, 바다의 해적이 된 카자흐인, 신경계가 하등해 평범한 사람들은 고통으로 느끼는 것을 간지럽다고만 느끼는 황소처럼 둔한 인간, 그것이 거인 이반이었다. 그런데, 그런데 이 눌라토 인디언들은 그런 거인 이반의 신경들을 찾아내 그의 영혼의 뿌리까지 추적할 수 있을 것 같았다. 그들은 확실히 그렇게 하고 있었다. 한 인간이 그렇게까지 고문을 당하고도 살 수 있다는 것이 놀랍기만 했다. 거인 이반은 신경이 무딘 것의 대가를 치르고 있었다. 그는 이미 보통 사람들보다 갑절이나 버텨냈다.

수비엔코프는 그 카자흐인의 수난을 더 이상 보고 있을 수가 없을 듯했다. 도대체 이반은 왜 죽지 않을까? 비명소리가 그치지 않으면 그는 미쳐버릴 것이다. 하지만 그 비명소리가 그치는 순간 그의 차례가 올 것이다. 지금 저기에는 그를 보고 히죽거리며 그의 차례가 오기만을 고대하고 있는 야카가 있었다. 바로 지난주에 그가 요새 밖으로 쫓아내며 그 얼굴에 채찍을 날렸던 자가 야카가였다. 야카가가 그를 응대할 것이다. 모르긴 해도 야카가는 그를 위해 더욱 치밀하고 더욱 정교한 고문 방법을 아껴두고 있을 것이다. 아! 거인 이반이 저 정도로 비명을 지를 정도면 야카가가 아껴둔 고문은 얼마나 대단할 것인가. 이반을 둘러싸고 있던 인디언 여자들이 큰 소리로 웃고 박수를 치며 물러나왔다. 수비엔코프는 이반이 당한 소름끼치는 짓을 보고 미친 사람처럼 웃기 시작했다. 인디언들은 그가 왜 웃는지 몰라 그를 쳐다보았다. 그러나 수비엔코프는 웃음을 멈출 수가 없었다.

이래선 안 된다. 그가 자제를 하자 발작적으로 터지던 웃음이 조금씩 수그러들었다. 그는 다른 것을 생각하려 애쓰면서 자신의 삶을 돌아보기 시작했다. 어머니와 아버지, 작은 점박이 조랑말, 그에게 춤을 가르쳐주고 볼테르의 낡고 닳은 책을 몰래 읽어주던 프랑스인 가정교사를 떠올렸다. 그는 파리를, 음산한 런던을, 활기찬 빈을, 그리고 로마도 보았다. 그와 마찬가지로 폴란드의 왕이 바르샤바에서 왕좌에 오르는 독립 폴란드의 꿈을 꾸던 열혈 청년 집단도 보았다. 아, 그 긴 여정은 그렇게 시작되었다. 흠, 그의 여정은 가장 오래 지속되었다. 상트페테르부르크에서 처형된 두 사람을 시작으로 그는 이 용감한 열혈 영혼들의 죽음을 하나하나 세어보았다. 한 명은 간수에게 두들겨 맞아 죽었고, 또 한 명은 그들이 카자흐 호송병들에게 두들겨 맞고 학대받으며 몇 달을 행군했던 피로 얼룩진 유배 길에서 쓰러져 죽었다. 언제나 야만적이었다. 짐승처럼 잔인한 야만이었다. 그들은 열병에 걸려, 광산을 채굴하다, 채찍질을 당하다 죽었다. 마지막 두 사람은 카자흐 병사들과 싸워 탈출을 감행하다 죽었다. 오직 그만이 눈 속에 쓰러진 어떤 여행자의 신분증명서와 돈을 훔쳐가지고 캄차카에 입성했다.

그 과정도 줄곧 야만적이었다. 마음은 화실과 극장과 정원 딸린 저택에 있었지만 그 세월 동안 그의 몸뚱이는 야만에 포위되어 살았다. 피 흘려 목숨을 쟁취했다. 모두가 서로를 죽였다. 그는 여권 때문에 그 여행자를 죽였다. 어느 날엔 러시아 장교 두 명과 결투를 벌여 그가 유능한 사람임을 입증해 보였다. 모피 도둑들 사이에서 자리를 따내려면 능력을 증명해 보여야 했다. 그는 그 자리를 따내야 했다. 그의 뒤로는 시베리아와 러시아를 가로지르는, 수천 년이 걸릴지도 모를 먼 길이 놓여 있었다. 그 길로는 탈출이 불가능했다. 길은 오직 앞에, 어둡고 차가운 베링해를 건너 알래스카로 곧장 가는 것뿐이었다. 그 길은 야만에서 더 심한 야만으로 이어졌다. 괴혈병이 도는 모피 도둑들의 배에서 식량과 물이 떨어지고 끝없이 몰아치는 폭풍우에 시달리다 보면 사람들은 어느새 짐승이 되어버렸다. 그는 캄차카에서 세 번이나 배를 타고 동쪽으로 떠났다. 그 세 번 모두 온갖 고초와 고난을 겪은 후 생존자들과 함께 캄차카로 돌아와야 했다. 탈출구가 없었다. 왔던 길에는 광산과 채찍이 기다리고 있었기 때문에 돌아갈 수도 없었다.

또다시, 그는 마지막이라 여기고 동쪽으로 떠났다. 이번에는 전설적인 물개섬을 최초로 발견한 사람들과 함께였다. 하지만 그들과 함께 돌아가 캄차카의 흥청대는 술자리에서 모피를 분배받진 않았다. 그는 절대 돌아가지 않겠다고 맹세했다. 그리운 유럽의 수도들로 돌아가기 위해선 계속 전진해야 했다. 그래서 배를 갈아타고서 그 어두운 새 땅에 남아 있었다. 그의 동료들은 슬라브족 사냥꾼들과 러시아 모험가들, 몽골인들과 타타르 사람들과 시베리아 원주민들이었다. 새로운 세계의 야만인들을 만날 때면 그들은 피의 길을 내야 했다. 모피를 바치려 하지 않는 마을은 모조리 몰살시켰다. 다음에는 그들이 배에 탄 동료들에게 몰살당했다. 결국 동료들 가운데 생존자는 그와 핀란드 사람 둘뿐이었다. 두 사람은 알류산 열도의 어느 무인도에서 고독하고 배고픈 겨울을 보냈다. 이듬해 봄 그들이 또 다른 모피 선적에 의해 구조된 것은 만에 하나 있을까 말까 한 일이었다.

그러나 끔찍한 야만은 항상 그를 에워쌌다. 돌아가기를 거부하며 이 배 저 배 갈아탄 끝에 그는 알래스카 해안을 줄곧 남하하며 야만인들만 무수히 만난 배에 오르게 되었다. 불쑥 솟아 있는 섬들 사이나 본토의 험한 절벽 아래 닻을 내리는 건 싸움이 있거나 폭풍우가 닥친다는 뜻이었다. 위협적인 파괴력을 가진 돌풍이 불거나, 얼굴에 물감을 잔뜩 칠한 원주민들이 괴성을 지르며 전쟁용 카누를 몰고 오기도 했다. 그러면 원주민들은 해적들의 화약이 얼마나 살벌한 힘을 지녔는지 알게 되었다. 해적들은 연안을 따라 남쪽으로, 남쪽으로 전설의 땅 캘리포니아를 향해 곧장 나아갔다. 소문에 의하면 그곳에는 멕시코 땅에서부터 역경을 딛고 도착한 에스파냐 모험가들이 있다고 했다. 그는 그 에스파냐 모험가들에게 희망을 걸었다. 여기를 탈출해 그들에게 가기만 하면 나머지 일은 수월할 것이었다. 1, 2년—그게 무슨 대수인가—이 걸릴지라도 어쨌거나 멕시코에 입성하면 배를 타고 유럽으로 갈 수 있을 것이다. 그들은 에스파냐 사람들을 만나지 못했다. 그들이 만난 것은 여전히 견고한 야만의 벽뿐이었다. 그 세계의 주민들은 싸우기 위해 화장을 짙게 하고서 해안에서부터 그들을 몰아냈다. 마침내 보트 한 척이 고립되어 그 배에 탄 사람들이 모두 죽자 선장은 탐색을 포기하고 뱃머리를 다시 북쪽으로 돌렸다.

몇 해가 흘렀다. 그가 테벤코프 밑에서 일할 때 미하엘로프스키 요새가 세워졌다. 쿠스코크윔 지방에서는 두 해를 보냈다.

여름을 두 번 맞았고, 그해 6월 그는 본의 아니게 코체부에 해협을 관장하게 되었다. 당시에는 물물교환을 위해 여러 부족이 모여들었다. 여기서는 시베리아 산 점박이 사슴 가죽, 디오메데스 산 상아, 북극 해안 산 해마 가죽, 이상한 석조 램프 들이 출신을 알 수 없는 부족들 사이에서 거래되고 있었다. 한번은 영국제 사냥칼이 거래된 적도 있었다. 수비엔코프에겐 여기가 지리를 배울 수 있는 학교였다. 노턴 해협, 킹 섬과 세인트로렌스 섬, 프린스오브웨일스 곶, 배로 곶 출신의 에스키모들을 만날 수 있었기 때문이다. 그 장소들의 이름은 저마다 달랐고, 거리는 하루 단위로 측정되었다.

교역을 하는 야만인들의 출신지는 천차만별이었다. 몇 차례의 교역을 거쳐 이곳에 당도한 석조 램프와 강철칼의 고향은 훨씬 더 멀었다. 수비엔코프는 위협하고 구워삶고 뇌물을 썼다. 멀리서 온 여행자나 낯선 인디언족은 그에게 즉각 불려갔다. 그들은 사나운 짐승들, 적대적인 부족들, 발을 들여놓기 힘든 숲들, 거대한 산맥들뿐 아니라 설명할 수도, 상상할 수도 없는 위험들에 대해 말했다. 하지만 그 너머에서는 하얀 피부와 푸른 눈을 가진 금발의 남자들이 맹렬히 싸우며 언제나 모피를 구하러 다닌다는 소문이 흘러나왔다. 그들은 동쪽에, 동쪽 멀리 멀리 있었다. 아무도 그들을 본 적이 없었다. 말만 전해지고 있을 뿐이었다.

그곳은 적응하기 힘든 학교였다. 사실과 전설을 뒤섞고 길의 상황에 따라 달라지는 '몇 박' 의 개념으로 거리를 측정하는 무지한 사람들의 이상한 방언으로는 지리를 잘 배울 수가 없었다. 그러나 마침내 수비인코프의 용기를 북돋는 소문이 들려왔다. 동쪽의 어떤 큰 강에 푸른 눈을 가진 남자들이 살고 있다는 것이었다. 그 강의 이름은 유콘이라고 했다. 미하엘로프스키 요새 남쪽으로는 러시아 사람들이 크위크파크로 알고 있는 또 다른 큰 강이 흘렀다. 그 소문에 따르면 이 두 강은 하나였다. 수비엔코프는 미하엘로프스키로 돌아갔다. 1년 동안 그는 크위크파크에 탐험대를 보내자고 주장했다. 캄차카에서 건너온 혼혈 모험가들 중에서 가장 난폭하고 가장 사나운 자들을 이끌기 위해 러시아 혼혈 말라코프가 일어섰다. 수비엔코프는 그의 부관이었다. 그들은 크위크파크의 거대한 삼각주의 미로를 헤치고 나아갔고, 북쪽 기슭의 낮은 언덕들에 들어섰으며, 카누에 물품과 탄약을 싣고서 수심이 깊고 폭이 3킬로미터에서 16킬로미터에 이르며 5노트의 속도로 흐르는 강을 8백 킬로미터나 거슬러 올라갔다. 말라코프는 눌라토에 요새를 짓겠다고 했다. 수비엔코프는 더 가자고 주장했다. 그러나 눌라토로 만족할 수밖에 없었다. 긴긴 겨울이 오고 있었기 때문이다. 기다리는 편이 좋을 것 같았다. 이듬해 초여름에 얼음이 녹으면 그는 크위크파크 강 상류로 사라져 허드슨베이 사의 교역소로 갈 생각이었다. 말라코프는 크위크파크 강이 유콘 강이라는 소문을 들은 적이 없었다. 수비엔코프는 그 사실을 말라코프에게 말하지 않았다.

요새가 지어지기 시작했다. 강제 노동이었다. 눌라토 인디언들의 한숨과 신음에 맞춰 통나무들이 층층이 올라갔다. 인디언들의 등에 채찍이 꽂히곤 했는데, 그 채찍을 쥔 것은 해적들의 단단한 손이었다. 도망치는 인디언은 일단 잡히면 요새 앞으로 끌려와 큰 대자로 묶여 매질을 당했다. 그곳에서 도망친 인디언들과 그들의 부족은 태형의 효험을 맛보았다. 두 명은 태형을 당하다 죽었고, 다른 이들은 평생 불구가 되었고, 나머지는 그 교훈을 깊이 새겨 더 이상 달아나지 않았다. 요새가 완성되기도 전에 눈발이 흩날렸고, 곧 모피의 계절이 왔다. 눌라토 부족에겐 과도한 공물이 부과되었다. 구타와 매질이 끊이지 않았고, 공물도 바쳐야 했다. 여자들과 아이들은 인질로 잡혀 모피 도둑들만이 아는 야만적인 대우를 받았다.

그러나 피의 씨를 뿌린 그 짓은 마침내 수확을 얻었다. 요새가 사라진 것이다. 불타오르는 요새에서 절반 남짓한 모피 도둑이 칼에 찔려 죽었다. 나머지 반은 고문을 당하다 죽었다. 수비엔코프만이 남았다. 아니, 눈 속에서 저렇게 훌쩍거리며 신음하고 있는 존재를 거인 이반이라 부를 수 있다면 수비엔코프와 거인 이반이 남은 셈이었다. 수비엔코프는 야카가가 자신을 보고 씩 웃는 모습을 포착했다. 틀림없는 야카가였다. 그의 얼굴에 채찍 자국이 남아 있었으니까. 어쨌거나 수비엔코프는 그를 비난할 수 없었다. 하지만 야카가가 그에게 할 짓을 생각하면 끔찍했다. 추장인 마카무크에게 간청을 해볼까도 생각했다. 그러나 간청을 해봤자 소용없다는 것이 그의 판단이었다. 이번에는 결박을 풀고 싸우다 죽을까도 생각해보았다. 그러면 금방 끝나지 않겠는가. 하지만 결박을 풀 방법이 없었다. 순록 가죽은 그의 힘을 능가할 만큼 질겼다. 이런저런 궁리를 하던 중 기막힌 생각이 떠올랐다. 그가 마카무크에게 신호를 보내자 그곳 연안 사투리를 아는 통역자가 불려왔다.

그가 말했다. "오, 마카무크. 나는 죽고 싶지 않아. 난 위대한 사람이야, 나 같은 사람이 죽다니 말도 안 돼. 사실 난 죽지 않을 거야. 난 이런 썩은 인간들하고는 다르다고."

수비엔코프는 한때 거인 이반이었던 신음하는 존재를 보면서 경멸하듯 발끝으로 툭툭 찼다.

"난 너무 현명해서 죽을 수가 없어. 들어봐, 내겐 대단한 약이 있어. 나만 아는 약이지. 난 죽지 않을 테니 당신과 이 약을 맞바꾸겠어."

"그게 무슨 약인데?" 마카무크가 다그쳐 물었다.

"기묘한 약이지."

수비엔코프는 그 비밀을 내놓기 싫다는 듯 잠시 생각에 잠겼다.

"당신한테만 알려주지. 이 약을 조금만 발라도 피부가 바위처럼, 쇠처럼 단단해져 아무리 날이 잘 드는 무기를 들이대도 벨 수가 없어. 날카로운 무기로 아무리 세게 내리쳐도 헛일이라 이거지. 뼈로 만든 칼도 진흙처럼 부서져. 우리가 가져온 강철 칼날도 무뎌져버리지. 이 약의 비밀을 알려주면 당신은 내게 무엇을 줄 텐가?"

"네 목숨을 살려주지." 마카무크는 통역을 통해 대답했다.

수비엔코프는 깔깔거리고 웃었다.

"그리고 넌 죽을 때까지 내 집에서 노예로 살아야 해."

그는 더 깔깔거리고 웃었다.

"내 손과 발을 풀어주고 얘기를 해볼까." 그가 말했다.

추장은 신호를 보냈다. 손발이 풀린 수비엔코프는 담배 한 대를 말아 불을 붙였다.

"터무니없는 얘기야." 마카무크가 말했다. "그런 약이 어딨어. 있을 수가 없어. 예리한 칼날보다 더 강한 약은 없다고."

추장은 의심을 하면서도 흔들리고 있었다. 그는 모피 도둑들의 그럴 듯한 마법을 수도 없이 보았다. 그래서 무조건 의심할 수만은 없었다.

"네 목숨을 살려주지. 또한 노예로 삼지도 않겠다." 추장이 선언했다.

"그걸론 어림없지."

수비엔코프는 여우 가죽을 팔 때처럼 냉정하게 잇속을 따지고 들었다.

"이건 아주 대단한 약이라고. 내 목숨을 얼마나 살려주었는데. 썰매 한 대와 개, 그리고 나랑 같이 강을 건너 미하엘로프스키 요새에서 일박이 걸리는 지점까지 날 안전하게 데려다줄 사냥꾼 여섯을 원해."

"넌 여기서 살고, 우리에게 네 마법을 몽땅 가르쳐줘야 해." 추장의 답이었다.

수비엔코프는 어깨를 으쓱하고는 입을 다물었다. 그는 차디찬 대기에 담배 연기를 내뿜고서 거인 카자흐인의 상태를 요모조모 주시했다.

"그 흉터!" 마카무크가 폴란드인의 목을 가리키며 갑자기 소리쳤다. 그 목에는 캄차카의 떠들썩한 술자리에서 칼날에 벤 검푸른 상처가 있었다. "그 약은 효험이 없어. 칼날이 그 약보다 강했어."

"칼을 내리친 자는 힘이 센 자였어."(수비엔코프는 생각에 잠겼다.) "당신보다 힘세고, 당신의 가장 힘센 사냥꾼보다도 힘세고, 저자보다도 더 힘셌어."

또다시 그는 모카신 발끝으로 그 카자흐인을 툭 쳤다. 이제 그는 의식조차 없는 섬뜩한 꼴을 하고 있었다. 그런데도 고문에 시달리고 손발이 잘린 채 몸뚱이만 남은 그 목숨도 이승을 부여잡고 좀처럼 떠나지 못했다.

"게다가 그 약은 약했어. 그곳에 어떤 종류의 열매가 없었기 때문이야. 내가 보니 이 땅에는 그 열매들이 많이 있더군. 여기라면 약효가 셀 거야."

"강을 건너게 해주지. 썰매와 개들, 널 인전하게 데려나줄 사냥꾼 여섯도 내주도록 하지." 마카무크가 말했다.

"아둔하군." 대답이 냉정했다. "내 조건을 즉시 받아들이지 않았으니 당신은 내 약을 모독했어. 잘 들어, 요구 조건을 늘이겠어. 비버 가죽 백 장을 갖고 싶어."(마카무크는 피식 웃었다.) "말린 생선 50킬로그램도."(생선은 많고 값도 쌌기 때문에 마카무크는 고개를 끄덕였다.) "썰매도 두 대를 내줘. 한 대는 내가 타고 나머지 한 대는 모피와 생선을 실을 테니까. 내 소총도 돌려줘. 이 조건이 내키지 않는다면 내 조건은 점점 늘어나기만 할 거야."

야카가가 추장에게 귀엣말을 했다.

"하지만 네 약이 진짜 효험이 있는지 어떻게 알 수 있지?" 마카무크가 물었다.

"그야 쉽지. 우선 내가 숲으로 들어가……."

야카가가 또다시 뭐라고 귀엣말을 하자 마카무크는 의심쩍어하는 표정을 지었다.

"내게 사냥꾼 스무 명을 붙여도 돼." 수비엔코프는 계속 말했다. "아까도 말했지만, 그 약을 만들려면 특정 열매와 뿌리를 구해야 해. 내가 그걸 구해 오면 당신은 썰매 두 대를 내와 거기다 생선과 비버 가죽과 소총을 싣고 나와 함께 갈 사냥꾼 여섯 명을 추려줘. 그렇게 모든 준비가 끝나면 난 내 목에 그 약을 바르고 저 통나무 위에 목을 올려놓을 거야. 그러면 당신의 가장 힘센 사냥꾼에게 도끼를 들고 내 목을 세 번 내려치라고 시켜. 당신이 직접 세 번을 내려쳐도 돼."

마카무크는 지금껏 들은 모피 도둑들의 마법 가운데 가장 놀랄 만한 이 최신 마법을 듣고는 넋이 빠져 입을 떡 벌렸다.

"그러나 무엇보다." 그 폴란드인이 얼른 덧붙였다. "도끼를 내리칠 때마다 약을 새로 발라야 해. 도끼는 무겁고 날카롭고, 난 실수하고 싶지 않거든."

"네가 요구하는 걸 모두 들어주겠다. 가서 그 약을 만들어봐." 마카무크는 큰 소리로 수락해주었다.

수비엔코프는 속으로 쾌재를 불렀다. 그는 지금 필사적인 도박을 벌이고 있었고, 한 치의 실수도 용납되지 않았다. 그는 거만하게 말했다.

"여전히 아둔하군. 내 약은 또 모욕당했어. 그 모욕을 씻고 싶다면 당신 딸을 내게 줘."

그는 한쪽 눈이 사팔뜨기에다 늑대처럼 앞니가 튀어나온 병자 같은 처녀를 가리켰다. 마카무크가 화를 냈지만, 폴란드인은 전혀 동요치 않고 또다시 담배를 말아 불을 붙였다.

"얼른 결정해. 늑장을 부릴수록 내 요구 조건은 늘어날 테니까." 그는 위협조로 말했다.

이어진 침묵 속에서 황량한 북극의 풍경이 흐릿해지며 그의 눈앞에 다시 한 번 그의 조국이, 그리고 프랑스가 보였다. 늑대 이빨을 가진 처녀를 힐끗 보니 이번에는 또 다른 처녀가 생각났다. 젊은 시절 그가 처음 파리에 갔을 때 알게 된 가수이자 무희의 얼굴이.

"내 딸에게 뭘 바라는 거냐?" 마카무크가 물었다.

"함께 강을 건너려고." 수비엔코프는 평가하듯 그녀를 쓱 훑었다. "좋은 아내가 되겠어. 추장의 핏줄과 결혼하는 건 내 약에 어울리는 명예지."

또다시 그는 가수이자 무희인 그 처녀가 생각나 그녀가 자신에게 가르쳐준 노래를 큰 소리로 흥얼거렸다. 지난 삶을 상기하면서도 그는 마치 타인의 사진첩을 들여다보듯 초연하고 무정한 태도로 자신의 삶의 한 장을 차지한 그 장면을 회상했다. 별안간 그 침묵을 깨뜨리는 추장의 목소리에 그는 화들짝 깨어났다.

"그렇게 하지." 마카무크가 말했다. "내 딸은 너와 함께 강을 건널 것이다. 하지만 내가 직접 네 목을 도끼로 세 번 내리친다는 것도 알아두길."

"하지만 내리칠 때마다 난 약을 바를 거야." 수비엔코프는 감춰지지 않는 불안감을 보이며 대답했다.

"너는 도끼를 내려칠 때마다 그 약을 바른다. 이들은 네가 도망치지 못하게 감시할 사냥꾼들이다. 숲으로 가서 약에 쓸 것을 모아오도록."

마카무크는 폴란드인이 욕심 내는 것을 보고 그 약의 가치를 믿었다. 곧 죽을 인간이 꼿꼿이 서서 노파처럼 이런저런 흥정을 할 수 있다는 것은 그 약이 대단한 약이라는 반증이었다.

"게다가 그 약의 비법을 알고 나면 놈을 쉽게 죽일 수 있습니다." 폴란드인이 호송병들과 함께 가문비나무 숲으로 사라졌을 때 야카가가 속삭였다.

"하지만 저놈을 어떻게 죽여? 그 약을 바르면 죽지 않을 텐데." 마카무크는 따지고 들었다.

"약을 바르지 않은 부위가 있을 겁니다." 야카가가 대답했다. "그 부위를 쳐서 죽이면 됩니다. 귀가 아닐까요. 그러니까, 한쪽 귀에 창을 찔러 다른 쪽 귀로 나오게 하는 겁니다. 아니면 눈일지도 모르죠. 그 약은 너무 독해서 눈에는 바르지 않을 겁니다."

추장을 고개를 끄덕였다. "현명하구나, 야카가. 놈이 다른 마법을 가지고 있지 않다면 그땐 죽여버리자고."

수비엔코프는 약재료를 모으는 데 시간을 허비하지 않았다.

가문비나무 잎, 버드나무 속껍질, 길고 가느다란 자작나무 껍질, 그리고 인디언 사냥꾼들에게 눈을 파헤쳐 캐달라고 한 덩굴월귤 등등 손에 잡히는 대로 골랐다. 그는 얼어붙은 뿌리 몇 개를 끝으로 일을 마무리 짓고 야영지로 돌아갔다.

마카무크와 야카가는 옆에 쭈그리고 앉아 수비엔코프가 물이 펄펄 끓고 있는 솥에 넣는 재료들의 양과 종류를 유심히 주의 깊게 보았다.

"먼저 덩굴월귤부터 넣어야 한다는 걸 명심해." 그가 설명했다. "아, 그렇지, 하나 더, 사람 손가락. 어이 야카가, 자네 손가락 좀 잘라줘."

그러나 야카가는 손을 등 뒤로 감추며 얼굴을 찌푸렸다.

"새끼손가락 하나만 돼." 수비엔고프가 간청했다.

"야카가, 손가락을 줘." 마카무크가 명령했다.

"손가락이라면 저기 많이 널브러져 있습니다." 야카가는 고문당하다 죽은 수십 명의 인간 잔해를 가리키며 볼멘소리를 했다.

"산 사람의 손가락이어야 해." 폴란드인이 반박했다.

"그럼 산 사람의 손가락을 주면 되겠군." 야카가는 카자흐인에게 성큼성큼 다가가 손가락 하나를 잘랐다.

"이자는 아직 죽지 않았어." 그는 폴란드인의 발치에 피가 뚝뚝 떨어지는 전리품을 내던지며 소리쳤다. "게다가 큼지막하니 더 좋겠지."

수비엔코프는 그 손가락을 솥 아래 불 속에 던져넣고 노래를 부르기 시작했다. 지금 달이고 있는 약을 위해 프랑스 연가를 아주 엄숙하게 불렀다.

"내가 지금 읊고 있는 이 주문이 없으면 약은 쓸모가 없어. 이 주문의 효능이 가장 중요해. 봐, 준비가 다 됐어." 그가 설명했다.

"나도 알 수 있게 그 주문을 천천히 읊어봐." 마카무크가 명령했다.

"시험이 끝나고 나서. 도끼로 내 목을 세 번 내리치고 나면 그때 주문의 비밀을 알려주지."

"하지만 그 약이 효험이 없으면 어쩔 거냐?" 마카무크가 걱정스럽게 물었다.

수비엔코프는 격노하여 그를 돌아보았다.

"내 약은 언제나 효험이 있어. 만약 효험이 없다면, 그땐 당신이 다른 사람들에게 한 짓을 내게도 하면 되잖아. 저자의 몸을 잘라낸 것처럼 한 번에 조금씩 내 몸을 잘라내라고." 그는 카자흐인을 가리켰다. "이제 약이 식었군. 효능을 더해주는 노래를 읊조리며 약을 내 목에 바르지."

그는 아주 엄숙하게 〈라마르세예즈〉의 가사를 천천히 읊조리며 그 고약한 약을 목 구석구석에 바르기 시작했다.

이 연극은 어떤 고함소리 때문에 중단되었다. 거인 카자흐인이 그 무시무시한 생명력을 마지막으로 소생시켜 무릎 꿇고 앉은 것이었다. 거인 이반이 움찔움찔하며 목을 뒤흔들기 시작하자 눌라토 인디언들 사이에서 웃음소리와 경탄과 박수갈채가 터져나왔다.

수비엔코프는 그 광경에 속이 메스꺼웠지만, 불안감을 누르고 화가 난 척했다.

"이러면 안 되는데." 그가 말했다. "저자를 처치해줘, 그래야 시험을 할 수 있어. 어이 야카가, 저 소란을 끝내줘."

야카가가 카자흐인을 처리하는 동안 수비엔코프는 마카무크를 돌아보았다.

"꼭 기억해, 당신은 세게 내리쳐야 해. 이건 애들 소꿉놀이가 아니라고. 여기, 도끼를 들고 통나무를 내리쳐봐. 얼마나 세게 내리치는지 알아보게."

마카무크는 그 말대로 정확하고 힘차게 두 번을 내리쳐 커다란 통나무를 조각냈다.

"잘했어." 수비엔코프는 그를 둘러싼 야만인의 얼굴들을 쭉 보았다. 그들은 어쨌거나 바르샤바에서 처음 러시아 경찰에게 체포된 이래 줄곧 그를 에워싸왔던 야만의 벽을 상징하는 것 같았다. "도끼를 들고 그렇게 시 있게, 마카무크. 난 눕겠네. 내가 손을 쳐들면 내리치라고, 있는 힘껏 내리쳐. 뒤에 아무도 없는지 확인하고. 약효가 좋아서 도끼가 내 목을 치다 튕겨나가 당신 손을 빠져나갈 수도 있으니까."

그는 개들의 썰매끈이 채워져 있고 모피와 생선을 실어놓은 썰매 두 대를 보았다. 그의 소총은 비버 가죽 맨 꼭대기에 놓여 있었다. 그의 호위병 노릇을 할 사냥꾼 여섯도 썰매 옆에 서 있었다.

"그 처녀는 어디 있지? 시험을 하기 전에 그녀를 썰매 있는

데까지 데리고 와줘." 폴란드인이 요구했다.

그 요구가 받아들여져 수비엔코프는 피곤해서 잠을 자려는 아이처럼 눈밭에 누워 머리를 통나무 위에 뉘였다. 너무나 오랜 세월 황량하게 살아온 터라 피곤한 것도 사실이었다.

"이제 당신과 당신의 힘을 비웃어주지, 자 마카무크, 내리쳐, 세게 내리치라고." 그가 말했다.

그는 손을 쳐들었다. 마카무크가 도끼를 휘둘렀다. 통나무의 크기에 맞는 큰 도끼였다. 번쩍이는 강철이 차디찬 대기를 휙 가르며 한순간 마카무크의 머리 위에 머물다 곧장 수비엔코프의 목으로 떨어졌다. 강철 도끼가 그의 살과 뼈를 깨끗이 관통하여 그 아래 통나무에 깊이 박혔다. 놀란 야만인들은 피가 솟구치는 몸통에서 떨어져나간 머리가 1미터쯤 굴러가는 모습을 지켜보았다.

엄청난 당혹감과 침묵이 이어졌다. 그사이 야만인들은 그런 약은 애초부터 없었다는 것을 천천히 깨달아갔다. 그 모피 도둑에게 속아 넘어간 것이었다. 포로들 중 오직 그만이 고문을 면했다. 이런 도박을 벌인 것도 그 때문이었다. 결국 왁자한 웃음이 터졌다. 마카무크는 창피해서 고개를 들지 못했다. 모피 도둑이 그를 바보로 만든 것이었다. 부족민들 앞에서 그는 체면을 잃고 말았다. 그들의 웃음소리가 계속 울려퍼지고 있었다. 마카무크는 돌아서서 고개를 숙인 채 성큼성큼 걸어나갔다. 이제 그는 더 이상 마카무크라는 이름으로 살지 못할 것이다. 앞으로는 잃어버린 체면으로 불리게 될 것이다. 그 수치스런 이력은 죽는 날까지 그를 따라다닐 것이다. 봄에 연어를 잡거나 여름에 물물교환을 하려고 모일 때면 부족민들은 모닥불 주위에 둘러앉아 그 모피 도둑이 잃어버린 체면의 손에 단 한칼에 평화롭게 죽은 이야기를 입에서 입으로 전할 것이다.

"잃어버린 체면이 누구였죠?" 어떤 건방진 젊은이가 그렇게 묻는 소리가 벌써부터 그의 귀에 들리는 듯했다. "아, 잃어버린 체면, 모피 도둑의 머리를 자르기 전까지만 해도 마카무크라고 불렸던 사람이지"라고 답하는 소리도.

THE PRIESTLY PREROGATIVE
1899

성직자의 특권

JACK LONDON

이것은 아내의 진가를 인정하지 않았던 한 남자와 남편에게 헌신하며 그를 존경해마지 않았던 한 여자에 관한 이야기다. 덧붙여 말하면, 절대 거짓말을 하지 않는다는 예수회 사제와도 관계가 있다. 그는 부수적이지만 유콘 지역에 꼭 필요한 인물이었다. 그러나 다른 두 인물의 존재는 아주 우연적이었다. 그들은 골드 러시의 한복판에 올라탔거나 맨 꽁무니에 따라붙은 이상한 떠돌이들의 표본이었다.

에드윈 벤담과 그레이스 벤담은 떠돌이였다. 또한 꽁무니에 따라붙은 자들이었다. 1897년에 시작된 클론다이크 골드 러시는 그 후 오랫동안 그 넓은 강을 휩쓸고서 기근에 시달리는 도슨으로 빠져나갔다. 이 떠돌이 부부가 파이브핑거래피즈에 당도한 것은 유콘 강이 흐름을 멈추고 1미터 두께의 얼음 아래 잠들어 있을 때였다. 황금의 도시는 아직도 몇 밤이나 걸리는 저 먼 북쪽에 있었다.

그해 가을 이곳에서는 많은 소떼가 도살당해 고기 부스러기가 산더미로 쌓여 있었다. 에드윈 벤담과 그의 아내를 동행한 여행자 세 명은 이 고기 더미를 보고서 잠시 주판알을 튕겨보더니 이것이 노다지가 될 수 있다고 여겨 그곳에 남기로 했다. 겨우내 그들은 소의 뼈와 얼어붙은 가죽을 자루에 담아 굶주린 썰매 팀들에게 팔았다. 그들이 요구한 가격은 파운드당 1달러로 적정했고, 그대로 받아들여졌다. 6개월 후 해가 돌아와 유콘 강이 깨어났을 때 그들은 무거워진 전대를 허리춤에 단단히 매고 남쪽 땅으로 돌아갔다. 그곳에 가서는 본 적조차 없는 클론다이크에 대해 허풍을 늘어놓으며 살 터였다.

그러나 에드윈 벤담은 게으른 자였다. 아내가 없었다면 그도 그 세 사람처럼 얼씨구나 하고 개먹이를 팔아 한몫 챙기고 끝냈을 것이다. 사실 그녀는 남편의 허영심을 이용해 그가 얼마나 대단하고 강한 사람인지, 당신 같은 사람이야말로 온갖 장애를 이기고 황금 양모를 얻을 수 있다고 말해주었다. 그 말에 그는 목에 힘을 잔뜩 주고 자기 몫의 뼈와 가죽을 팔아 썰매 한 대와 개 한 마리를 사서 눈신의 방향을 북쪽으로 돌렸다. 말할 필요도 없이 그레이스 벤담은 남편의 발을 한시도 쉬지 못하게 했다. 그뿐 아니라 고생길에 들어선 지 사흘도 안 돼 남자는 뒤처져서 따라가고 여자가 길을 내며 앞서갔다. 물론, 누가 보인다 싶으면 그 위치는 즉각 바뀌었다. 그래서 고요한 눈길을 유령처럼 지나가는 여행자들은 그를 남자다운 사람으로만 알았다. 이 세계에는 그런 남자들도 있다.

그런 남자와 그런 여자가 어떻게 결혼까지 하게 되었는지는 이 이야기에서 중요하지 않다. 이런 일은 흔히 있다. 그렇게 결혼하는 사람이든, 심지어 그런 결혼에 의문을 제기하는 사람이든 영원히 함께하자는 아름다운 서약을 쉽게 저버리곤 한다.

에드윈 벤담은 운 나쁘게도 남자의 몸속으로 들어간 사람이었다. 나비의 날개는 아무렇지 않게 한 장 한 장 뜯을 수 있지만, 자기보다 몸집도 작고 마르긴 해도 용기 있는 사람 앞에서는 무서워서 움츠러드는 자였다. 콧수염과 키는 어른의 것이었지만 그 모습 뒤엔 이기적인 겁쟁이가 숨어 있었다. 그는 문화와 관습이라는 그럴싸한 겉치장으로 남을 속였다. 그랬다, 그는 사교술에 능한 사람이었다. 상류사회의 기능과 무의미한 행동도 온갖 감언이설로 치장할 줄 아는 자였다. 허풍이나 떨고, 이가 아프다고 엄살을 부리는 그런 자였다. 결혼을 하면 금단의 땅에서 어린잎을 따먹은 파렴치한 난봉꾼보다도 더 한 여자의 인생을 지옥으로 몰아넣는 자였다. 우리는 이런 남자들을 매일 만나지만, 그들이 그런 사람인지는 좀처럼 알지 못한다. 결혼에 버금가는, 이런 자들을 판가름하는 가장 좋은 방법은 그들과 일주일만이라도 한솥밥을 먹고 같은 이불을 덮고 자는 것이다. 더도 덜도 필요 없다.

그레이스 벤담을 만나보면 그녀가 얼마나 가냘프고 소녀 같은지 알 수 있다. 그녀를 겪어보면 상대를 위축시키면서도 여자의 모든 속성을 간직하고 있는 영혼임을 알 수 있다. 그녀는 남편에게 북극 탐험을 열심히 권장하고 독려하고, 보는 사람이 없을 때 남편을 위해 길을 내며, 여자라는 약한 신체조건 때문에 남몰래 우는 그런 여자였다.

그리하여 이 이상한 조합의 부부는 옛 포트셀커크로 가서 160킬로미터나 되는 쓸쓸한 황야를 지나 스튜어트 강까지 여행했다. 짧은 낮이 물러나고 남자가 눈 속에 누워 엉엉 울었을 때 그를 채찍질해 썰매에 태우고, 팔다리가 쑤시고 아파 입술을 깨물며, 개를 도와 맬러뮤트 키드의 오두막까지 그를 데려간 것도 그녀였다. 맬러뮤트 키드는 오두막을 비우고 없었지만, 독일 상인 마이어스가 무스 고기로 커다란 스테이크를 만들고 소나무 가지로 침상도 만들었다.

레이크와 랭햄과 파커는 흥분했다. 그 까닭을 고려하면 과도한 반응도 아니었다.

"어이 샌디! 소고기 사태살과 허릿살을 구별할 수 있나? 아무튼 와서 우릴 좀 도와줘!" 저장고에서 이런 요청이 터져나왔다. 랭햄은 그곳에서 네 등분해서 얼려놓은 몇 개의 무스 덩어리와 헛되이 씨름을 하고 있었다.

"생각을 좀 바꿔보라니까!" 파커가 명령했다.

"있지, 샌디. 좋은 친구가 있어. 미주리 천막으로 달려가 계피를 좀 빌려다줘." 레이크가 부탁했다.

"그래! 그래! 서둘러! 어서 가는……." 그런데 저장고에 있던 고기와 상자들이 무너져 이 위압적인 요구가 금세 묻혀버렸다.

"어서 가, 샌디. 미주리까지는 1분도 안 걸릴 거라……."

"샌디한테 맡겨." 파커가 끼어들었다. "식탁을 치워놓지 않으면 비스킷반죽을 어떻게 만들란 거야?"

결정을 못 내리고 있던 샌디는 불현듯 자신이 랭햄의 '하인'이란 사실을 떠올렸다. 그는 미안해하며 행주를 내던지고 주인을 구하러 갔다.

유복한 조상들의 이 전도유망한 자손들은 많은 돈과 각자의 '하인'을 거느리고 월계관을 찾아 북극으로 왔다. 운 좋게도 다른 두 하인은 전설의 석영 광맥을 찾아 화이트 강으로 올라갔다. 그래서 샌디는 건장한 세 주인의 비위를 맞춰야 했다. 그들은 저마다 독특한 요리 취향을 가지고 있었다. 그날 아침만 해도 두번이나 오두막이 날아갈 뻔했는데, 이들 기사님들 중 누군가가 통 크게 풍로를 양보해 위험을 피할 수 있었다. 그리하여 마침내 공동 창작품인 진짜 맛있는 저녁이 완성되었다. 저녁을 먹고 나서는 셋이서 카드놀이를 했다. 싸움의 구실이 될 만한 적의를 없애고 이긴 사람이 아주 중요한 임무를 띠고 떠날 수 있게 하는 게임이었다.

이 행운은 파커에게 돌아갔다. 그는 머리 가르마를 한가운데 타고서 장갑을 끼고 곰 가죽으로 만든 모자를 쓰고 맬러뮤트 키드의 오두막까지 걸어왔다. 그리고 그레이스 벤담과 맬러뮤트 키드를 데리고 오두막으로 돌아왔다. 그레이스 벤담은 헨더슨 크리크(시내) 광산을 보러 간 남편이 그들의 환대를 함께하지 못한 것을 아쉬워했고, 맬러뮤트 키드는 스튜어트 강까지 길을 닦느라 아직까지 신경이 조금 곤두서 있었다. 마이어스도 초대를 받았지만 그는 홉 열매로 빵을 만드는 실험에 심취해 그 제안을 거절했다.

어쨌거나, 그들에겐 여자의 남편이 없는 것은 문제되지 않았다. 그러나 여자는 아니었다. 겨울 내내 여자라곤 본 적이 없는 그들에게 이 여자의 출현은 그들의 삶에 새로운 장을 열어줄 듯했다. 그들은 대학생이자 신사들이었다. 이들 세 젊은이는 육체적 쾌락을 갈구했지만 너무나 오랫동안 거부당해왔다. 어쩌면 그레이스 벤담도 비슷한 갈증을 느꼈을지 모른다. 어쨌거나 그 시간은 그녀에게도 기나긴 어둠 끝에 찾아든 빛의 시간이었을 것이다.

그러나 팔방미인 레이크가 준비한 첫 번째 요리가 나오자마자 시끄럽게 문을 두드리는 소리가 났다.

"오! 아! 들어오시겠습니까, 벤담 씨?" 누가 왔는지 보러 나간 파커가 말했다.

"내 아내가 여기 있습니까?" 그 양반은 무뚝뚝하게 물었다.

"아, 네. 마이어 씨에게 전갈을 남겨두었는데." 파커는 속으로는 대체 그걸 왜 묻는 거지 생각하면서 최대한 부드럽게 말하려 애썼다. "들어오시겠습니까? 언제든 오실 줄 알고 자리를 마련해두었습니다. 마침 첫 번째 요리를 먹으려던 참이었습니다."

"들어와요, 에드윈, 여보." 그레이스 벤담은 식탁에 앉은 채로 큰 소리로 말했다.

파커는 자연스럽게 비켜섰다.

"난 내 아내한테 볼일이 있소." 벤담은 쉰 소리로 되풀이해 말했다. 소유권자의 불쾌감이 짙게 밴 억양이었다.

파커는 숨을 훅 들이켰다. 버릇없는 방문객의 면상에 주먹을 날리고 싶었지만 가까스로 참았다. 모두가 일어섰다. 레이크는 몹시 흥분해 "꼭 가셔야 합니까?"라는 말을 내뱉고 말았다.

뒤이어 이런저런 작별인사가 오갔다. "정말 감사했어요." "무척 아쉬워요." "천만에요! 분위기가 얼마나 밝아졌는데요." "이젠 정말." "너무 너무 고마웠어요." "도슨까지 즐거운 여행 되십시오." 등등.

그렇게 해서 그 어린 양은 어쩔 수 없이 재킷을 입고 도살장으로 끌려갔다. 문이 꽝 닫혔을 때 세 남자는 슬픈 얼굴로 휑해진 식탁을 응시했다.

"빌어먹을!" 랭햄은 욕을 해서 좋을 게 없다는 걸 일찍이 경험해서인지 욕이 박력 없고 밋밋했다. "빌어먹을!" 그는 같은 욕을 되풀이했다. 그 말만으로는 뭔가 부족하다 싶어 더 그럴싸한 욕을 찾아보았지만 허사였다.

영리한 여자는 불요불굴의 정신으로 무능한 남자의 많은 약점을 채워주고, 그의 우유부단한 성격을 보강해주고, 자신의 야심을 그의 영혼에 불어넣고, 그를 독려해 위업을 달성하게 만들 수 있다. 진실로 영리하고 재치 있는 여자는 이 모든 것을 할 수 있다. 그것도 남자가 모든 공을 인정받고 모든 것을 자기 힘으로만 이루었다고 철썩같이 믿을 만큼 교묘하게 그렇게 할 수 있다.

그레이스 벤담이 추진한 방식이 그것이었다. 약간의 밀가루와 소개장 몇 장을 들고 도슨에 도착한 그녀는 곧바로 덜떨어진 남편을 전면에 내세우는 작업에 몰두했다. P.C. 회사의 운명을 관장하는 무례한 야만인의 단단한 마음을 녹여 신용을 얻어낸 것도 그녀였다. 그러나 표면상 인정을 받는 이는 언제나 에드윈 벤담이었다. 그녀는 어린애 같은 남편을 끌고 강을 오르내리고, 노천굴 계단과 분수령을 넘고, 야생동물에 쫓겨 수없이 도망을 쳤다. 그러나 사람들은 벤담이 얼마나 에너지가 넘치는 사람인지를 이야기했다. 지도를 연구하고, 광부들에게 꼬치꼬치 묻고, 그의 텅 빈 머릿속에 지형과 위치를 주입시킨 것도 그녀였다. 그 결과 그 지역을 두루 꿰뚫고 현지 사정까지 잘 아는 그에게 모두들 감탄했다. 물론 그들은 아내 되는 사람이 호인이라고 말했다. 그리고 몇몇 현명한 사람들만이 그 용감하고 작은 여인의 진가를 인정하고 그녀를 불쌍히 여겼다.

일은 그녀가 하고, 명성과 보답은 그가 입었다. 서북부 속령 지역에서는 기혼 여성이 말뚝을 쳐서 강이나 단구나 석영 광구에 대한 소유권을 주장할 수 없었다. 그래서 에드윈 벤담이 골드 커미셔너라는 지역 행정소로 가서 프렌치 힐의 두 번째 단인 23단구를 채굴하겠다고 신청했다. 4월 들어서부터 그들이 하루에 세광하는 금은 천 달러나 되었고, 그런 날이 오래오래 이어질 듯했다.

프렌치힐의 기슭에는 엘도라도 강이 흐르고 있었다. 그 강의 한 광구에 클라이드 와튼의 오두막이 있었다. 지금은 금을 날마다 천 달러어치씩 캘 수 있는 것은 아니었다. 하지만 광석 더미가 여기저기 생겨나고 있어 그 더미들을 사금 채취통에 담아 얕은 여울에 일주일 정도 넣어두면 수십만 달러어치가 될 날이 올 것이다. 그는 종종 오두막에 앉아 파이프를 피우며 아름다운 꿈을 꾸었다. 그 꿈에서는 광석 더미도 P.C. 회사의 커다란 금고 속에 들어 있는 반 톤이나 되는 금가루도 등장하지 않았다.

그레이스 벤담도 언덕 중턱에 자리한 오두막에서 양철 접시를 닦을 때면 엘도라도 강을 내려다보며 꿈을 꾸곤 했다. 광석 더미나 사금 가루와는 상관이 없는 꿈이었다. 자신의 광구로 가려면 상대의 광구를 지나쳐야 했기 때문에 그들은 서로 자주 부딪쳤다. 북극의 봄에 대해선 얘깃거리가 많은 법이다. 그러나 두 사람은 눈빛으로든 혀끝으로든 한 번도 속내를 내보인 적이 없었다.

처음에는 사정이 이러했다. 그러던 어느 날 에드윈 벤담은 짐승처럼 굴었다. 사내들이란 원래 그렇다. 게다가 프렌치 힐의 왕이 되자 그는 자신만을 생각하고 아내에게 빚진 것들은 죄다 잊기 시작했다. 이날 그런 소문을 들은 와튼은 그레이스 벤담을 불러 세워 격하게 말했다. 안 듣는 척하면서도 그녀는 그의 반응에 무척 기뻐했고, 그에게 다시는 그런 말을 입에 담지 말라고 당부했다. 아직은 때가 아니었다.

그러다 돌고도는 해가 잠시 돌아와 캄캄한 한밤에 희붐한 새벽빛이 들기 시작하고, 눈이 녹고, 녹은 물이 다시 유빙에 부딪치고, 세광이 시작되었다. 밤낮으로 누런 흙과 반질반질한 기반

암이 빠른 봇물을 타고 내려와 남쪽에서 온 강한 남자들에게 제 몸값을 치렀다. 그리고 그런 어수선한 시기에 그레이스 벤담의 때가 왔다.

사람마다 언제고 그런 때가 오는 법이다. 다시 말해 쉬이 흥분하는 사람에게 찾아든다. 방정한 사람들은 본래부터 덕을 사랑해서가 아니라 게을러서 그런 것뿐이다. 그러나 인간의 나약함을 아는 사람이라면 이해할 것이다.

에드윈 벤담이 포크스의 술집 카운터에서 금가루의 무게를 잰 뒤 소나무로 만든 카운터 위로 금가루를 너무 많이 넘겨주고 있을 때 그의 아내가 언덕을 내려와 클라이드 와튼의 오두막으로 슬그머니 들어갔다. 와튼으로선 전혀 예상 밖의 일이었지만, 예상을 했든 안 했든 상황은 변하지 않았을 것이다. 만약 루보 신부가 강변길에서 길을 잘못 들어 이 광경을 보지 않았다면 차후의 많은 불행과 쓸데없는 기다림을 피할 수 있었을지 모른다.

"나의 아들이여……."

"잠깐만요, 신부님! 제가 비록 믿음을 저버리긴 했지만 전 신부님을 존경합니다. 하지만 이 여자와 저 사이에 끼어들진 마십시오!"

"당신이 무슨 짓을 하는지 알고 있소?"

"압니다! 전지전능한 신이 절 영원한 지옥불 속에 내던진다 해도 이 문제만큼은 제 의지대로 하겠습니다."

와튼은 그레이스를 등받이 없는 의자에 앉혀놓고 그 앞에 버티고 섰다.

"신부님은 저 의자에 조용히 앉아 계십시오. 지금은 제 차례입니다. 신부님 차례는 그다음입니다." 와튼이 신부를 돌아보고 말했다.

루보 신부는 공손히 머리를 숙이고서 그 말을 따랐다. 그는 느긋한 사람이었고 때를 기다릴 줄 알았다. 와튼은 등받이 없는 의자를 여자 옆으로 당겨서 앉고 그녀의 손을 감쌌다.

"그럼 당신은 날 돌봐주고, 데리고 떠날 건가요?" 남자가 평온하니 여자의 얼굴도 덩달아 그렇게 보였다. 어쩌면 그녀는 부빌 언덕이 필요해 그에게 끌렸는지 모른다.

"소중한 이여, 내가 전에 했던 말 기억해요? 물론 난……."

"하지만 어떻게요? 세광으로요?"

"그게 걱정되는 겁니까? 어차피 그 일은 루보 신부에게 맡길 겁니다. 그분이 금가루를 안전하게 회사에 예치할 거라고 믿으니까요."

"그런 생각을 하다니! 다시는 남편을 보지 않겠어요."

"반가운 소리군요!"

"떠나다니, 오, 클라이드, 난 못해요! 난 못해요!"

"저런, 저런. 물론 당신은 할 수 있어요. 계획은 내게 맡겨요. 함정만 몇 개 만들어지면 바로 떠나는 겁니다, 그리고……."

"그가 돌아오면요?"

"모조리 으깨버려……."

"안 돼요, 안 돼요! 싸움은 안 돼요, 클라이드! 약속해줘요."

"좋아요! 그럼 사람들에게 그를 쫓아내자고만 말하죠. 다들 그자가 당신을 어떻게 대하는지도 봤고, 그를 썩 좋아하지도 않으니까."

"그건 안 돼요. 그를 다치게 해선 안 돼요."

"그럼 어쩌란 거요? 그가 여기 와서 내 눈앞에서 당신을 데리고 가게 하란 겁니까?"

"아니……에요." 그녀는 그의 손을 부드럽게 어루만지며 속삭이듯 말했다.

"그럼 내게 맡기고 걱정 말아요. 그를 다치게 하진 않을 테니. 당신이 다치든 말든 그자는 돈 되는 땅만 신경 쓸 거요! 우린 도슨으로 돌아가지 않을 겁니다. 일꾼 두 명에게 유콘으로 가는 여행 장비와 장대 배를 준비해달라고 전해놓겠소. 우린 분수령을 넘고 뗏목으로 인디언 강을 내려가 그들을 만날 겁니다. 다음엔……."

"다음엔?"

그녀가 그의 어깨 위에 머리를 기댔다. 그들의 목소리는 애무하듯 더 낮아지고 부드러워졌다. 신부는 불안해 미칠 지경이었다.

"다음에는요?" 그녀가 다시 물었다.

"장대 배를 타고 상류로, 상류로, 상류로 가서 화이트호스래피즈와 박스캐니언 사이의 육로를 지날 겁니다."

"그리고요?"

"식스티마일 강으로, 그다음엔 칠쿠트, 다이아, 솔트워터 호수로 갈 겁니다."

"하지만 와튼, 난 장대를 쓸 줄 몰라요."

"무슨 바보 같은 소릴! 시트카 찰리가 있어요. 그는 좋은 수로와 최고의 야영지를 알고 있어요. 인디언이지만 그는 내가 본최고의 길잡이예요. 당신은 배 한가운데 앉아 노래나 부르고, 클레오파트라 흉내나 내고, 모기들하고 싸우기만 하면 돼요. 아, 다행히 아직은 모기철이 아니군요."

"다음에는요. 오, 나의 안토니우스?"

"다음에는 증기선을 타고 샌프란시스코로, 세상으로 가는 겁니다! 이 저주받은 감옥으론 절대 돌아오지 맙시다. 생각해봐요! 세상을, 우리가 선택할 세상을 말이오! 난 모두 처분할 겁니다. 왜, 우린 부자니까! 그 땅에 남아 있는 것만 해도 월드월스 신디케이트가 50만 달러를 줄 겁니다. 광석 더미와 P.C. 회사에서는 그 두 배를 벌었어요. 1900년에는 파리 박람회에 가도록 하죠. 당신이 가자고 하면 예루살렘에도 갈 겁니다. 이탈리아 궁전을 사면 당신은 마음껏 클레오파트라처럼 살 수 있어요. 아니, 루크레티아(고대 로마 전설에 나오는 열녀의 이름─옮긴이)도, 아크테도, 당신이 원하는 무엇이든 될 수 있어요. 하지만 이것만은, 이것만큼은 되지……."

"카이사르의 아내라면 나무랄 데가 없을 거예요."

"물론 그렇지만……."

"하지만 당신의 아내가 되진 못하겠죠, 그렇죠?"

"그런 뜻이 아니었어요."

"하지만 당신은 날 딱 그만큼만 사랑할 거고, 그 이상은 생각하지 않을 거예요. 그래요! 당신도 다른 남자들과 다를 게 없어요. 점점 싫증을 낼 거고, 또, 또⋯⋯."

"내가 어떻게 하면 되겠소? 내가⋯⋯."

"약속해줘요."

"그래요, 그래요, 약속하죠."

"너무 쉽게 말하는군요, 와튼. 하지만 당신이 어떻게 알겠어요, 난들 어떻게 알겠어요? 난 줄 게 너무 없지만, 이만큼뿐이고 내가 가진 전부인걸요. 오, 클라이드! 날 버리지 않겠다고 약속해주겠어요?"

"이런, 이런! 벌써부터 의심을 하다니. 죽음이 우릴 갈라놓을 때까지, 버리지 않겠어요."

"생각해봐요! 난 남편에게도 그 말을 한 적이 있어요, 그런데 지금은?"

"지금은, 내 작은 연인이여, 그런 걱정은 더 이상 하지 말아요. 물론 난 절대, 절대 그러지 않을 데니, 그리고⋯⋯."

처음으로 입술과 입술이 맞닿았다. 창문으로 강변길을 보고 있던 루보 신부는 더 이상 그 긴장 상태를 참을 수가 없었다. 그는 헛기침을 하며 고개를 돌렸다.

"이제 신부님 차례입니다!" 와튼의 얼굴은 첫 포옹의 열기로 벌겋게 달아올라 있었다. 다른 사람에게 바통을 넘기는 그의 목소리는 상당히 들떠 있었다. 당연하다고 그는 생각했다. 그건 그레이스도 마찬가지였다. 신부와 마주했을 때 그녀의 입가에는 미소가 떠돌고 있었다.

"나의 딸이여." 신부는 입을 열었다. "그대 때문에 내 심장이 피를 흘리고 있소. 이건 꿈이오, 그럴 순 없어요."

"왜요, 신부님? 전 대답을 했어요."

"당신은 자신이 무슨 짓을 하는지 모르고 있소. 당신이 신 앞에서, 당신의 남편 되는 사람에게 했던 맹세를 생각하지 않았어요. 그 맹세가 얼마나 신성한 것인지를 깨닫게 하는 것이 나의 의무입니다."

"만약 깨닫고서도 거부하는 거면요?"

"그렇다면 신……."

"어떤 신이요? 제 남편은 제가 숭배하고 싶지 않은 신을 모셔요. 그런 신들이 많이 있어요."

"나의 딸이여! 그 말을 물리시오! 아! 그런 뜻이 아니었겠죠. 이해합니다. 내게도 그런 순간들이 있었으니." 잠시 신부는 본국인 프랑스로 돌아간 듯 생각에 잠긴 슬픈 얼굴로 남자와 여자 사이를 떠다녔다.

"그렇다면 신부님, 신은 절 버리신 걸까요? 제가 다른 여자들보다 사악한가요? 전 그 남자와 살면서 불행해졌어요. 한데 왜 더 불행해져야 하나요? 전 행복을 거머쥐면 안 되나요? 전 남편에게 돌아갈 수도 없고, 돌아가지도 않을 거예요!"

"오히려 신이 버림을 받았어요. 돌아가요. 남편에 대한 짐을 내려놓으면 어둠이 걷힐 겁니다. 오, 나의 딸이여……."

"아니요, 소용없어요. 제가 뿌린 씨는 제가 거두겠어요. 전 가겠어요. 신이 절 벌하신다 해도 어쨌든 참아낼 거예요. 신부님은 이해 못해요. 여자가 아니니까요."

"내 어머닌 여자였습니다."

"하지만……."

"그리스도도 여자의 몸에서 났습니다."

그녀는 대답하지 않았다. 침묵이 깔렸다. 와튼은 초조하게 콧수염을 잡아당기며 강변길을 주시했다. 그레이스는 결심이 굳은 얼굴로 팔꿈치를 식탁에 기댔다. 입가에 떠돌던 미소는 사라지고 없었다. 루보 신부는 화제를 바꿨다.

"아이들이 있습니까?"

"한때는 원했지만, 지금은 아니에요. 감사하고 있어요."

"어머니는요?"

"있어요."

"당신을 사랑하십니까?"

"그럼요." 그녀는 작은 소리로 대답했다.

그럼 오빠는? 문제될 것 없어요, 이미 어른이니까. 그럼 자매는?

그녀는 머리를 수그리며 떨리는 목소리로 "있어요" 하고 대답했다.

"동생인가요? 얼마나?"

"7년이요."

"이 문제를 곰곰이 생각해보았습니까? 식구들에 대해서요? 어머니는요? 여동생은요? 여자로서의 삶을 앞두고 있는 여동생에게 부인의 이 무모한 행동이 어떤 영향을 끼치겠습니까. 동생에게 다가가 그녀의 해맑은 얼굴을 바라보고, 그녀의 손을 잡고 그녀의 볼에 당신의 볼을 부빌 수 있겠습니까?"

그 말을 듣자마자 그녀의 머릿속에 눈에 선한 이미지가 그려 졌다. 순간적으로 그녀는 "안 돼! 안 돼!"라고 소리치며 채찍에 맞은 에스키모개처럼 몸을 움츠렸다.

"그러나 부인은 이 모든 걸 직시해야 합니다. 그것도 바로 지금 여기서 말이죠."

신부의 눈엔 연민이 가득한 반면, 팽팽히 긴장되어 있는 얼굴 엔 측은해하는 기색이 전혀 없었다. 그녀는 신부의 눈을 보지 못 했다. 식탁에서 얼굴을 들고 눈물을 억지로 삼키며 자제하려 애 썼다.

"전 떠날 거예요. 식구들은 두 번 다시 절 못 볼 거고, 차츰 잊을 거예요. 그들에게 전 죽은 사람이 되겠죠. 전 오늘 클라이 드와 함께 떠날 거예요."

모든 게 끝난 듯했다. 와튼이 앞으로 나서자 신부가 손으로 그를 저지했다.

"부인은 아이를 원했습니까?"

그녀는 조용히 "네"라고 대답했다.

"기도도 했습니까?"

"가끔이요."

"아이들이 있었다면 어땠을까요?" 루보 신부의 두 눈은 창가 에 있는 남자를 잠시 응시했다.

그녀의 얼굴 위로 어떤 빛이 스치고 지나갔다. 그리고 의미심장한 표정이 떠올랐다. 그녀가 그만하라는 듯 손을 들었지만 신부는 계속 말했다.

"부인이 천진난만한 아기를 안고 있는 그림을 그려보십시오, 남자아인가요? 여자애한텐 세상이 그다지 가혹하지 않죠. 왜냐, 당신 가슴이 쓰라릴 테니까요! 그리고 다른 아이들을 볼 때 아들이 있으면 자랑스럽고 행복하지 않았을까요?"

"오, 제발! 그만하세요!"

"속죄양은……."

"그만! 그만! 돌아가겠어요!" 그녀는 결국 무릎을 꿇었다.

"악을 모르고 자라난 아이를 향해 어느 날 세상은 약해빠졌다고 욕을 퍼붓습니다. 아이는 어린 시절을 돌아보며 자신을 낳아준 당신을 저주할 겁니다!"

그녀는 바닥에 엎어졌다. 신부는 한숨을 쉬며 그녀를 일으켜 세웠다.

와튼이 다가서려 하자 그녀는 물러서라는 손짓을 해보였다.

"가까이 오지 말아요, 클라이드! 난 돌아가겠어요!" 눈물이 그녀의 얼굴 위로 처량하게 흐르고 있었지만, 그녀는 눈물을 닦으려 하지 않았다.

"이대로 말입니까? 그럴 수 없어요! 난 당신을 보내지 않을 겁니다!"

"손대지 말아요!" 그녀는 몸을 부르르 떨며 물러섰다.

"손댈 겁니다! 당신은 내 겁니다! 알겠어요? 내 거라고요!" 와튼은 신부에게 달려들었다. "당신의 그 잘난 혀를 놀리게 하다니 내가 얼마나 어리석었던가! 당신이 보통 사람이 아닌 걸 신께 감사하시오. 그렇게 성직자의 특권을 행사해야겠어요, 네? 아니, 이미 행사했죠. 이제 내 집에서 나가주십시오, 아니면 당신이 누구인지 어떤 사람인지 무시해버릴 테니까!"

루보 신부는 인사를 꾸벅 하고서 그녀의 손을 잡고 문으로 향했다. 와튼이 두 사람을 떼어놓았다.

"그레이스! 당신은 날 사랑한다고 하지 않았나요?"

"그랬어요."

"지금도 그래요?"

"그래요."

"다시 한 번 말해보아요."

"당신을 정말로 사랑해요, 클라이드, 정말로."

"보십시오, 신부님!" 그가 소리쳤다. "들으셨죠. 저 입술에서 나온 저 말을 듣고도 그녀를 돌려보내 그 남자와 지옥 속에서 거짓 삶을 살라 하십니까?"

그러나 루보 신부는 여자를 구석방으로 들여보낸 다음 문을 닫았다. "그만!" 그는 작은 소리로 이렇게 말하고서 등받이 없는 의자에 편히 앉았다. "그녀를 위해서라는 걸 기억해주시오." 그가 덧붙여 말했다.

그때 문을 두드리는 쾅쾅 소리가 울렸다. 빗장을 벗기자 에드윈 벤담이 들어섰다.

"제 아내를 못 봤습니까?" 인사를 나누자마자 그가 물었다.

두 사람은 못 봤다며 고개를 저었다.

"오두막에서 나간 발자국은 있는데, 여기 맞은편 강변길에서 발자국이 끊어져 있어서 말이죠." 그는 머뭇머뭇 말했다.

두 청취자는 따분해 보였다.

"제, 제 생각엔……."

"부인은 여기 있었습니다!" 와튼이 버럭 소리쳤다.

신부는 눈빛으로 그의 입을 막았다. "부인의 발자국이 이 오두막을 향하고 있었습니까, 에드윈 씨?" 루보 신부는 교활했다. 한 시간 전 이 오두막으로 오면서 세심하게도 여자의 발자국을 모두 지워버린 것이다.

"찾아보진 않았습니다만……." 다른 방이 의심스럽다는 듯 그의 눈이 그쪽 문에 쏠렸다가 신부를 향했다. 신부는 고개를 저었다. 그러나 의심은 가셔지지 않았다.

루보 신부는 무언의 기도를 짧게 올린 후 일어섰다. "절 의심하시는 듯하니……." 신부는 마치 문을 열 것처럼 걸어갔다.

신부는 거짓말을 할 수 없다. 에드윈 벤담은 그렇다는 말을 종종 들었고, 실제로 그렇게 믿었다. "아닙니다, 신부님." 그는 얼른 제지했다. "제 아내가 어딜 갔는지 궁금했던 것뿐입니다. 프렌치 협곡에 있는 스탠턴 여사 집에 갔을지도 모르겠군요. 날씨가 좋습니다, 안 그렇습니까? 소식 들으셨습니까? 밀가루 값이 50킬로그램에 40달러까지 내려갔다는군요. 그리고 새로운 사람들이 강을 따라 몰려오고 있답니다. 그럼 전 이만 가보겠습니다. 안녕히 계십시오."

문이 쾅 닫혔다. 두 사람이 창문으로 보니 에드윈 벤담은 프렌치 협곡으로 올라가고 있었다.

몇 주 후 6월의 만조가 시작되자마자 두 남자는 카누를 강 한 가운데에 띄워 어떤 버려진 소나무에 매었다. 그러자 밧줄이 팽팽해지면서 곧 부서질 것만 같던 배를 예인선처럼 확 당겨주었다. 루보 신부는 상류 지역을 떠나 미누크에 있는 인디언 아이들에게 돌아가라는 지시를 받았다. 그 아이들 속에는 백인 남자들도 있었는데, 그들은 고기는 잡지 않고 술병의 신만 부여잡고 살았다. 맬러뮤트 키드도 하류 지역에 볼일이 있었다. 그래서 키드와 신부는 함께 여행을 했다.

그러나 북극을 통틀어 신부가 아닌 인간 폴 루보를 아는 사람은 한 명뿐이었다. 바로 맬러뮤트 키드였다. 신부는 키드 앞에서만 사제복을 벗고 알몸을 보였다. 왜 아니겠는가? 이 두 남자는 서로를 잘 알았다. 끝없이 펼쳐진 망망대해의 베링 해, 미로처럼 답답한 대삼각주, 배로 곶에서 포큐파인으로 이어지는 혹독한 겨울 여행에서 그들은 생선 한 조각, 담배 한 개비, 가장 내밀한 생각까지 나눈 사이가 아니던가?

루보 신부는 닳아빠진 파이프를 뻐끔뻐끔 빨며 북쪽 지평선 끝에 음산하게 떠 있는 붉은 해를 응시했다. 맬러뮤트 키드는 시계의 태엽을 감았다. 자정이었다.

"기운을 내요, 친구!" 키드는 들은 이야기를 종합하고 있었다. "그런 거짓말쯤은 신도 틀림없이 용서할 겁니다. 진실을 말하는 어떤 사람의 말을 전해드리죠.

그녀가 무슨 말을 했든 그대는 입술을 봉해요,

비밀을 누설하는 자에겐 배반자의 낙인이 찍힐지니.

그녀에게 다가가기가 어렵다면, 가장 악의적인 거짓말이 해결책
이라면

그대의 입술이 움직이거나 들어줄 사람이 있는 한, 거짓말을 해요.

루보 신부는 입에서 파이프를 떼고 생각에 잠겼다. "맞는 말
이에요. 하지만 내 영혼은 그것 때문에 화가 난 게 아니에요. 거
짓말과 참회는 늘 신과 함께하죠. 하지만…… 하지만……."

"그럼 뭐가 문젭니까? 신부님의 손은 깨끗합니다."

"그렇지 않아요. 키드, 생각에 생각을 거듭해도 여전히 문제
는 남더군요. 난 알면서도 그 여자를 돌려보냈어요."

울새의 맑은 울음소리가 목조 제방에서 울려퍼지자 뇌조가
멀리서 날개를 파닥파닥 쳐댔고, 어떤 무스가 소용돌이치는 강
에서 시끄럽게 나타났다. 그러나 두 사람은 조용히 남배만 피워
댔다.

북극의 숲에서

JACK LONDON

녹초가 되어 마지막 남은 관목림과 무질서하게 퍼져 있는 잡목 숲을 지나 인색한 북극이 지구를 나 몰라라 할 것 같은 불모지의 심장부로 들어서면 드넓은 삼림지대와 미소 짓고 있는 광활한 땅을 발견할 수 있다. 그러나 세상은 이 세계를 이제 막 알기 시작했다. 그 세계를 알게 된 탐험가들은 간혹 있었지만, 돌아와 세상 사람들에게 알려준 이는 아직까지 없었다.

불모지. 그렇다, 그곳은 불모지다. 북극의 궂은 땅, 북극권의 사막, 사향소와 깡마른 네브라스카 늑대의 황량하고 냉엄한 고향이다. 그 땅을 발견한 것은 에이버리 반 브런트였다. 이끼와 지의류만 듬성듬성 덮여 있고 나무가 없어 음산하기 짝이 없는, 그래서 도통 마음이 가지 않는 땅이었다. 어쨌든 그가 이 땅을 발견하게 된 것은 지도의 하얀 여백 지점까지 들어갔다가 꿈에도 생각지 못한 울창한 가문비나무 숲과 기록에도 없는 에스키모 부족들을 우연히 만난 덕이었다. 애초 그의 취지는 이 하얀 여백을 산맥과 분지와 굽이진 강으로 세분하는 것이었다. 성공하면 명성도 얻을 수 있었다. 삼림지대와 원주민 마을들까지 발견한다면 덤으로 기쁘겠다고 그는 생각했다.

에이버리 반 브런트, 정확히 말해 지질학 측량부의 에이버리 반 브런트 교수는 이 탐험대의 부대장이었다. 그리고 텔론 강의 한 지류를 8백 킬로미터나 거슬러 오르는 주변 여행을 이끈 부분탐사대(sub-expedition)의 대장이었다. 그의 뒤를 남자 여덟 명이 터벅터벅 따르고 있었다. 두 명은 프랑스계 캐나다인 뱃사공이었고, 나머지는 건장한 체격을 갖춘 매니토바 주 부근의 크리족 인디언이었다. 에이버리만 순수 영국 사람이었다. 대대로 이어져온 조상의 피가 그의 혈관을 타고 맹렬히 고동치고 있었다. 클라이브와 헤이스팅스, 드레이크와 롤리 경, 헹기스트와 호사 형제들이 그와 함께 걸었다. 그를 이 외로운 북극 미 을로 이끈 것이 바로 그 조상들이었다. 그들을 생각하면 그는 어깨가 으쓱해지고 기분이 우쭐해졌다. 수행원들의 기록에 의하면 그는 다리에 피로를 못 느끼는 사람처럼 걸음이 저도 모르게 빨라졌다고 한다.

마을은 텅 비어버렸다. 마을 사람들이 우르르 그를 보러 나왔기 때문이다. 앞쪽에는 활과 창을 위협하듯 꽉 쥔 남자들이 있었고, 그 뒤에는 겁에 질려 주춤거리고 있는 여자들과 아이들이 있었다. 반 브런트가 오른팔을 쳐들어 보편적인 평화의 신호―누구나 아는 신호—를 보내자 마을 사람들도 안심하고 대답했다. 그런데 어찌된 일인지 가죽옷을 입은 남자가 뛰쳐나와 손을 쑥 내밀며 "안녕하시오"라고 귀에 익은 인사를 했다. 뺨과 이마가 볕에 그을려 구릿빛으로 변해 있고 턱수염이 난 남자였다. 반 브런트는 동족을 알아보았다.

"누구? 안드레?" 그는 그 남자가 내민 손을 잡고 물었다.

"안드레는 누구죠?" 그 남자가 되물었다.

반 브런트는 그를 더 찬찬히 뜯어보았다. "세상에, 여기서 대체 얼마나 있었던 거요."

"한 5년 됐죠." 남자가 대답했다. 자랑스러운 듯 그의 눈이 희미하게 반짝였다. "그건 그렇고, 이야기나 합시다."

반 브런트가 일행에게 눈짓을 보내자 남자가 대답했다. "내 옆에다 천막을 치라고 해요. 늙은 탄틀라크가 돌봐줄 거요. 따라오슈."

그는 몸을 흔들거리며 성큼성큼 걸어갔고, 반 브런트는 그의 뒤를 따라 마을로 들어섰다. 쓸 만한 땅이 있는 곳마다 무스 가죽으로 지은 집들이 들쭉날쭉 들어서 있었다. 반 브런트는 노련한 눈으로 가구 수를 세어보았다.

"새로 들어서는 집들을 제외하고 2백 채 정도 되겠군요." 그는 재빨리 간파했다.

남자는 고개를 끄덕였다. "꽤 근사치군요. 하지만 여긴 내가 사는 곳이고, 밀집지역을 벗어나 은둔해 사는 사람들도 있어요. 앉아요. 당신 부하들이 먹을 걸 준비해서 가져오면 같이 먹어야

겠소. 차 맛이 어땠는지 기억이 없어…… 근 5년을 맛이나 향이라는 것과는 담을 쌓고 살았소…… 혹 담배 있소? …… 아, 고맙소, 파이프도 있소? 됐어요. 이젠 불을 붙여 담배 맛이 옛날만 못한지 알아보아야겠소."

그는 벌목꾼처럼 아주 조심조심 성냥을 긁었고, 이 세상에 다른 빛은 존재하지 않는 듯 그 어린 불꽃을 소중히 다루고서 첫 담배 연기를 들이켰다. 잠깐 동안 입을 오므린 채 명상에 잠겨 있다 천천히 어루만지듯 연기를 내뿜었다. 그런 다음 상체를 뒤로 젖혔는데, 얼굴은 한결 온화해 보였고 눈은 부옇게 흐려져 있었다. 그는 더할 수 없이 만족스러운지 한숨을 길게 내뱉고서 불쑥 말했다.

"아이쿠! 하지만 맛은 기가 막히는군!"

반 브런트는 공감하듯 고개를 끄덕였다. "5년이라고 했나요?"

"5년이죠." 남자는 다시 한숨을 쉬었다. "당신은 그 5년 세월이 알고 싶겠지. 당연히 궁금할 밖에. 이런 기묘한 상황도, 이것저것 모두 다 말이오. 하지만 별것 없어요. 에드먼턴에서 사향소를 쫓아 여기까지 왔다가, 그물에 걸린 물고기처럼 재수가 없었던 거요. 일행도 놓치고 장비도 잃어버렸으니까. 굶주림, 고난, 유일한 생존자, 뭐 그런 빤한 이야기요. 그러다 여기, 탄트래치의 집까지 기어오게 되었다오."

"5년이라." 반 브런트는 머릿속으로 그 시간을 더듬듯 회상에 잠겨 중얼거렸다.

"지난 2월에 5년이 되었소. 5월 초에 그레이트슬레이브 강을 건넜죠."

"그렇다면 당신은…… 페어팩스?" 반 브런트가 불쑥 말했다.

남자는 고개를 끄덕였다.

"잠깐만…… 존, 그래 생각이 나요, 존 페어팩스."

"어떻게 알았죠?" 페어팩스는 조용한 대기 위로 소용돌이치며 올라가는 연기에 반쯤 파묻혀 나른하게 물었다.

"그 기사가 신문 지면을 가득 채웠으니까요. 프리반체가……"

"프리반체라고!" 페어팩스는 정신이 번쩍 드는지 일어나 앉았다. "그는 스모크 산맥에서 실종됐는데."

"그래요, 하지만 그는 난관을 헤치고 나왔어요."

페어팩스는 다시 상체를 젖히고 도넛 모양으로 담배 연기를 내뿜었다. "반가운 소식이군요." 그는 생각에 잠겨 말했다. "프리반체가 끈을 머리에 둘러 짐 지는 법을 생각해냈다면 대단한 거였소, 그런 애송이가. 난관을 헤쳐 나왔단 말이죠? 흠, 반가운 일이에요."

5년이라…… 그 문구가 계속해서 반 브런트의 머릿속에 둥둥 떠다녔다. 그리고 어쩐지 에밀리 사우스웨이드의 얼굴이 눈앞에 떠오르는 듯했다. 5년이라…… V자로 날고 있는 들새들이 머리 위에서 낮은 소리로 울다 야영지를 보고는 재빨리 방향을 북쪽으로 틀어 이글거리는 해를 향해 갔다. 반 브런트는 새들의 모습을 좇을 수가 없었다. 그는 시계를 꺼냈다. 새벽 한 시였다. 북쪽에 떠 있는 구름들은 핏빛으로 물들어 있었고, 칙칙한 붉은

빛이 음울한 숲을 붉게 태우며 남쪽으로 뻗어나갔다. 대기는 미동조차 없이 숨죽인 듯 고요해 아무리 작은 소리도 나팔소리처럼 크고 분명하게 들렸다. 크리족 인디언들과 뱃사공들은 그 분위기에 젖어 조용한 저음으로 중얼거렸고, 요리사도 무의식중에 그릇들이 딸그락거리지 않게 조심했다. 어디선가 아이 우는 소리가 들렸다. 숲 속 깊은 곳에서 어떤 여자의 구슬픈 목소리가 한 줄기 빛처럼 새어나왔다. "우-우-우-우-우-우-아-하하-하-아-하-아-아-아, 우-우-우-우-우우-아-하-아-하-아."

반 브런트는 몸을 부르르 떨며 손등을 박박 문질렀다.

"그래서 사람들은 내가 죽었다고 결론을 내렸소?" 페어팩스가 천천히 물었다.

"그렇죠, 당신은 돌아오지 않았고, 당신 친구들도 그랬으니까."

"금세 잊었겠구려." 페어팩스는 귀에 거슬리게, 까칠하게 웃었다.

"왜 돌아오지 않았소?"

"한편으론 내키지 않아서였고, 또 한편으론 어쩔 수 없는 상황 때문이었소. 그러니까, 탄트래치를 알게 됐을 때 그는 다리 하나가 부러져 있었어요. 골절이 심했죠. 그래서 내가 어긋난 뼈를 제대로 맞춰주었소. 난 여기 머물면서 기력을 되찾았어요. 탄트래치는 백인을 처음 보았다고 했소. 물론 난 현명하게 처신했고 부족 사람들에게 무진장 많은 것을 보여주었소. 무엇보다 용병술을 가르쳤는데, 그 덕에 그들은 다른 네 부족을 정복해

(당신은 아직 본 적이 없는 마을이죠) 그 땅을 지배하게 되었소. 자연스레 그들은 내 생각을 끔찍이 하게 되었고, 도가 지나쳐 내가 떠날 준비가 되었을 때 못 가게 막았소. 사실은 극진한 대접을 받았소. 호위병 두 명을 붙여 밤낮으로 날 감시했으니 말이오. 그러고 나선 탄트래치가 내게 권유를 했소. 말하자면 유도를 한 거죠. 어느 쪽이든 별 상관이 없었기 때문에 난 단념하고 남기로 한 거요."

"프라이부르크에 사는 당신 형을 알고 있소. 난 반 브런트라고 해요."

페어팩스는 불쑥 손을 내밀어 그와 악수를 나눴다. "빌리 형 친구였군요, 그렇죠? 불쌍한 형! 당신 얘기를 종종 했어요."

"한데 만남의 장소가 기묘하군요." 페어팩스가 덧붙여 말했다. 그는 원시적인 풍경을 두루 훑으며 여자의 구슬픈 울음소리에 잠시 귀를 기울였다. "남편이 곰에게 쥐어뜯겨 여자가 몹시 괴로워하고 있어요."

"짐승 같은 삶이군!" 반 브런트는 역겨워 얼굴을 찡그렸다. "5년이란 세월을 보냈으니 문명이 그리울 것도 같은데? 어떻소?"

페어팩스의 얼굴 표정이 굳어지기 시작했다. "아, 잘 모르겠소. 어쨌든 여기 인디언들은 정직하고 자신들의 판단에 따라 살지요. 게다가 놀라울 만큼 단순해요. 복잡한 게 없고, 미묘하게 얽힌 감정 따윈 털끝만치도 못 느껴요. 그들은 보편적이고 평범하고 오해의 여지없는 표현으로 사랑하고, 두려워하고, 미워하고, 화내고, 기뻐하죠. 짐승 같은 삶일지는 모르지만, 적어도 살기는 편해요. 여자를 희롱하지도, 농락하지도 않아요. 좋아하는 사람이 생기면 여자는 스스럼없이 좋아한다고 말해요. 싫으면 싫다고 말해요. 그 말을 들은 사람이 혹시라도 여자를 때릴 수도 있어요. 중요한 것은, 그 사람의 의사를 여자가 정확히 알고, 그 남자도 여자의 의사를 정확히 안다는 거죠. 의심할 것도, 오해할 것도 없단 말이죠. 문명의 들끓는 변덕에 비하면 매력적이지 않소. 이해하시겠소?"

"아니, 아주 멋진 삶이죠." 그는 잠시 끊었다가 계속 말했다. "나로서는 더할 나위 없이. 나는 여기 계속 있을 생각이요."

반 브런트는 생각에 잠긴 듯 고개를 숙였다. 그의 입가에 보일 듯 말 듯한 미소가 떠돌았다. 희롱도, 농락도, 오해도 없는 곳이라. 페어팩스도 괴로워하고 있다고 그는 생각했다. 에밀리 사우스웨이드의 오해로 그녀가 곰에게 쥐어뜯겼으니까. 그리고 칼튼 사우스웨이드도 그리 나쁜 곰은 아니었으니까.

"하지만 나와 함께 돌아갈 거죠." 반 브런트는 심사숙고해서 말했다.

"아뇨, 돌아가지 않을 거요."

"아니, 당신은 돌아갈 겁니다."

"여기가 살기 편하다고 하지 않았소." 페어팩스는 단호히 말했다. "난 모든 걸 이해하고, 또 이해받소. 울타리 사이로 나타났다 사라지는 해처럼 여름과 겨울이 오고가고, 빛도 그림자도 희미하고, 시간은 흐르고, 삶도 흐르고…… 그리고 숲에서는 구슬픈 소리가 들리고, 어둠이 찾아드오. 들어봐요!"

그는 손을 들었다. 여자의 슬픈 노랫가락이 한 줄기 빛처럼 정적을 뚫고 나왔다. 페어팩스는 조용히 그 노래를 따라 불렀다.

"우-우-우-우-우-우-아-하아-하-아-아아-아-아, 우-우-우-우-우-우-아-하-아-하-아." 그가 노래했다. "당신은 들리지 않소? 보이지 않소? 죽음을 애도하는 여자들이? 곡소리가? 인디언들처럼 땋은 내 백발은? 내 몸을 휘감고 있는 이 촌스런 화려함은? 옆구리에 찬 창은? 어느 누가 이걸 건강하지 않다고 하겠소?"

반 브런트는 냉담하게 그를 보았다. "페어팩스, 당신은 바보가 다 되었군요. 이런 데서 5년을 보내면 누구든 타격을 받겠죠. 당신의 상태는 건강하기는커녕 병적이에요. 게다가 칼튼 사우스웨이드는 죽었단 말이오."

반 브런트는 파이프에 담배를 채워 불을 붙이는 동안에도 탐험가답게 모든 걸 은밀히 관찰했다. 그 순간 페어팩스가 눈을 번득이며 주먹을 꽉 쥔 채 일어설 기미를 보였는데, 그러다 말고 털썩 앉아서 뭔가를 골똘히 생각했다. 요리사 마이클이 식사 준비가 다 됐다고 신호를 보내왔지만, 반 브런트는 기다리라고 손짓했다. 무거운 침묵이 돌았다. 그는 숲의 향기, 곰팡이와 썩어가고 있는 식물의 냄새, 솔방울과 솔잎 냄새, 많은 천막에서 피어오르는 향기로운 연기 맛을 분석하기 시작했다. 페어팩스는 두 번 얼굴을 쳐들었을 뿐, 말은 하지 않았다. 그런 다음 물었다.

"그럼…… 에밀리는……?"

"3년을 과부로 지냈소. 지금도 그렇고."

다시 긴 침묵이 이어졌다. 페어팩스가 마침내 천진한 미소를 띠며 침묵을 깨뜨렸다. "당신 말이 맞는 것 같소, 반 브런트. 나도 같이 가겠소."

"그리 나올 줄 알았소." 반 브런트는 페어팩스의 어깨 위에 손을 올렸다. "물론 알 수 없는 일이지만, 그녀 같은 처지에 있는 여자면 구혼을 많이 받았을 것 같은데."

"언제 출발할 거요?" 페어팩스가 그의 말을 가로막았다.

"선원들이 잠을 충분히 잔 다음에요. 그나저나 마이클이 더 화를 낼 테니 가서 식사나 합시다."

저녁 식사를 마치고 크리족 인디언들과 선원들이 담요를 둘둘 말고 코를 골며 자는 동안에도 두 남자는 꺼져가는 모닥불 옆을 떠나지 않았다. 이야기할 게 정말 많았다. 전쟁과 정치와 탐험, 남자들의 소행과 각종 사건사고들, 서로의 친구들, 결혼, 죽음, 페어팩스가 떠들어대는 5년의 세월 등등.

"그래서 에스파냐 함대는 산티아고에서 봉쇄됐소." 반 브런트가 이 말을 했을 때 웬 젊은 여자가 그의 앞을 사뿐히 지나 페어팩스 옆에 섰다. 그녀는 그의 얼굴을 휙 보고는 근심 어린 표정으로 반 브런트를 돌아보았다.

"탄트래치 추장의 딸이오, 일종의 왕녀죠." 페어팩스는 설명을 하면서 순진하게도 얼굴을 붉혔다. "간단히 말하면 날 붙잡아두기 위한 유인책의 하나였죠. 톰, 이쪽은 내 친구 반 브런트요."

반 브런트가 손을 내밀었지만 여자는 전체적인 외모와 잘 어울리는 경직된 평정을 유지했다. 굳은 표정으로 눈썹 하나 까딱하지 않았다. 그녀는 꿰뚫을 듯, 탐구하듯, 수색하듯 반 브런트의 눈만 뚫어지게 보았다.

"그녀는 이해가 빠른 편이요." 페어팩스는 큰 소리로 웃었다. "이런 소개는 처음이라. 그나저나 아까 에스파냐 함대가 산티아고에서 봉쇄됐다고 했소?"

톰은 남편 옆에 쭈그리고 앉았다. 그리고 동상처럼 가만히 앉아 두 눈만 번득이며 수색하듯 두 사람의 얼굴을 번갈아 보았다. 에이브리 반 브런트는 얘기를 계속했지만 그 말없는 응시가 신경 쓰였다. 가장 생생한 전투 장면을 묘사할 때는 그를 쏘아보는 검은 눈동자가 갑자기 크게 의식돼 말을 더듬기도 했지만, 곧 마음먹은 대로 이야기를 끌어갔다. 페어팩스는 두 손으로 무릎을 꽉 쥐었다가 파이프를 꺼내 빨기도 하고 브런트가 꾸물거릴 때는 재촉도 해대며 잊은 줄로만 여겼던 그 세계를 다시 떠올렸다.

한 시간, 그리고 두 시간이 흘렀다. 페어팩스는 마지못해 일어났다. "크로니가 궁지에 빠졌다고 했소, 그렇죠? 흠, 추장에게 다녀올 테니 잠깐만 기다려줘요. 추장이 당신을 만나려 할 테니, 아침 식사 후에 보는 것으로 시간을 잡죠. 괜찮겠죠, 네?" 페어팩스는 소나무들 사이로 사라졌다. 반 브런트는 어느새 톰의 따스한 눈을 응시하고 있었다. 5년이라, 그는 감회에 젖어들었다. 톰은 스무 살도 채 안 돼 보였다. 아주 눈에 띄는 여자였다. 에스키모인이면 보통 코가 납작한데, 그녀의 코는 넓지도 납작하지도 않은 매부리코였고 콧구멍은 백인 여자들처럼 정교하고 섬세하게 뚫려 있었다. 저런 인디언 혈통도 있나 보군, 에이버리 반 브런트는 생각했다. 그리고 자신에게 말했다. 어이, 긴장하지 말라고. 그녀가 널 잡아먹기라도 하겠어. 한낱 여자일 뿐인데. 여자치고 못생기진 않았네. 원시적이지 않고 동양적이야. 눈도 크고 미간도 꽤 넓은 것이, 어딘지 몽골 사람 같아 보이기도 하고. 톰, 당신이란 여자는 색다르군. 아버지는 같을지 모르나 여기 에스키모들과는 안 닮았어. 당신 어머니는 어디 사람이지? 할머니는? 그리고 톰, 당신은 아름다워. 냉담하고 차가워 보이지만 당신 핏속엔 알래스카의 뜨거운 용암이 들어 있어. 제발 날 그런 눈으로 보지 말아줘.

그는 웃으면서 일어섰다. 그녀의 집요한 응시에 가만히 있을 수가 없었다. 어떤 개가 식량 자루들을 기웃거리고 있었다. 그는 개를 쫓아내고서 페어팩스가 돌아올 것에 대비해 식량 자루를 안전한 곳으로 옮겨야겠다고 생각했다. 그런데 톰이 손으로 그를 저지하며 일어나 그에게 맞섰다.

"당신은?" 그녀가 말했다. 그린란드에서 배로 곶까지 별반 다르지 않은 북극어였다. "당신은?"

그녀의 얼굴 표정은 "당신"이 의미하는 바, 그의 존재 이유, 나타난 이유, 남편과의 관계 등 모든 것을 묻고 있었다.

"형제입니다." 그는 손가락으로 남쪽을 가리키며 같은 북극어로 대답했다. "우리는 형제입니다, 당신 남편하고 나는."

그녀는 머리를 가로저었다. "당신은 여기 있으면 좋지 않아요."

"이 밤이 지나면 갈 겁니다."

"내 남편도?" 그녀는 몹시 불안해하며 다그쳤다.

반 브런트는 어깨를 으쓱했다. 그는 어떤 은밀한 부끄러움을, 흔히 경험하는 부끄러움을, 그리고 페어팩스를 향한 분노를 느꼈다. 젊은 야만족 여인을 바라보고 있자니 얼굴이 화끈거렸다. 그녀는 한낱 여자였다. 평범한 여자, 그게 다였다. 이런 지저분한 이야기는 되풀이되고 또 되풀이되어왔다. 아담과 이브 때도 있었고, 가장 최근에 사랑의 불꽃을 피운 이들 사이에도 있다.

"내 남편이에요! 내 남편! 내 남편!" 그녀는 얼굴이 시뻘개져서는 같은 말을 맹렬히 되풀이했다. 그를 바라보는 그 불멸의 연인, 아내 되는 여자는 무정하게도 여렸다.

"톰." 그는 영어로 진지하게 말했다. "당신은 북극의 숲에서 태어나 물고기와 육고기를 먹고, 추위와 기근과 싸우며 하루하루 단순하게 살아왔어요. 그러나 당신이 알지 못하고 이해할 수 없는, 참으로 단순하지 않은 것들이 많이 있어요. 당신은 저 먼 데서 미식을 찾는 게 어떤 건지 모르고, 아름다운 여자의 얼굴을 그리워하는 게 어떤 건지도 이해하지 못해요. 그 여자는 아름다워요, 톰, 고결하게 아름답죠. 당신은 이 남자의 여자였고 이 모습이 당신이지만, 당신의 모든 것은 아주 작고, 아주 단순해요. 너무 작고 너무 단순하죠. 한데 그는 이방인이에요. 당신은 결코 그를 이해하지 못했을 거고, 이해할 수도 없어요. 그게 운명이에요. 그를 당신 가슴에는 품었지만 그의 마음까지 품진 못했을 거요. 눈이 침침해지는 시기에 이른 이 남자는 잔인한 결말을 꿈꿉니다. 그는 당신에게 꿈, 헛된 꿈이었을 뿐이에요. 당신은 외형만 붙들고 그림자만 쥔 채 당신 자신을 한 남자에게 바치고서 그의 유령과 잠자리를 같이한 겁니다. 옛날부터 신들이 아름답다고 여긴 남자들의 딸들이 그렇게 살았어요. 그리고 톰, 톰, 난 존 페어팩스가 앞으로 잠 못 이루는 밤을 보내길 원치 않아요, 잠 못 이루는 밤을 말이요, 그런 밤이면 그의 눈은 반짝거리는 금발의 여인이 아닌, 북극의 숲에 버려진 검은 머리칼의 여자가 곁에 누워 있는 것을 보게 되지 않겠소."

이해하기 힘들었지만 그녀는 그의 말에 목숨이 달려 있는 양 열심히 귀를 기울였다. 그러다 남편의 이름을 듣는 순간 에스키모 말로 냅다 소리쳤다.

"맞아요! 맞아요! 페어팩스! 내 남편이에요!"

"불쌍하고 어리석어라, 그가 어떻게 당신의 남편이 될 수 있겠어요?"

하지만 그녀는 그의 영어를 이해하지 못해 자신이 농락당하고 있다고만 생각했다. 아내 되는 자의 이루 말할 수 없는 어리석은 분노로 얼굴이 불타올라 그녀는 마치 봄을 기다리며 웅크리고 있는 표범처럼 보였다.

그가 속으로 자신을 욕하며 지켜보니 그녀의 얼굴에서 불길이 사라지고 대신 애원하는 여자의 부드러운 홍조가 피어오르기 시작했다. 애원하는 여자는 강인함보다 현명하게 자신의 약점을 무기로 내세운다.

"그는 내 남자예요. 난 딴 남자를 몰라요. 알아서도 안 되고요. 그는 나를 두고 갈 수 없어요." 그녀는 부드럽게 말했다.

"그가 당신을 두고 갈 거라고 누가 그래요?" 그는 신랄하게 물었다. 분노와 무기력이 반반 섞인 어투였다.

"당신 말은 그가 나를 두고 가지 않는다는 거군요." 그녀는 약간 목멘 소리로 부드럽게 대답했다.

반 브런트는 잿불을 툭 차고서 바닥에 앉았다.

"당신이 말해줘요. 그가 내 남편이라고. 다른 여자들이 아닌 내 남편이라고 말이죠. 당신은 크고, 당신은 강해요. 봐요, 난 아주 약해요. 봐요, 난 당신의 발아래 있어요. 당신 뜻대로 할 수 있어요. 뜻대로."

"일어나요!" 그는 여자를 거칠게 잡아당기며 함께 일어섰다. "당신은 여자예요. 그러니 흙도 묻혀서는 안 되고, 남자한테 발길질을 당해서도 안 돼요."

"그는 내 남편이에요."

"그리스도여, 모든 남자들을 용서하소서!" 반 브런트는 격렬하게 소리쳤다.

"그는 내 남편이에요." 그녀는 탄원하듯 그 말을 되풀이했다.

"그는 내 형제요." 그가 대답했다.

"내 아버지는 탄트래치 추장이에요. 다섯 부락의 지배자예요. 그 다섯 부락에서 당신한테 맞는 처녀를 골라봐요, 그리고 당신의 형제 옆에서 함께 편안하게 살면 되잖아요."

"이 밤이 지나면 난 갈 겁니다."

"내 남편도요?"

"저기 당신 남편이 오고 있어요. 봐요!"

어둑어둑한 가문비나무 숲에서 페어팩스의 경쾌한 노랫소리
가 들려왔다.

자욱한 안개로 낮이 침침해지듯 그 노랫소리에 그녀의 얼굴
빛이 어두워졌다. "저건 저 사람 부족의 노래예요. 저 사람 부족
의 노래." 그녀가 말했다.

그녀는 어린 짐승처럼 유연하게 몸을 틀어 가문비나무 숲으
로 들어갔다.

"정해졌소." 페어팩스가 다가오며 소리쳤다. "아침 식사 후에
추장이 당신을 보겠다는군요."

"말을 했소?" 반 브런트가 물었다.

"아니. 떠날 준비가 되면 말할 생각이오."

반 브런트는 다정하면서도 침울한 눈으로 잠든 부하들의 모
습을 보았다.

"여기서 수백 킬로미터는 벗어나야 안심이 될 것 같소." 그가
말했다.

톰은 아버지의 천막집 입구를 들어올렸다. 그의 옆에는 두 사
람이 앉아 있었다. 세 사람은 호기심에 차서 그녀를 보았다. 하
지만 그녀는 무표정하게 들어와 말없이 자리를 잡고 앉았다. 탄
트래치는 무릎에 올려둔 창을 손가락 마디로 탕탕 치며 천막 틈
새를 뚫고 들어와 오두막의 음산한 분위기에 환한 빛을 뿌리고

있는 햇빛을 게슴츠레 응시했다. 그의 오른편에는 주술사 추군가테가 어깨를 나란히 한 채 웅크리고 있었다. 둘 다 늙은이들이었다. 그들의 눈엔 긴긴 세월을 살아낸 피로가 배어 있었다. 그들의 맞은편에는 킨이 앉아 있었다. 부족에서 가장 인기 있는 젊은이였다. 그는 재빠르고 민첩했고, 검은 두 눈을 번득이며 이 얼굴 저 얼굴을 끊임없이 관찰하고 조사했다.

천막 안은 쥐 죽은듯 고요했다. 이따금 바깥의 소란이 새어 들어오곤 했다. 저 멀리서 아스라이, 소년들이 다투는 가냘프고 새된 소리가 그림자처럼 쓱 들어오기도 했다. 어떤 개가 천막 입구로 머리를 들이밀고서 자리가 없나 하고 이리처럼 눈을 깜박거렸다. 녀석의 상아빛 엄니에서 침이 뚝뚝 흘렀다. 잠시 후 시험 삼아 으르렁거려본 개는 미동조차 없는 인간들의 기에 눌려 넙죽 엎드린 채 도로 물러났다. 탄트래치는 딸의 얼굴을 냉담하게 흘긋 보았다.

"그래 네 남편하고 너 사이에 무슨 문제가 생긴 거냐?"

"그가 이상한 노래를 불러요. 전에 없던 표정도 생겼어요." 톰이 대답했다.

"그래서? 그가 무슨 말을 하던?"

"아니요, 하지만 표정도 낯설고, 눈빛도 낯설어요. 새로 온 사람이랑 불 옆에 나란히 앉아 얘기하고 또 얘기해요. 얘기가 끝이 없어요."

추군가테는 추장에게 귓속말을 했고, 킨은 엉덩이를 들고 몸을 앞으로 숙였다.

"저 멀리서 자길 부르는 소리가 들리는지, 그는 가만히 앉아 귀 기울여 들으면서 자기 나라 말로, 노래로 대답하는 것 같아요." 그녀는 계속 말했다.

또다시 추군가테는 귓속말을 했고 킨은 몸을 앞으로 숙였다. 톰은 하고픈 말을 삼간 채 아버지가 계속해도 좋다고 고개를 끄덕여줄 때까지 기다렸다.

"오, 탄트래치여, 당신은 기러기와 백조와 작은 목도리댕기흰죽지가 저지대인 이곳에서 태어난다는 걸 알고 계시지요. 추위가 닥치기 전에 그들이 미지의 곳으로 떠난다는 사실도 아시지요. 게다가 해가 이 땅에 찾아오고 물길이 열릴 때 그들이 어김없이 돌아온다는 사실도 아실 테지요. 그들은 새로운 삶을 시작하기 위해 항상 태어난 곳으로 돌아오지요. 땅이 부르면 그들은 돌아와요. 그런데 지금 그들을 부르는 또 하나의 땅이 있어요. 그것이 내 남편을 부르고 있어요. 그가 태어난 땅이고, 그는 그 부름에 대답을 하려고 해요. 하지만 그는 내 남편이에요. 다른 여자들이 아닌 바로 내 남편이라고요."

"좋은 일인 거요, 탄트래치? 그런 거요?" 추군가테는 다소 위협적인 목소리로 물었다.

"아, 좋은 일입니다!" 킨이 당당히 소리쳤다. "땅은 자신의 아이들을 부르고 모든 땅은 자신의 아이들을 집으로 불러들입니다. 기러기와 백조와 작은 목도리댕기흰죽지가 땅의 부름을 받는 것처럼 우리 곁에 오래 머문 이 이방인도 부름을 받아 이제는 가야 할 때가 된 것입니다. 그 부름은 서로 비슷하지 않겠습니까. 백조가 목도리댕기흰죽지와 짝을 짓지 않듯, 기러기는 기러기와 짝을 짓습니다. 백조가 목도리댕기흰죽지와 짝을 짓는 건 바람직하지 않지요. 이방인이 우리 마을의 처녀와 짝을 짓는 것도 바람직하지 않지요. 그렇기에 그자가 자기 종족으로, 제 땅으로 가야 한다고 말하는 겁니다."

"그는 내 남편이에요, 그는 대단한 남자예요." 톰이 대답했다.

"그래, 대단한 남자지." 추군가테는 팔팔했던 기운이 조금이나마 되살아나 고개를 쳐들었다. "그는 대단한 남자네. 그대에게 힘을 실어주고 오, 탄트래치, 권력도 주고, 이 땅 사람들이 그대의 이름을 두려워하고 존경하게도 만들었네. 아주 현명하고, 지혜가 넘치는 사람이지. 우린 그에게 많은 은혜를 입었네. 전쟁의 술수와 마을의 방어책과 숲에서의 돌격법, 부족 회의, 입소문과 굳은 맹세로 적을 파멸시키기, 사냥감 모으기와 덫 만들기와 식량 보존법, 병을 치료하고 손상된 길을 바로잡고 싸우는 법 등등. 탄트래치여, 그 이방인이 우리들 사이로 와 그대를 돕지 않았다면 그대는 지금 무능한 늙은이가 되어 있을 것이네. 그리고 이상한 문제에 대해 의심이 들면 우리는 그의 지혜로 문제를 명확히 짚기 위해 그를 찾았고, 그때마다 그는 제 몫을 해주었네. 앞으로도 문제는 발생할 것이고, 그의 지혜가 필요할걸세. 그러니 그를 보내선 안 되네. 그를 보내는 건 좋지 않네."

탄트래치는 손가락 마디로 창만 두들겨댈 뿐 아무런 내색을 하지 않았다. 그의 얼굴을 살폈지만 톰은 아무것도 읽지 못했다. 추군가테는 또다시 세월의 무게에 짓눌린 듯 잔뜩 움츠러들었다.

"아무도 내 사냥감에 손 못 대요." 킨은 가슴을 탕탕 쳤다. "내 사냥감은 내가 죽입니다. 내 손으로 죽일 때면 살아 있다는 쾌감을 느낍니다. 눈밭을 기어서 거대한 무스에 접근할 때면 기쁩니다. 활을 있는 힘껏 잡아당겨 화살을 빠르게 쏘아 놈의 심장을 맞추면 기쁩니다. 다른 사람이 사냥한 고기는 내가 사냥한 고기만큼 맛이 나지 않습니다. 살아 있어 기쁘고, 내가 노련하고 힘이 있어 기쁘고, 행동하는 사람, 나를 위해 행동하는 사람이라 기쁩니다. 사람이 사는 이유가 달리 뭐겠습니까? 나 자신과 내가 하는 일을 좋아하지 않는다면 왜 살아야 합니까? 내가 사냥을 하고 물고기를 낚는 건 기쁘고 즐겁기 때문입니다. 그렇게 사냥을 하고 물고기를 낚으니까 노련해지고 강해지는 겁니다. 천막에서 불만 쬐는 사람은 노련해지지도 강해지지도 않습니다. 그런 자는 내가 사냥한 고기를 먹어도 기쁘지 않을 거고, 사는 게 즐겁지도 않을 겁니다. 그런 건 사는 게 아니죠. 그래서 이 이방인이 가는 게 좋다고 말하는 겁니다. 그의 지혜 때문에 우리가 현명해지는 게 아닙니다. 그가 꾀를 잘 쓴다면 우리는 굳이 꾀를 쓰지 않아도 됩니다. 필요하면 그때그때 그의 꾀를 청하면 그만입니다. 그가 사냥한 고기를 먹을 순 있지만 맛은 없습니다. 그의 힘을 취할 순 있지만, 그러면 기쁘지가 않습니다. 그가 우리의 생계를 책임진다면 우린 사는 게 아닙니다. 우린 뚱뚱해지고 여자처럼 나약해질 겁니다. 일하는 걸 두려워하고, 스스로 살아가는 법을 잊게 될 겁니다. 우리가 진정한 남자가 되기 위해선 그 남자를 보내야 합니다. 탄트래치여! 나는 킨입니다, 남자고, 내 사냥감은 내가 죽입니다."

탄트래치는 고개를 돌려 끝없이 공허한 눈빛으로 그를 응시했다. 킨은 결정을 기다렸다. 하지만 그의 입술은 움직이지 않았다. 늙은 추장은 자신의 딸을 돌아보았다.

"이미 준 걸 빼앗을 순 없어요." 그녀가 버럭 소리쳤다. "나의 남편인 이 이방인이 우리에게 왔을 때 난 처녀였어요. 난 남자란 존재도, 남자들이 사는 방식도 몰랐고, 여자애들하고만 놀았어요. 그때 아버지께서, 탄트래치여, 다른 누구도 아닌 아버지 당신께서 저를 불러 그 이방인의 품에 안기라고 했어요. 다름 아닌 아버지 당신께서요, 탄트래치여. 아버지가 절 그 남자에게 주었다는 건, 그 남자를 제게 준 것이기도 한 거예요. 그는 내 남편이에요. 내 품에서 잠을 잔 그를 내게서 빼앗을 순 없어요."

"그게 좋겠군요. 오, 탄트래치여." 킨이 의미심장한 눈빛으로 톰을 흘깃 보며 재빨리 말했다. "이미 준 걸 빼앗을 순 없다는 말을 기억하는 게 좋겠습니다."

추군가테가 허리를 폈다. "젊은 혈기로, 킨아, 너는 입에서 나오는 대로 말하는구나. 우리는, 오, 탠트래치여, 늙은이들이고 많은 것을 이해하오. 우리도 한때는 여자들의 눈을 보면 이상한 욕망으로 피가 뜨거워지는 것을 느꼈소. 그러나 세월이 우리의 피를 식혀 버렸소. 대신 우리는 부족의 지혜, 차가운 머리와 손재주의 능력을 배웠고, 이제는 따뜻한 가슴이 지나치게 데워지면 쉽게 경솔해질 수 있다는 것도 알고 있소. 킨이 당신의 눈에 들었다는 것도 알고 있소. 톰이 아직 어렸을 때 톰을 그에게 준다고 약속한 것도 알고 있소. 그러나 새로운 시대가 오고 이방인이 나타나자, 우리의 교활함과 잘 살고 싶은 욕심에 톰을 킨에게 주겠다는 약속이 깨어진 것도 알고 있소."

늙은 주술사는 잠시 숨을 고르고서 그 젊은이를 빤히 쳐다보았다.

"그 약속을 깨야 한다고 충고한 사람이 바로 나, 추군가테였네."

"그리고 전 어떤 여자도 제 침대로 데려가지 않았습니다." 킨이 끼어들었다. "혼자 불을 피우고, 밥 해먹고, 외로움에 치를 떨었습니다."

추군가테는 아직 할 말이 남았다는 듯 손사래를 쳤다. "난 늙은이고 많은 걸 알고서 말하는 거네. 강해지고 권력을 쥐는 건 좋은 일이네. 그러나 소용이 닿지 않는 힘은 버리는 게 낫네. 탄트래치, 옛날에 그대와 난 어깨를 나란히 하는 사이였네. 내 목소리는 회의장을 쩌렁쩌렁 울렸고, 내 충고는 거의 받아들여졌네. 난 강하고 힘이 있었어. 탄트래치 다음으로 잘난 남자였지. 어느 날 그 이방인이 나타났네. 난 그자가 꾀 많고 현명하고 대단하다는 걸 알아봤네. 그자가 나보다 현명하고 대단했기에 나보다 그자한테서 얻어낼 게 많다는 건 불 보듯 뻔했네. 그래서 탠트래치여, 난 그대에게 내 말을 들으라 했고, 그대는 내 말을 따랐네. 그 이방인은 권력과 지위와 그대의 딸 톰을 얻었지. 그리고 우리 부족은 새로운 시대를 맞이하여 새로운 법에 따라 번영했네. 그 이방인이 우리 속에 있는 한 계속 번영할 걸세. 우린 늙었네, 탄트래치여, 그대와 난 말이지. 이것은 머리가 아닌 가슴의 문제네. 내 말을 듣게, 탄트래치! 내 말을 들어! 그 남자는 남아 있어야 하네!"

긴 침묵이 이어졌다. 늙은 추장은 신이 답을 줄 거란 확신으로 생각에 잠겼고, 추군가테는 안개에 싸인 옛일에 젖어 있는 것 같았다. 킨은 사모하는 눈빛으로 여자를 보았고, 여자는 그런 킨을 거들떠도 보지 않고 아버지의 얼굴만 뚫어지게 보았다. 아까 왔던 그 에스키모개가 또다시 천막을 밀어제치고는 조용한 분위기에 용기가 났는지 슬금슬금 기어들어왔다. 녀석은 축 늘어진 톰의 손에 코를 대고 킁킁거렸고, 추군가테를 보고는 대들 듯이 귀를 쫑긋 세웠으며, 탄트래치 앞에 와서는 등을 구부리고 앉았다. 추장의 창이 툭 떨어지자 개는 놀라서 컹컹 짖어대며 옆으로 펄쩍 뛰어 공중에서 이를 딱딱거리고는, 또 한 번 펄쩍 뛰어 밖으로 나갔다.

탄트래치는 고개를 돌려가며 한 명 한 명의 얼굴을 오래도록 찬찬히 보았다. 이윽고 그는 위엄 있게 고개를 들고서 냉정하고 차분한 어조로 판결을 내렸다. "그 남자는 남아 있을 것이네. 사냥꾼들을 불러 모으게. 발 빠른 자를 옆마을에 보내 싸울 수 있는 자들을 데려오라고 하게. 새로 온 사람은 보지 않겠네. 그 자와는, 추군가테여, 자네가 얘기하게. 평화롭게 가고 싶다면 즉시 떠나라고 전하게. 싸움이 시작되면 마지막 한 사람까지 죽이고, 죽이고, 또 죽일 거라고 전하게. 그러나 우리 사람인, 내 딸과 결혼한 그 남자에게는 아무 일도 없을 거라고 전해주게. 이제

됐네."

추군가테는 일어나 비틀거리며 나갔다. 톰이 그의 뒤를 따랐다. 킨도 나가려고 허리를 굽혔을 때 탄트래치의 목소리가 그를 불러 세웠다.

"킨아, 너는 내 말을 새겨듣는 것이 좋을 것이다. 그 남자는 남을 것이다. 그자를 다치게 해선 안 된다."

전술을 페어팩스에게 배운 덕에 부족 사람들은 고함을 지르며 대담하게 앞으로 돌격하지 않았다. 그 대신 참고 자제하며 오두막 사이사이로 살금살금 기어서 조용히 전진했다. 크리족 인디언들과 뱃사공들은 강기슭에 웅크리고 있었다. 좁다란 빈터가 얼마간 방어벽을 만들어주고 있는 곳이었다. 아무것도 보이지 않고 들리는 소리는 아주 미약했지만, 그들은 숲을 훑고 지나가는 생명의 진동을, 전진하고 있는 다수의 불분명하고 막연한 움직임을 감지할 수 있었다.

"빌어먹을. 총에 맞서본 적도 없는 저들에게 그 요령을 가르친 게 나였소." 페어팩스가 중얼거렸다.

에이버리 반 브런트는 소리 내어 웃으면서 재를 털어 파이프를 조심스레 작은 주머니에 넣고는 허리춤에 찬 사냥칼의 칼집을 풀었다.

"기다려 봐요. 돌격대를 주눅 들게 만들고 가슴 찢어지게 해줄 테니 말이오." 그가 말했다.

"내가 가르쳐준 걸 기억하고 있다면 저들은 흩어져 공격을 해올 거요."

"그렇게 하라지. 연발총이 준비돼 있소. 우린 잘할 거요! 선제공격! 담배 추가, 룬!"

크리족 인디언인 룬은 누군가의 어깨를 발견하고서 총을 쏘아 주인에게 알렸다.

"저들을 괴롭혀 전진을 막을 수만 있다면, 괴롭혀서 전진을 막을 수만 있다면." 페어팩스가 중얼거렸다.

반 브런트는 어떤 나무 뒤에서 이쪽을 염탐하는 머리를 보고서 재빨리 총을 쏘았다. 그자는 그대로 고꾸라져 죽음의 고통 속에서 허우적거렸다. 마이클이 세 번째로 총을 쏘았다. 페어팩스와 나머지 사람들도 누가 보이거나 덤불이 조금만 들썩거려도 총을 쏘아대며 거들었다. 덤불이 없는 작은 저습지를 건널 때 부족의 다섯 남자는 가만히 엎드려 있었고, 열두 명은 엄호물이 거의 없는 왼편에서 공격을 당했다. 하지만 그들은 그 벌을 묵묵히 받으면서 서두르지도 꾸물거리지도 않고 조심조심 신중하게 다가갔다.

10분 후 거리가 꽤 가까워졌을 때 모든 움직임이 갑자기 뚝 멎었다. 뒤이어 찾아든 정적은 불길하고 으스스했다. 푸르고 누런 잎들과 덤불이 약하게 부는 바람에 부르르 떨리는 모습만 보일 뿐이었다. 뿌연 아침 해가 뜨자 땅은 긴 그림자와 빛줄기로 얼룩덜룩했다. 어떤 부상자가 고개를 들고 힘겹게 저습지를 기어 나가고 있었다. 마이클은 총을 들고 그를 쫓았지만 방아쇠를 당기지는 않았다. 사람 모습은 보이지 않지만 휘파람 소리가 왼쪽에서 오른쪽으로 이동했고, 화살들이 포물선을 그리며 허공을 날아다녔다.

"준비됐어. 지금이야!" 반 브런트가 전에 없던 쇳소리로 명령했다.

그들은 동시에 덤불을 헤치고 나왔다. 숲이 갑자기 활기로 들썩거렸다. 큰 고함소리가 터지자 총들이 재빠른 반격에 나섰다. 원주민들은 달아나는 중에 죽음을 예감했다. 쓰러진 그들 위로 다른 형제들이 포효하는 파도처럼 걷잡을 수 없이 들이닥쳤다. 그 선두에서 머리카락을 휘날리고 두 팔을 흔들어대며 나무들 사이를 휙휙 지나치고 쓰러져 있는 통나무들을 뛰어넘어 오는 자가 있었는데, 바로 톰이었다. 페어팩스는 그녀를 겨냥했다가 하마터면 방아쇠를 당길 뻔했다.

"여자다! 쏘지 마! 보라고! 무장을 안 했어!" 그가 소리쳤다.

크리족 인디언들도, 마이클과 뱃사공인 그의 형도, 무방비로 계속 총을 쏘아대고 있던 반 브런트도 그 소리를 듣지 못했다. 다행히 톰은 다치지 않고 짐승 가죽을 두른 어떤 사냥꾼의 발치까지 갔다. 옆쪽에 있다 그녀 앞으로 방향을 돌린 자였다. 페어팩스는 톰의 양 옆에 있던 남자들을 쏘고서 그 덩치 큰 사냥꾼 쪽으로 총을 홱 돌렸다. 하지만 그 사내는 페어팩스를 알아보고서도 갑자기 표적을 바꿔 마이클에게 창을 던졌다. 그 순간 톰은 한 팔로 남편의 목을 감아 약간 비틀어 돌리면서 고함을 지르고 손을 휘휘 저어 돌격해오는 전사들을 갈라놓았다. 수십 명이 양 옆에서 덤벼드는 그 짧은 순간, 페어팩스는 톰의 구릿빛 아름다움을 바라보다 깊이를 알 수 없는 전율과 환희를 느꼈고, 기묘한 광경을 환영으로 보았으며, 영구히 지속되는 꿈을 꾸었다. 구세계의 철학과 신세계의 윤리가 단편적으로 그의 머릿속을 둥둥 떠다녔다. 그것은 놀랄 만큼 생생하면서 지독히 부조리했다. 사냥터, 음침한 숲, 광대하게 뻗은 고요한 눈밭, 번쩍거리는 무도장 불빛, 대형 화랑들과 강의실, 어른어른 반짝거리는 시험관, 길게 줄지어 선 책장들, 기계 엔진 소리와 자동차 소리, 잊고 있던 노래 소절, 친한 여자들과 옛 친구들의 얼굴, 우뚝 솟은 봉우리들 사이로 난 외로운 물길, 자갈밭 해안에 버려진 부서진 보트, 달빛에 젖은 고요한 들녘, 비옥한 골짜기, 지푸라기 냄새 등등…….

어떤 사냥꾼이 미간에 총을 맞고 맥없이 고꾸라지면서 그 반동으로 쭉 미끄러졌다. 페어팩스는 정신을 차렸다. 살아 있는 동료들은 저 멀리 나무들 사이사이로 밀려나 있었다. 원주민 전사들이 거리를 좁혀오며 뼈와 상아로 만든 무기로 베고 찌르면서 "얏! 얏!" 하는 사나운 소리를 질러댔다. 다친 이들의 아우성이 몽둥이처럼 그를 때렸다. 그는 싸움이 끝났다는 것도, 싸울 명분이 없단 것도 알았지만, 그의 종족의 전통과 의리 때문에 어쨌거나 동족과 함께 죽을지도 모르는 그 소용돌이 속으로 들어갔다.

"내 남편! 내 남편! 당신은 안전해요!" 톰이 소리쳤다.

그는 계속 가려고 발버둥쳤지만, 바윗덩이 같은 그녀의 무게에 가로막혔다.

"갈 필요 없어요! 저들은 죽었어요, 살아 있는 게 좋아요!"

그녀가 목을 꽉 두르고 팔다리를 꺾어 결국 그는 비틀거리며 넘어졌는데, 몹시 휘청대며 일어서 보려 했지만 다시 발을 헛디뎌 뒤로 자빠졌다. 그는 돌출한 뿌리에 머리를 부딪쳤다. 반 기절 상태에서도 그는 힘없이 기어갔다. 그가 쓰러질 때 톰은 깃털 달린 화살이 휙 날아오는 소리를 들었다. 그녀는 그를 꼭 껴안아 방패처럼 그의 몸을 감쌌는데, 그녀의 얼굴과 입술이 그의 목을 눌렀다.

킨이 몇 미터 떨어진 뒤엉킨 덤불 속에서 몸을 일으킨 것은 그때였다. 그는 주위를 찬찬히 둘러보았다. 한바탕 전투가 치러졌고 마지막 남은 자의 울음소리도 죽어가고 있었다. 아무도 보이지 않았다. 킨은 화살을 조준하고서 남자와 여자를 노려보았다. 여자의 겨드랑이 사이로 남자의 하얀 옆구리 살이 보였다. 킨은 활시위를 당겨 화살을 뒤로 젖혔다. 침착하고 확실하게 두 번을 그렇게 하고서 뼈 촉이 달린 미사일을 하얀 살덩이 쪽으로 곧장 날렸다. 가무잡잡한 팔과 가무잡잡한 가슴에 안겨 있어 더 하얗게 빛나고 있는 살덩이를 향해.

WHAT LIFE MEANS TO ME
1906

나에게 삶이란 무엇인가

JACK LONDON

나는 노동자계급에서 태어났다. 일찍부터 열정, 야망, 이상에 눈을 떴다. 하지만 이런 것을 충족시키기엔 내 어린 시절의 환경이 문제투성이였다. 그야말로 상스럽고 거칠고 원색적이었다. 전망은 없었지만 대신 위를 볼 수는 있었다. 사회에서 내 자리는 밑바닥이었다. 이곳에서의 삶은 육체적으로나 정신적으로 더럽고 비참하기만 했다. 육체와 정신이 다 같이 굶주리고 고통받았다.

내 위로는 사회라는 거대한 구조물이 솟아 있었다. 내 생각에 유일한 탈출구는 위로 올라가는 것이었다. 나는 일찍부터 오르기로 결심했다. 위로 올라가니 남자들은 검은 양복에 흰 와이셔츠를 입고 있었고, 여자들은 아름다운 드레스를 입고 있었다. 게다가 먹을 것도 맛있는 것도 넘쳐났다. 이것은 육체에 중요했다. 정신과 관계된 것도 있었다. 나는 상류층엔 이타적인 정신,

깨끗하고 숭고한 사고, 아주 지적인 삶이 있다고 여겼다. 내가 읽은 '해변 문학' 소설들 때문이었다. 그 소설들을 보면 몇몇 악인과 여성 투기꾼을 제외하곤 모두가 아름다운 생각을 하고 고운 말을 쓰고 명예로운 행동을 했다. 요약하면, 나는 떠오르는 해를 받아들이듯 내 위의 상류층은 모든 것이 맑고 고귀하고 우아하며, 생활에 품위와 위엄이 있고, 살 만한 가치가 있고 고생과 불행을 보상해줄 만하다고 여겼다.

그러나 노동자계급에서 위로 올라가기란 그다지 쉽지 않다. 이상과 망상에 사로잡혀 있는 사람이라면 더욱 그렇다. 나는 캘리포니아의 한 농장에서 일을 했다. 나로서는 상류층으로 올라가는 사다리를 구하기가 어려웠다. 나는 일찍부터 원금에 붙는 이자율이 궁금했는데, 인류의 놀라운 발명품인 복리의 미덕과 우수성을 내 어린 머리로는 이해할 수가 없어 애를 먹었다. 나아가 나는 모든 노동자의 임금과 생활비도 알아보았다. 이 자료에서 얻은 결론은, 내가 지금 당장 일을 시작해 쉰 살까지 저축을 하면 일을 그만두고 나의 사회적 지위를 한층 올려줄 선행에 제법 참여할 수 있다는 것이었다. 물론 결혼은 하지 않기로 했다. 그러나 여기서 내가 간과한 것은 노동자계급에게 닥치는 커다란 재앙덩어리, 즉 병이었다.

그러나 내 안의 나는 한 푼이라도 아껴 쓰는 인색한 삶을 거부했다. 열 살 때 도시의 거리에서 신문 배달을 하던 나는 상류층을 다르게 보게 되었다. 내 주위 사람들은 여전히 더럽고 비참했고, 내 위는 여전히 앞으로 도달해야 할 천국이었다. 다만 내가 오를 사다리가 달라졌다. 그것은 사업이라는 사다리였다. 5센트에 신문 두 장을 사서 손만 움직여 10센트에 팔아 자본금을 배로 늘릴 수 있다면 내 소득을 뭐하러 굳이 저축하고 국채에 투자하겠는가? 그 사업 사다리는 나를 위한 것이었다. 나는 머리가 벗겨진 성공한 무역왕이 되는 꿈을 꾸었다.

슬픈 꿈이려니! 열여섯 살에 나는 이미 "왕"의 칭호를 얻었다. 그러나 내가 얻은 이 칭호는 살인자와 도둑 집단이 붙여준 것이었다. 그들 사이에서 나는 "굴 해적단의 왕"으로 불렸다. 당시 나는 사업 사다리의 첫단을 오른 것이었다. 나는 자본가였다. 내게는 보트 한 척과 흠 잡을 데 없는 굴 해적단이 있었다. 나는 동료 해적들을 약탈하기 시작했다. 선원은 한 명뿐이었다. 선장이자 주인인 나는 약탈품의 3분의 2를 챙겼고, 그 선원은 나와 똑같이 일하고 나와 똑같이 목숨과 자유를 걸고서도 3분의 1만 받았다.

그 사업 사다리에서 내가 오른 높이는 여기까지였다. 어느 날 밤 나는 중국 어선을 급습했다. 밧줄과 그물의 값어치가 상당했다. 명백한 강도짓이었지만, 엄밀히 말하면 그것이 자본주의 정신이기도 했다. 자본가는 리베이트나 배신으로, 아니면 상원의원과 대법원 판사를 매수하여 동료의 재산을 가로챈다. 나는 미숙했던 것뿐이었다. 그 점만이 달랐다. 나는 총을 든 것이다.

그날 밤 내 선원은 자본가가 곧잘 비난하는 그런 무능함을 보여주었다. 그런 식으로 무능하면 정말이지 비용만 늘고 배당은 줄어든다. 내 선원이 딱 그랬다. 그자는 칠칠맞지 못하게 큰 주범(主帆)에 불을 내 모조리 태워버렸다. 그날 밤엔 배당금을 한 푼도 쥐지 못했다. 중국 어부들은 우리가 얻지 못한 그물과 밧줄로 더 부자가 되었다. 파산을 한 내겐 새 주범을 살 65달러조차 없었다. 나는 내 배를 정박시켜놓고 해적선을 타고 새크라멘토 강 상류로 갔다. 내가 이 여행을 떠났을 때 다른 해적단이 내 배를 습격했다. 그들은 모든 것을, 심지어 닻까지 훔쳐갔다. 훗날 나는 표류하고 있던 선체를 되찾아 20달러에 팔았다. 그렇게 나는 사다리 첫단에서 미끄러져 내렸고, 다시는 그 사업 사다리를 오르려 하지 않았다.

그 후로 나는 다른 자본가들에게 무자비하게 이용되었다. 내겐 튼튼한 근육이 있었다. 그 근육으로 자본가들은 돈을 벌었고, 나는 무심히 생계만 꾸려갔다. 나는 평선원, 항만 노동자, 갑판원으로 일했다. 통조림 공장, 제조소, 세탁소에서도 일했다. 잔디도 깎고 양탄자도 빨고 창문도 닦았다. 그렇게 일하고도 수고비를 온전히 받지 못했다. 통조림 공장의 사장 딸이 마차를 타고 다니는 모습을 보면서 나는 고무 타이어를 단 그 마차가 굴러가는 데 내 근육이 한몫했다는 사실을 알았다. 제조소 사장 아들이 대학에 들어가는 것을 보고서는 그가 뿌리고 다니는 와인 값과 사교 비용에도 내 근육이 한몫했다는 사실을 알았다.

그렇다고 분개하거나 하지는 않았다. 충분히 예상했던 것이었으니까. 그들은 강했다. 물론, 나도 강했다. 나는 그들 사이로 길을 내 다른 사람들의 근육을 이용해 돈을 벌고 싶었다. 일이 무섭지는 않았다. 나는 힘든 일을 좋아했다. 힘든 일에 뛰어들어 누구보다 열심히 일해서 언젠가 사회의 기둥이 되고 싶었다.

바로 그때 운 좋게도 나와 같은 생각을 가진 사장을 만났다. 나도 자진해서 일했지만, 그는 나보다 더 솔선수범해서 일했다. 나는 장사를 배우고 있다고 생각했다. 사실은 나 때문에 일꾼 두 명이 쫓겨났다. 나는 사장이 날 전기 기사로 만들어주려나 보다고 생각했다. 사실 그는 내 노동력으로 한 달에 50달러를 벌어들이고 있었다. 나 때문에 쫓겨난 두 남자는 한 달에 40달러씩 받았다. 나는 한 달에 30달러를 받고 두 사람 몫의 일을 하고 있었다.

이 사장은 날 죽기 직전까지 부려먹었다. 굴을 아무리 좋아한다 해도 너무 많이 먹으면 그 특별한 음식도 싫증이 나게 마련이다. 나 또한 그랬다. 일을 너무 많이 하니 넌더리가 났다. 다시는 하고 싶지 않을 정도였다. 그래서 도망쳤다. 부랑자가 되어 유리걸식을 하고, 미국 전역을 떠돌고, 빈민가와 감옥에서 피땀도 흘렸다.

노동자계급에서 태어난 나는 이제 열여덟 살이 되었다. 일을 시작한 것은 그보다 더 어릴 때였다. 나는 사회의 지하실, 입에 올리기 싫은 불행의 깊은 동굴에 있었다. 문명의 구덩이, 밑바닥, 인간 시궁창, 아수라장이자 납골당에 있었다. 이곳은 사회가 무시하기로 작정한 사회 구조물의 일부였다. 살지를 않으니 나 또한 그것을 무시할 수밖에 없었다. 내가 할 말은 그곳에서 내가 본 광경에 경악했다는 것뿐이다.

나는 생각하는 것이 무서웠다. 내가 살고 있는 복잡한 문명의 적나라한 단순함을 보고 말았다. 산다는 건 끼니와 주거의 문제였다. 끼니와 주거를 해결하기 위해 사람들은 물건을 팔았다. 상인은 구두를 팔고, 정치인은 인격을 팔고, 민중의 대변인은 예외적으로 신용을 팔았다. 반면에 거의 모든 사람이 자기 명예를 팔았다. 여자들도 성스러운 결혼을 한 몸이거나 말거나 육체를 쉽게 팔았다. 모든 것이 상품이었고, 모든 사람이 사고 팔렸다. 노동자가 팔 수 있는 상품은 근육뿐이었다. 노동자의 명예는 시장에서 아무런 가치가 없었다. 노동자는 근육을 가졌고, 근육만 팔 수 있었다.

그러나 한 가지 차이가, 중대한 차이가 있었다. 신발과 신용과 명예는 계속 교체할 수 있었다. 그들은 불멸의 재고였다. 반면에 근육은 교체할 수 없었다. 신발상은 신발을 팔고 나면 다른 물건으로 다시 채워 넣었다. 하지만 노동자의 근육은 다시 채울 길이 없었다. 근육은 팔면 팔수록 점점 남아나지 않았다. 유일한 상품이 날마다 줄어들고 마는 것이다. 결국 죽지 않으면 노동자는 품절이이 되어 폐업을 할 수밖에 없다. 근육 파산에 이른 노동자에게 남는 것은 사회의 밑바닥으로 내려가 비참하게 죽는 일밖에 없었다.

게다가 나는 인간의 뇌도 하나의 상품이란 사실을 알게 되었다. 물론 뇌는 근육과 달랐다. 뇌를 파는 자는 쉰이나 예순에 이르렀을 때가 최고 전성기였고, 그 상품은 최고의 가격에 팔려 나갔다. 반면에 육체노동자는 마흔다섯이나 쉰이 되면 몸이 녹초가 되거나 어딘가 고장이 났다. 사회의 밑바닥을 경험해본 나는 그곳에서 살고 싶지 않았다. 배수 시설은 위생적이지 않았고 공기도 나빴다. 이 사회의 응접실에서는 살 수 없다 해도 어쨌거나 다락방에서라도 살아볼 수 있지 않겠는가. 먹을 것은 부족해도 공기만큼은 깨끗한 곳이 아니었던가. 그래서 나는 더 이상 근육을 팔지 않고 뇌를 파는 사람이 되기로 결심했다.

그 후로 미친 듯이 지식을 파고들기 시작했다. 나는 캘리포니아로 돌아와 책을 펼쳐 들었다. 뇌를 파는 인간이 될 소양을 갖추려다 보니 자연스레 사회학을 탐구하게 되었다. 그러다 어떤 종류의 책들에서 내가 이미 알아낸 사실들이 과학적으로 공식화된, 간단한 사회학적 개념들로 정리돼 있는 것을 발견했다. 내가 태어나기도 전에 나보다 더 위대한 인간들이 내가 생각한 그 모든 것을 이해하고 방대한 작업을 해낸 것이었다. 그때 나는 내가 사회주의자란 사실을 깨달았다.

사회주의자는 현 사회를 뒤엎고 물질적인 것으로 미래 사회를 건설하려고 싸우는 혁명가였다. 나 또한 사회주의자이자 혁명가였다. 나는 노동자계급과 지식인 혁명가 집단에 들어가 처음으로 지적인 삶에 뛰어들었다. 여기서 명민한 식자들과 재기 넘치는 인간들을 만났다. 강인하면서 빈틈없고, 한편으론 막일로 손이 딱딱해진 노동자들도 만났다. 배금주의자들의 집회에서 기독교 정신을 들이미는 해직 목사들도 만났다. 지배계급에 복종하는 대학의 수레바퀴에서 강등되고 인간사를 지식의 잣대로만 판단하려 했다는 이유로 쫓겨난 교수들도 만났다.

이곳에서 내가 또 하나 발견한 것은 인간에 대한 따뜻한 믿음, 타오르는 이상, 기분 좋은 이타심, 극기, 그리고 순교였다. 그 모든 것은 인간 정신의 위대하고 가슴 찌릿한 것들이었다. 이곳에서의 삶은 깨끗하고 고결하고 생동감이 있었다. 이곳에서의 삶은 스스로 살아나 훌륭해지고 명예로워졌다. 나는 살아 있는 게 기뻤다. 육체와 정신을 돈보다 찬양하고, 굶주린 빈민가 아이의 힘없는 울음을 무역 팽창과 세계 제국의 허세보다 더 소중히 여기는 위대한 영혼들과 교제했다. 모두의 목적의식이 고결했고, 다들 의로운 노력을 했다. 나의 낮과 밤은 햇빛과 별빛, 불과 이슬이었다. 오랫동안 고통과 학대를 받지만 결국에는 구원받는 성배, 그리스도의 성배인 따뜻한 인간이 내 눈앞에서 늘 불타오르고 있었다.

나는, 가난하고 어리석은 나는 이 모든 것을 앞으로 내가 상류층에서 발견하게 될 기쁨을 미리 맛보는 것이라 여겼다. 캘리포니아 목장에서 '해변 문학' 소설들을 읽은 후로 나는 많은 망상에서 벗어났다. 이제는 아직까지 남아 있는 망상에서 벗어날 차례였다.

나는 머리를 파는 데 성공했다. 사회는 내게 입구를 열어주었다. 나는 응접실로 곧장 들어갔고 빠르게 환멸을 느끼기 시작했다. 이 사회의 주인들, 그들의 부인들과 딸들과 저녁 식사를 했다. 그 여자들이 아름다운 드레스를 입었다는 것은 인정한다. 그러나 정말 놀랍게도 그들은 사회 밑바닥에서 내가 알던 여자들과 다를 바 없는 인형들이었다. "대령의 아내와 주디 오그래디는 한 꺼풀 벗기면, 즉 드레스만 아니면 같은 여자였다."

하지만 내게 충격적이었던 것은 그 사실이 아니라 그들의 물질주의였다. 사실 화려한 드레스를 입은 이 아름다운 여자들은 듣기 좋은 이상과 소중한 도덕을 재잘거렸다. 하지만 그렇게 재잘거려도 그들의 삶을 주도하는 열쇠는 물질적인 것이었다. 게다가 그들의 감성은 이기적이었다! 그들은 온갖 자선 사업을 돕고 그 사실을 홍보했다. 하지만 그들이 먹는 음식과 입고 다니는 옷은 아이들의 피땀과 노동 착취와 매춘으로 얼룩진 배당금에서 나온 것이었다. 나는 순진하게도 주디 오그래디의 자매들이 이 사실을 알게 되면 피에 물든 비단 옷과 보석들을 당장 벗어버릴 것이라 기대했다. 오히려 그들은 흥분하고 화를 내며 사회의 밑바닥에 흐르는 모든 불행의 원인은 절약 정신 부족, 과음, 그리고 선천적인 타락에 있다며 내게 설교하기 시작했다. 나는 여섯 살 난 굶주린 어린애가 절약 정신이 부족하고 폭음을 하고 타락해서 남부의 방적 공장에서 열두 시간씩 야간 근무를 해야 한다고는 볼 수 없지 않느냐고 말했다. 그러자 주디 오그래디의 자매들은 내 사생활을 공격하며 "선동자"라고 욕했다. 참으로 어이없지만, 논쟁은 그렇게 일단락되었다.

나는 남자 주인들과도 잘 지내지 못했다. 나는 깨끗하고 고결하고 생동적인 사람을, 깨끗하고 고결하고 생동적인 이상을 가진 사람을 만나기를 기대해 왔다. 그래서 상류층에 있는 사람들—목사, 정치가, 사업가, 교수, 편집자 등—사이를 돌아다녔다. 함께 식사도 하고 와인도 마시고 자동차도 얻어 타면서 그들을 연구했다. 물론 깨끗하고 고결한 사람들도 많이 만났다. 그러나 간혹 예외도 있긴 했지만, 그들에겐 생동감이 없었다. 장담컨대 그런 예외에 드는 사람은 열 손가락으로 꼽을 정도였다. 그들은 부정한 삶에 발 빠르게 대응하며 부패하게 살지는 않았지만, 매장되지 않은 망자들 같았다. 잘 보존된 미라처럼 깨끗하고 고결하긴 하되 생동감이 없었다. 이와 관련해 내가 특별히 언급하고 싶은 이들은 교수들이다. 그들은 "맹목적 지성의 열정 없는 추구"라는 타락한 대학 이상에 부응해 사는 사람들이었다.

나는 전쟁을 맹렬히 비난해서 평화의 왕이라는 칭호를 받을 만한 사람들이 자기네 공장에서는 핑커턴(스코틀랜드 태생의 미국인 탐정─옮긴이)들의 손에 총을 쥐어주고서 파업 노동자들을 쏴 죽이게 하는 것을 보았다. 프로권투의 무자비함에는 분개하면서 살인마 헤롯왕보다 더 많은 아이들을 해마다 죽이는 불량품에 대해선 아랑곳하지 않는 모순된 인간들도 만났다.

나는 호텔과 클럽과 가정집과 풀먼 열차와 갑판 의자에서 산업계 지도자들과 이야기를 나누고서 그들이 지성의 왕국을 거의 돌아다니지 않았다는 사실에 놀랐다. 반면에 사업과 관계된 지성은 대단히 발달돼 있었다. 그리고 사업과 관계된 일을 할 때는 자신의 도덕성을 내팽개쳤다.

우아하고 귀족적으로 보이는 신사가 알고 보면 과부들과 고아들의 것을 몰래 빼앗는 가짜 이사이자 회사의 앞잡이였다. 좋은 책을 수집하고 문학을 각별히 후원하는 신사 양반은 턱이 두툼하고 눈썹이 짙은 자치 단체장에게 공갈을 쳤다. 특허를 따낸 약을 광고했다가 광고주를 잃을까 두려워 그 약에 관한 진실을 내보내지 않은 편집자는 내가 "당신의 정치경제학은 낡았고 당신의 생물학은 플리니우스 시대에나 통한다"고 말하자 날 천하의 몹쓸 선동가라 불렀다.

상원의원도 뚱뚱하고 무지한 공장 사장의 앞잡이이자 노예이자 꼭두각시였다. 주지사와 대법원 판사도 마찬가지였다. 이들 셋은 같은 철로 위를 달렸다. 이상주의의 미덕과 신의 선량함에 대해 진지하게, 열심히 떠들어대는 인간이 사업을 할 땐 동료들을 배반했다. 교회의 기둥이자 해외 전도에 크게 기여하는 인간이 여직원들을 열 시간씩 근무시키면서도 박봉을 주어 결국엔 그들을 매춘부로 전락시켰다. 대학 교수직에 있는 인간은 금전과 관계된 일로 법정에서 위증을 했다. 신사이자 기독교도인 철도왕도 생사를 건 경쟁으로 교착상태에 빠진 두 산업계 거물 중 한 명에게 은밀히 리베이트를 제공함으로써 약속을 깨뜨렸다.

어디나 마찬가지였다. 위법과 배반, 배반과 위법이 판을 쳤다. 생동감은 있되 깨끗하지도 고결하지도 않은 사람들, 깨끗하고 고결하기는 하되 생동감 없는 사람들이 있었다. 그다음에는 고결하지도 않고 생동감도 없는, 깨끗하기만 할 뿐인 무능한 대중이 있었다. 대중이 적극적으로, 고의적으로 죄를 범하는 것은 아니었다. 그들은 통용되고 있는 부도덕을 묵묵히 받아들여 이득을 보는 식으로 수동적으로, 모르고 죄를 범했다. 대중이 고결하고 생동적이었다면 무지하지 않았을 것이고, 그랬다면 배반과 위법 행위로 이득을 보려고도 하지 않았을 것이다.

나는 나 자신이 이 사회의 응접실 문화를 좋아하지 않는다는 사실을 깨달았다. 지적으로는 지루했고, 도덕적·정신적으로는 역겨웠다. 나는 나의 지식인들과 이상주의자들, 제명당한 성직자들, 강등된 교수들, 깨끗한 정신과 계급의식을 가진 노동자들을 떠올렸다. 햇빛과 별빛으로 반짝거리던 나날들을 떠올렸다. 그곳에서는 삶이 거칠고도 달콤한 놀라움으로 가득했고, 사심 없는 모험과 도덕적 낭만이 흐르는 정신의 천국이었다. 나는 내 눈앞에서 꺼지지 않고 계속 불타는 성배를 보았다.

그래서 나는 내가 태어나고 자란 노동자계급으로 돌아갔다. 더 이상 사다리를 오르고 싶지 않았다. 내 머리 위의 사회라는 위압적인 구조물은 이제 더 이상 기쁨의 대상이 아니다. 내가 관심을 갖는 것은 그 구조물의 토대다. 나는 손에 쇠막대를 들고 지식인들, 이상주의자들, 계급의식을 가진 노동자들과 어깨를 나란히 하고서 이따금 그 구조물을 뒤흔들 것이다. 언젠가, 일손과 쇠막대가 너 많아지면 우리는 썩은 삶과 매장되지 않은 망자들, 괴물 같은 이기주의와 흐물흐물한 물질주의와 함께 그 구조물을 쓰러뜨릴 것이다. 그런 다음 지하실을 정화하여 인류를 위한 새로운 거주지를 세울 것이다. 그 거주지엔 응접실 같은 것도 없고, 모든 방이 밝고 쾌적하며, 공기도 맑고 깨끗하고 충만할 것이다.

이것이 나의 전망이다. 나는 인간이 식욕보다 더 가치 있고 더 고귀한 것을 위해 전진하고, 오늘의 동기, 즉 배를 채우는 동기보다 더 훌륭한 동기를 위해 행동할 수 있는 그날이 오기를 학

수고대한다. 나는 인간의 숭고함과 우월함을 여전히 믿고 있다. 정신적인 친절과 이타심이 오늘날의 상스러운 탐닉을 이길 것이라 믿는다. 마지막으로 나의 믿음은 노동자계급에 있다. 어떤 프랑스 사람이 말했듯이, "시대의 계단은 올라가는 나무신과 내려오는 구두 소리로 늘 쿵쿵거리고 있다."

1905년 11월 아이오와주 뉴턴에서

~

옮긴이의 글

~

이 책에 실린 열한 편의 단편은 모두 알래스카를 배경으로 한 것이다. 런던의 단편 〈불을 피우기 위하여〉를 처음 읽고 느낀 서늘함과 오싹함은 나에게 언제고 런던의 단편집을 만들어보겠다는 열의를 불태우게 했다. 그 바람이 드디어 결실을 맺게 되어 기쁘다.

　단편(short story)이란 장르는 잡지의 특성에 따라 독자들의 구미에 맞게 흥미진진한 이야기를 전달하는 미국 특유의 문학 형식이었다. 런던에게는 이 장르가 그의 문학 활동의 바탕이었다. 당시 미국에서는 알래스카의 금광 열기로 전설적 노다지꾼들에 대한 정보나 이야기에 목말라 있던 독자층이 형성되어 있었다. 런던은 자신이 몸소 겪은 경험을 바탕으로 많은 단편을 써서 이런 독자층의 호기심을 충족시켜주었다. 1900년에 출간된 그의 첫 단편집 『늑대의 아들』은 비평가들의 환영을 받았다. 런던은 눈 덮인 황야, 무시무시한 적막, 지독한 추위와 굶주림 그리고 이런 몰인정한 자연에 대항하는 인간들의 투쟁을 손에 잡힐 듯 생생하게 그렸다. 또한 환경의 영향을 끊임없이 강조하며 인간 안에 깃든 야수성을 보여주려 애썼다.

그러나 역자로서, 한 사람의 독자로서 그의 작품에 아쉬운 면도 없잖아 있다. 그가 묘사한 것처럼 자연은 과연 가혹하고 잔인하기만 한 것일까? 따뜻하게 품어주는 자연은 없는 것일까? 인디언은 과연 백인보다 열등한 존재일까? 여자는 남자의 힘과 결정을 따르는 수동적인 존재에 머물러 있을까? 극한의 상황에 처했을 때 인간은 언제나 동물적 본성에만 의지할까? 등등. 의문은 더 늘어날 수 있다. 그런 의문에 답을 해보는 것도 이 책을 읽는 묘미가 아닐까 싶다.

마지막에 덧붙인 에세이 〈나에게 삶이란 무엇인가〉는 먼지보다는 재가, 영구히 사는 별보다는 순식간에 사라지는 유성이 되고 싶어했던 런던의 삶을 그의 목소리로 전하고 싶어서 싣게 되었다. 마지막 문단에서 역자는 가슴이 뭉클했다. 세상과 인간을 향한 런던의 믿음이 왠지 모르게 짠해서였다.

〈하얀 침묵〉은 눈과 얼음으로 뒤덮인 하얀 침묵의 땅에서 맞닥뜨리게 된 느닷없는 죽음을 그리고 있다. 모든 움직임이 멈춘, 쥐 죽은 듯 고요한 세상은 무시무시하다. 으스스하고 가공할 자연의 위력 앞에 인간은 무력하다. 대화도 일종의 사치로 통하는 힘겨운 북극 여행에서 죽음의 부름을 들은 자는 운명에 순응하고 산 자들은 다시 길을 나설 수밖에 없다.

〈삶의 법칙〉은 에스키모의 관습에 따라 홀로 죽음을 맞이하는 노인의 최후를 보여주는 이야기다. 꺼져가는 모닥불 옆에서 노인은 지난날들을 회상하며 명상에 잠긴다. 세상에 나서 제 의무를 다하고 죽는 것. 그것이 삼라만상의 법칙임을 알기에 노인은 불평하지 않고 죽음을 달게 기다린다.

〈삶을 향한 사랑〉은 동료에게 버림받고 홀로 남은 남자가 굶주림과 추위와 부상의 아픔을 딛고 마침내 구조되는 이야기다. 살고자 하는 의지 하나로 비틀대고 넘어지면서도 또 걷고, 늑대들이 먹고 버린 뼈까지 깨물어 먹으며, 급기야는 벌레처럼 기어서 전진하는 사내의 사투는 처절하고 눈물겹다. 살아남는 자가 강하다는 걸 보여주고 있다.

〈늑대의 아들〉은 런던의 백인 우월주의를 적나라하게 보여주는 작품이다. 거친 변경의 삶을 살아온 백인 남자는 인디언 여자를 차지하기 위해 백인의 우월성을 강조하며 인디언들을 매수하고 협박한다. 마침내 인디언 젊은이와 결투를 벌여 승리를 따낸 그는 여자를 데리고 떠난다.

〈머나먼 땅에서〉는 위기의 순간 여지없이 드러나고 마는 인간의 동물적 본성을 까발린 작품이다. 문명을 등지고 원시 북극에 발을 디딘 두 남자는 낯선 환경에 적응하지 못하고 날이 갈수록 몸과 마음이 피폐해진다. 새로운 땅에서 예전의 관습을 버리지 못한 두 남자는 허구한 날 뺀질거리고 투덜댄다. 다른 동료들은 떠나고 추운 황야의 오두막에 단둘이 남은 그들은 서로를 혐오하고 의심하고 티격태격하다 끝내 살상을 저지르게 된다.

〈길의 지혜〉는 인디언의 눈에 비친 백인의 지혜와 힘을 그린 이야기다. 백인들의 길잡이 노릇을 하는 인디언 시트카 찰리는 백인들의 힘을 신처럼 받들면서 자기 부족은 경멸한다. 그는 약속을 어기고 길의 영광과 법칙을 깨뜨린 다른 인디언들을 총살한다.

〈길 떠나는 자에게〉는 노다지꾼들의 의리를 보여주는 이야기다. 노다지꾼들이 크리스마스 축하주를 마시고 있는 오두막으로 낯선 사내가 들어선다. 그는 자신보다 앞서간 동료들을 따라가고 있다고 말했지만, 사실은 돈을 훔쳐 달아나는 중이었다. 그 젊은이의 속사정을 알게 된 노다지꾼들은 그를 위해 축배를 들며 그가 먼 길을 무사히 도망치기를 기원한다.

〈악마 개〉는 사악함으로 똘똘 뭉친 악마 개와 악마 인간을 통해 유전과 환경의 영향을 이야기한 작품이다. 사생견이란 이름으로 불리는 바타르는 악마 근성이 밴 인간에게 심한 학대를 받은 나머지 본래 지니고 있던 야성이 한층 더 강해져 결국엔 주인을 죽여버린다. 개와 인간의 타협을 모르는 잔악한 싸움은 아주 섬뜩하다.

〈잃어버린 체면〉은 에스키모에게 잡혀 잔인한 고문 끝에 죽을 운명에 처한 백인 남자가 기지를 발휘해 그 위기를 모면하는 이야기다. 남자는 원주민 추장과 말도 안 되는 내기를 걸어 고문 없이 죽음을 맞는다. 백인에게 속아 넘어간 추장은 원주민들의 비웃음을 사고 체면을 잃었다.

〈성직자의 특권〉은 한 예수회 사제가 남편에게 헌신했지만 그 진가를 인정받지 못한 여자의 외도를 저지하는 내용이다. 사제는 거짓말을 했다는 것뿐 아니라 여자의 일생을 지옥으로 몰아넣는 비루한 남자인 줄 알면서도 여자를 남편에게 돌려보냈다는 사실 때문에 번민한다.

〈북극의 숲에서〉는 인디언 부족과 화평하게 살던 백인이 자신의 동족을 만나 인디언들을 배신하고 동족의 편에 서서 인디언들과 싸우는 이야기다. 인디언 추장은 백인의 지혜에 계속 기대어 살지, 그들만의 힘으로 살지 고민한다. 그러나 일단 손을 빌린 이상 그 영향력에서 벗어나기 힘들다는 아이러니를 전하고 있다.

【 잭 런던 연보 】

1876년(1세)

1월 12일 캘리포니아 주 샌프란시스코에서 중산계급 출신의 플로라 웰먼의 사생아로 태어나다. 웰먼은 떠돌이 점성가인 윌리엄 체이니를 생부라고 주장하지만, 체이니는 임신 사실을 알고 그녀를 버리며, 런던이 자신의 아이임을 부인한다. 얼마 후 플로라 웰먼은 존 런던을 새 남편으로 맞아들인다.

1881년(5세)

가족이 앨러미다의 농장으로 이주하다.

1882년(6세)

앨러미다 웨스트엔드 초등학교에 들어가다.

1885년(9세)

리버모어 밸리로 이주한 뒤, 위다의 『시냐(Signa)』와 어빙의 『알람브라 이야기(Tales of Alhambra)』를 읽으며 독서의 세계에 빠지다.

1886년(10세)

오클랜드로 이주하여 신문배달 등 중노동을 하며 가계를 돕다. 오클랜드 공공 도서관에서 만난 사서 이나 쿨브리스의 도움으로 열심히 책을 읽기 시작하다.

1887년(11세)

웨스트 오클랜드의 오클랜드 콜 문법학교에 등록하다.

1890년(14세)

학업을 중단하고, 한 시간에 10센트를 받는 연어 통조림 공장에서 일하다.

1891년(15세) 유모 제니 프렌티스에게서 300달러를 빌려 작은 배 '래즐대즐' 호를 사다. 샌프란시스코 만에서 굴 양식장을 터는 해적질을 하다.

1892년(16세) 해적단의 동태를 살피는 '캘리포니아 해안 순찰대'의 일원이 되다.

1893년(17세) 바다표범잡이 배, 소피 서덜랜드 호의 선원이 되어 7개월 동안 하와이, 일본, 베링 해 등의 수역을 항해하다. 《샌프란시스코 모닝콜》에 현상응모한 『일본 해안의 태풍(Story of a Typhoon off the Coast of Japan)』이 당선되어, '묘사가 가장 탁월한 작품'이라는 평을 들으며 상금으로 25달러를 받다.

1894년(18세) 실업자 집단인 '켈리 장군의 군단'에 들어가다. 실업 문제에 항의하기 위해 들고 일어난 제이콥 콕시의 '산업 역군 부대'에 합류하고자 워싱턴으로 행진하다. 이후 미국과 캐나다를 떠돌다 부랑죄로 이리 카운티 교도소에서 30일 동안 중노동을 하다. 이때의 경험을 바탕으로 10여 년 뒤 『길(The Road)』을 펴내다.

1895년(19세) 오클랜드 고등학교에 들어가 4년 과정을 18개월 만에 끝마치다. 토론 모임인 헨리 클레이 클럽에 가입하여 상류 사회를 처음으로 접하며, 상류계급 여성 메이블 애플가스와 사랑에 빠지다. 허먼 짐 휘태이커와 친구가 되고, 그에게서 권투와 펜싱을 배우다.

1896년(20세) 사회노동당에 가입하다. 대학입학시험에 몰입해, 가을학기부터 버클리 대학에 다니다. 집안 사정으로 한 학기 만에 학업을 포기하다.

1897년(21세)

사회주의자로서 오클랜드 교육위원회에 입후보하다. 알래스카를 여행하며 돈을 모으기 위해 매형과 함께 클론다이크 골드러시 대열에 합류하다.

1898년(22세)

돈 한 푼 없이 오클랜드로 돌아오다. 의붓아버지가 죽자, 어머니와 살아가기 위해 글을 쓰면서 독학하기로 결심하다. 직업으로서 글쓰기를 시작하면서 자신의 집필능력을 발전시키기 위해 노력하다.

1899년(23세)

《오버랜드 먼슬리》에 『길 떠나는 자에게(To the Man on Trail)』를 발표하다. 출판사로부터 수백 번 퇴짜를 맞았지만 에세이와 시, 소설 등을 계속 써나가다.

1900년(24세)

베시 매던과 결혼하다. 그와 동시에 차미언 키트리지를 만나다. 클론다이크의 이야기를 모은 첫 책 『늑대의 아들(The Son of the Wolf)』을 펴내다.

1901년(25세)

딸 조안이 태어나다. 오클랜드 사회노동당 시장 후보로 나서지만 낙마하다.

1902년(26세)

영국 런던의 이스트엔드 슬럼가에서 6주간 하층민의 삶을 체험하고서 『밑바닥 사람들(The People of the Abyss)』을 쓰다. 딸 베스가 태어나다. 런던의 첫 소설인 『눈의 딸(The Daughter of the Snows)』을 비롯해 『대즐러의 항해(The Cruise of the Dazzler)』와 『혹한의 아이들(Children of the Frost)』이 출간되다. 『야성이 부르는 소리(The Call for the Wild)』를 쓰기 시작하다.

1903년(27세)	차미언 키트리지와 사랑에 빠져, 아내 베시와 헤어지다. 글렌엘런을 처음 방문하다. 『야성이 부르는 소리』를 《새터데이 이브닝 포스트》에 보내 큰 인기를 얻다. 『밑바닥 사람들』과 『켐프튼 웨이스 서한집(The Kempton-Wace Letters)』이 출간되다.
1904년(28세)	허스트 신문 신디케이트 소속 러일전쟁 특파원으로 일본과 조선을 방문하다. 조선에서는 YMCA의 초청으로 『야성이 부르는 소리』 낭독회를 가지다. 이를 바탕으로 조선에 대한 많은 글을 기고하고 『잭 런던의 조선사람 엿보기』를 쓰다. 아내 베시가 이혼 소송을 하다. 『바다의 이리(The Sea Wolf)』와 『남자들의 신념(The Faith of Men)』을 출간하다.
1905년(29세)	'아름다운 농장'을 구상하며 글렌엘런 근처의 땅을 사들이다. 오클랜드 사회당 시장 후보에 다시 나서나 역시 당선되지 못하다. 동부와 중서부 대학을 돌아다니며 사회주의 관련 강연을 하다. 베시와 끝내 이혼하고 차미언과 결혼하다. 『계급투쟁(War of the Classes)』, 『경기(The Game)』, 『해안 순찰대 이야기(Tales of the Fish Patrol)』를 출간하다.
1906년(30세)	예일 대학, 카네기 홀 등을 돌며 다시 강연을 시작하나 몸이 아파 중단하다. '스나크' 호를 만들기 위해 배제작자와 계약하다. 『늑대개(White Fang)』, 『달빛 얼굴과 그 밖의 이야기들(Moon-Face and Other Stories)』, 희곡 『여성들의 냉소(The Scorn of Women)』를 출간하다.
1907년(31세)	오클랜드에서 본인이 직접 설계한 최고급 요트인 스나크

호를 띄워 하와이 섬과 타히티 섬 등을 향해 세계 여행을 떠나다. 『비포 아담(Before Adam)』, 『삶을 향한 사랑과 그 밖의 이야기들(Love of Life and Other Stories)』, 『길』을 출간하다.

1908년(32세)

남태평양을 항해하다 건강 문제로 호주에서 치료를 받고, 여행을 그만두다. 『강철군화(The Iron Heel)』를 출간하다.

1909년(33세)

호주 시드니에서 치료를 받다, 오클랜드로 돌아오다. 『마틴 이든(Martin Eden)』을 출간하다.

1910년(34세)

울프 하우스를 짓기 시작하다. 이복여동생 엘리자 셰퍼드를 농장 관리자로 삼다. 아내 차미언이 첫딸을 낳았으나 서른여섯 시간 만에 죽다. 『버닝 데이라이트(Burning Day light)』, 『잃어버린 체면(Lost Face)』, 『혁명과 그 밖의 에세이들(Revolution and Other Essays)』, 『도둑질: 4막 연극(Theft: A Play in Four Acts)』을 출간하다.

1911년(35세)

울프 하우스를 계속 짓고, K&F 와이너리를 사들이다. 『스나크 호의 항해(The Cruise of the Snark)』, 『모험(Adventure)』, 『남양 이야기(South Sea Tales)』, 『신이 웃을 때와 그 밖의 이야기들(When God Laughs and Other Stories)』을 출간하다.

1912년(36세)

'디리고' 호를 타고 발티모어에서 케이프 혼을 거쳐 시애틀까지 항해하다. 아내 차미언이 유산하면서 더 이상 아이를 갖지 못한다는 소식을 듣다. 『태양의 아들(A Son of the Sun)』, 『스모크 벨로(Smoke Bellew)』를 출간하다.

1913년(37세)	신장이 안 좋다는 진단을 받다. 누군가의 방화로 울프하우스가 불에 타버리다. 로머 호를 타고 새크라멘토와 산 호아킨 강 삼각주를 항해하다. 『존 발리콘(John Barleycorn)』, 『달의 계곡(The Valley of the Moon)』, 『나락의 짐승(The Abysmal Brute)』을 출간하다.
1914년(38세)	멕시코혁명을 기록하기 위해 미군 수송대와 베라크루즈로 떠나지만, 병을 얻어 글렌엘런으로 돌아오다. 『강자의 힘(The Strength of the Strong)』, 『엘시노어 폭동(The Mutiny of the Elsinore)』을 출간하다.
1915년(39세)	류머티즘을 심하게 앓다. 요양차 하와이에서 5개월을 지내다. 『별 방랑자(The Star Rover)』, 『새빨간 돌림병(The Scarlet Plague)』을 출간하다.
1916년(40세)	사회당을 탈당하다. 『도토리재배자(The Acorn-Planter)』, 『대저택에 사는 작은 아씨(The Little Lady of the Big House)』 등을 출간하다. 류머티즘과 요독증을 계속 앓다. 불면증에 시달리다 11월 22일에 세상을 떠나다. 런던의 죽음에 관해서는 지병으로 숨을 거둔 것으로 발표되나, 약물 중독으로 인한 자살이라는 설도 있다.
1917년	『인간의 표류(The Human Drift)』가 출간되다.
1963년	미완성 작품 『암살주식회사(The Assassination Bureau)』를 추리소설가 로버트 L. 피시가 완성해 출간하다.

~

잭 런던 걸작선을 펴내며

~

19세기 말과 20세기 초, 미국 문학의 중심에 서 있던 인물 잭 런던. 최하층 노동자에서 미국 내 가장 많은 돈을 번 작가가 된 그에게는 언제나 상반된 수식어가 따라다녔다. 미국 최고의 사회주의 작가이자 대중에 영합하는 통속소설가, 낭만적 이상주의자이자 과학적 사실주의자, 과격한 선동가이자 온정적 연민가, 노동자들의 친구이자 자본주의 정신의 표상, 시대의 희생자이자 스스로 만든 늪에 빠진 도피자 등등. 한마디로 그는 복잡하면서도 모순에 찬 사람이었다.

그러나 마흔이라는 길지 않은 삶을 사는 동안 그가 한결같이 간직한 것이 있었다. 바로 삶에 대한 열정이었다. 런던은 자신을 짓누르는 억압된 상황을 끊임없이 박차고 나가 모험의 길에 들어섰고, 그 길에서 무엇이든 배우고자 애썼다. 죽은 듯 영구히 사는 별이 되느니 순식간에 화려하게 타올랐다 사라지는 유성이 되고자 했던 작가였기에 그가 남긴 많은 작품들이 오늘날의 우리에게도 더없이 많은 생각거리를 안겨준다.

19세기 말은 미국으로서 초기 자본주의의 모순이 적나라하게 드러나던 격동기였다. 독과점으로 치닫는 자본가들은 점점 더 많은 부를 축적해갔지만, 노동자들은 저임금과 빈곤에 시달려야 했다. 이에 불황까지 덮쳐 많은 은행과 기업이 파산했고 실업이 만연했다. 노동자들의 파업과 농민들의 저항이 줄을 잇고 수백만 민중이 굶주림으로 고통 받는 상황에서도 미국 정부는 아랑곳하지 않았다. 이런 격동기에 특별한 기술도 없이 닥치는 대로 일하던 잭 런던이 가장 먼저 터득한 것은 살아남기였다.

그의 눈에 보이는 세상은 힘의 논리가 지배하는 생존투쟁의 전장이었다. 그는 피 튀기는 그곳에서 살아남는 방법을 튼튼한 육체와 강인한 정신력에서 찾았고, 그런 생각은 자연스레 다윈의 적자생존, 스펜서의 사회진화론, 니체의 초인사상으로 이어졌다. 야성의 법칙이 난무하는 알래스카에서 겪은 극한의 체험 역시 자신의 생각들을 더욱 확신하게 하는 계기가 되었다. 그래서일까? 그의 작품 속 주인공은 대개가 불굴의 의지를 가진 강인한 인물이다.

19편의 장편소설을 비롯해, 단편소설, 논픽션 등 수백 편에 이를 만큼 많은 작품들이 전부 뛰어날 수는 없지만, 자신의 다양한 경험을 글로 형상화했다는 점은 그만이 누릴 수 있는 문학적 성과로 남아 있다. 그는 자신이 직접 보고 듣고 체험한 세계에 상상력을 가미하여 구수한 입담으로 이야기를 풀어낸 작가이다. 그렇기에 작품 속에는 언제나 생동감이 흘러넘치며, 그 특유의 기지 넘치는 입담과 더불어 미국뿐 아니라 전 세계 대중들에게 많은 사랑을 받고 있다.

런던의 동료 작가였던 업턴 싱클레어는 그를 두고 "적응과 순응을 강요하는 미국의 문화 풍속"이 낳은 희생자라고 했다. 현실에 대한 폭넓고 날카로운 관찰과 그 이면의 모순까지 통찰한 1세기 전 작가는 어찌 보면 시대가 낳은 비극이기도 하다. 자신의 작품만큼 열정적인 삶을 살다 간 잭 런던, 오늘날 우리가 처한 시대의 현실과 모순을 직시하기에 그만큼 알맞은 작가도 없지 않을까.

〈잭 런던 걸작선〉에는 방대한 그의 작품 중 오늘의 현실을 되비추는 날카로운 통찰력이 담긴 작품들이 선별되었다. 이미 국내에도 잘 알려진 작품들이 있는가 하면, 국내 초역으로 그동안 접할 수 없었던 숨겨진 명작들도 있다. 런던이 살았던 100년 전 약육강식의 세상은 오늘날과 그리 다르지 않다. 단지 고도 자본주의라는 이름하에 좀 더 세련된 모습만 보일 뿐 더 잔인하고 혹독해졌다. 그래서 그가 작품 속에 담았던 초기 자본주의의 야생은 시간이 지날수록 더 생생하게 다가온다.

자본주의 정글에서 강자가 되려던 남자. 그 치열한 삶의 순간순간을 피 흘리며 글로 써내려간 그의 작품들이 오늘의 우리에게 말하는 메시지는 여러 함의로 읽힐 수 있다. 그것이 쾌락이든 욕망이든 반성이든 성찰이든 한국의 독자들 역시 한 위대한 이야기꾼이 풀어내는 이야기에서 우리의 자화상을 만날 수 있으리라 생각한다. 그러한 바람으로 100년 전 잭 런던이 던졌던 불길한 예언이 점점 실현되어가는 우울한 현실을 감당해야 하는 우리 독자들에게 이 걸작선을 바친다.

책임기획

곽영미

잭 런던 단편선

1판 1쇄 찍음 2011년 4월 20일
1판 1쇄 펴냄 2011년 4월 28일

지은이 잭 런던
옮긴이 곽영미

주간 김현숙
편집 변효현, 김주희
디자인 이현정, 전미혜
영업 백국현, 도진호
관리 김옥연

펴낸곳 궁리출판
펴낸이 이갑수

등록 1999. 3. 29. 제300-2004-162호
주소 110-043 서울시 종로구 통인동 31-4 우남빌딩 2층
전화 02-734-6591~3
팩스 02-734-6554
E-mail kungree@kungree.com
홈페이지 www.kungree.com

ⓒ 궁리출판, 2011. Printed in Seoul, Korea.

ISBN 978-89-5820-157-1   03840
ISBN 978-89-5820-150-2   03840(세트)

값 10,800원